新潮文庫

わたし、定時で帰ります。2

打倒！パワハラ企業編

朱野帰子著

新潮社版

11420

目次

わたし、定時で帰ります。2

打倒！パワハラ企業編

第一章　自称大型ルーキー

その新人は自分のことを大型ルーキーだと信じている。

今日こそは穏便に定時を迎えさせてほしい。そんな願いもむなしく、

「甘露寺《かんろじ》！」

と、頭ごなしに叱《しか》る声が聞こえた。

東山結衣《ひがしやまゆい》は「ああ、今日もか」と時計を見やった。あと五分で定時だというのに。

「居眠りではない。瞑想《めいそう》ですよ、種田《たねだ》さん」

人を食った顔で言っているのは、甘露寺勝《まさる》。大学浪人と就職浪人を一年ずつ経て、この会社に入社。座学研修が終わった今週から、結衣のいる制作チームに配属になった。

「めいそう？」小柄な甘露寺を見下ろす種田晃太郎《こうたろう》の背筋は怒りで波打っている。今にも飛びかかりそうだ。

「マインドフルネス瞑想。え、え、え、え、知らないのですか？　物事を歪《ゆが》みなく捉《とら》えることで、ストレスを和らげる瞑想法ですぞ？」

甘露寺は鳥のように胸をふくらませた。早く逃げよう。結衣は片付けを急ぐ。

「グーグルやインテルの研修にも取り入れられておりますのに！　種田さんは、スティーブ・ジョブズは当然ご存知で？　ジョブズも野球選手のイチローもこの瞑想法を──」

「スピーチはもういい。入社したばっかりのお前のどこにストレスがあるのか言ってみろ」

「いい質問ですね」甘露寺は手を銃の形にして晃太郎を撃つ。「わたくしも通勤電車で会社に来るだけで、オホホ、これほどストレスフルとは思っておりませなんだ」

もう定時だ。結衣は気づかれないようにパソコンをシャットダウンする。

「とにかく研修で寝るな。俺が講師の回は絶対に寝るな」

「そうしたいのですが、刺激的なビジネス記事がスマホでいくらでも読める昨今、よほど面白い内容でないと興味が喚起されず……。おっ、東山氏が帰るってことは時間、時間」

振り返ると、甘露寺がニコニコしていた。そして、よく通る声で言う。

「わたくし、定時で帰らせていただきます！」

オフィス中の視線が結衣の背中に刺さっている、ような気がした。

創立十三周年のこの会社、ネットヒーローズは、企業のウェブサイトの構築・運用を請け負うことを主な業務としている。ＳＮＳの活用や、ウェブ広告など、デジタルマーケティングの支援も得意だ。社員は前年より大幅に増えて四百人。平均年齢は三十歳。成長途上の会社だ。

――会社のために自分があるんじゃない。自分のために会社があるんだ。

というのが口癖の、代表取締役社長の灰原忍《はいばらしのぶ》は、ＩＴ業界の他社に先駆けて働き方改革を実施した。二十時以降は社内の冷暖房を切り、入退室を厳密に記録するカードリーダーを設置、残業を週二十時間以内に抑えるよう管理職に命じた。しかし、残業をすることが前提の働き方を引きずっている社員はまだ多かった。

しかし昨年末、ある社員が――他でもない結衣のことだが――過労で倒れた。事態を重く見た灰原は、新たに「残業時間、月二十時間以内」という目標を掲げ、さらなる働き方改革を推し進めようとしている。

この会社に新卒で入って以来、結衣は定時で帰る毎日を貫いてきた。昨年度末は倒れるほど働いてしまったものの、今はもう十八時に退社する生活に戻っている。定時で帰る、と言えば東山結衣、というイメージが社内では強い。

だから、甘露寺が「定時」と口にするたび、みなが結衣を見る。

最もイラついているのは晃太郎だ。労働基準法などあってなきがごとき零細企業で育った男のことだ。俺は入社初日から残業だったという言葉を飲みこんでいるのだろう。

人事部に新人の残業は六月まで厳禁だと言われているからだ。

「あ、そだ」甘露寺が言う。「種田氏に外注さんから電話あった気がいたします。三時間くらい前」

「俺、ずっとここに座ってたよな。報連相って研修で習ったよな」

「種田氏からは威圧感が滲《にじ》み出ていますからな。いかにわたくしが大型ルーキーといえども恐ろしくて……。話しかけやすい上司が良い上司と言いますよ。ではっ」

甘露寺はカードリーダーの方へ、ウキウキと走っていく。お疲れさまでした、と結衣も鞄《かばん》を抱えて続こうとしたが、「東山さん」と呼びとめられた。

「あ、でも、種田さん、今出ればビールが半額で——」

「今の東山さんには定時はあってないようなものでしょう」高圧的な声が結衣の言葉を遮る。「同じ管理職としてご相談したいことがあるのですが、東山サブマネジャー」

しかたなく戻った。甘露寺の件は結衣にも多少は責任があるからだ。

結衣がサブマネジャーに昇格したのは三週間前、四月初めのことだ。ついに管理職になってしまった。

辞令を受けると決めたのは他でもない自分だ。しかし、実際なってみると、たいした権限などなく、仕事が増えただけだった。去年は一人だったこのチームへの新人の配属も、今年は五人に増やされ、彼らの教育にも時間を多くとられる。「残業時間、月二十時間以内」も管理職には適用されない上に、残業手当も出ない。あまりいことはない。

晃太郎もマネジャーに繰り上がったが、こちらは結衣以上に業務が増えている。それなのに甘露寺のせいで全く仕事が進まないらしい。

マネジャー席とサブマネジャー席は背中合わせだ。結衣が鞄を抱えたまま戻ってきて、時計を気にしながら椅子《いす》に腰かけると、愚痴が始まった。

「今まで、俺はどんな仕事にも耐えてきた。できない奴《やつ》のフォローも辛抱強くやってきた。でも、あいつは、あいつにだけは耐えられない。菓子食いながらキーボードを打つのをやめさせるのに三日かかった。隣にいるのにメールで質問するなと何度言ったかわからない。しかもあのスピーチもどきは何だ？　コンサル気取りか？　電話一つまともにとれないくせに！」

「種田さん、声大きい。他の新人の子たちに聞こえる」

「あいつが立ったり座ったりするの見るだけでイライラする」晃太郎は袖《そで》をまくる。「見ろ、蕁麻疹《じんましん》だ。皮膚科で心因性だって言われた。掻《か》くなって言われたけど、あいつの首を絞めたくなるのを我慢すると、物凄《ものすご》く痒《かゆ》くなって……時計を見るな！」

晃太郎は肘《ひじ》掛けを叩《たた》いて、結衣の視線を自分の腕に戻させる。

「ほんとだ、血が出てる。どうだろう、もっと大らかな心を持って接してみては？」

「大らか、大らかね。では明日から、東山さんが大らかに見てあげてください。代わりに――東山さんが見てる新人、桜宮《さくらみや》だっけ？　彼女は俺が見る。明日、二人に伝える」

有無を言わさぬ口調だ。昇格して三週間のあいだに幾度となく釘《くぎ》を刺された。上司は俺だと。押さえつけておかないと何をするかわからないと思われているのだろう。

「でも、女性を見るのは苦手だって言ったのは種田さんですよ」

「甘露寺がこの会社に来たのはお前のせいだろ」

それを言われると弱い。結衣は仕方なしにうなずいた。

「わかりました。じゃあ桜宮さんをお願いします。くれぐれも優しく、ね」

「それから、今年度の実績の件だけど」

新人教育の話だけではなかったのか。結衣は浮かしかけた腰を下ろす。

「うちのチームの上期売上目標は一億五千万。前年度から引き継いだ案件と、四月に開拓した新規案件の総額が今のところ一億。あと五千万足りない」

結衣はあきらめて鞄を机に置く。ビール半額、今日もさようなら。

「月初めに烏丸《からすま》信託の案件のコンペでベイシックに負けたのが痛かったよね。でも、目標額も上がりすぎだよなあ。一億五千万って。管理部が決めたんだろうけど、飛ばし過ぎだよね」

業界ナンバーワンを目指す社長の意をくんでのことだろうが、達成は難しい。

「もう四月も終わるし、九月までの新しい受注は無理じゃないだろうか。他のチームはたぶん目標額達成あきらめてるよ」

「実は営業が太い話を持ってきている。先方が緊急でコンペに来てほしいと」

晃太郎は座ったまま、椅子をくるりと回し、自分の机から資料を取った。

「フォース株式会社。スポーツウェアメーカーだ」

強そうな名前だ。結衣は資料を見た。社員千人程度の新進企業で、ここ十年でベンチャーから急成長している。国内市場ではナイキやアディダスと争うまでになっているらしい。

「そういや、このロゴのウェア着て、会社の近くの川のそば、走ってる人、たまに見るね」

「すでにベイシックが運用で入っているが問題が起きて、契約更新を機に他社に乗り換えを考えているらしい。急な話だが、近々にヒアリング、コンペはその二週間後。勝てば公式サイトのリニューアルだけで五千万円は出すと言ってる。さらに運用もセットで、こっちも年間で五千万」

　運用とは、できあがったサイトを保守、更新する業務のことだ。こちらの社員を一年から二年の間常駐させて行うので、長期にわたって売上が見込める。しかし、この規模の会社で構築も運用も五千万とは太っ腹だ。

　こんなに良いクライアントはなかなかいないだろうに、ベイシックはどんな問題を起こしたというのだろう。曲がりなりにも業界一位の会社だというのに。

「この案件が獲《と》れて、さらに運用部の実績にも貢献すれば、ベストチーム賞は確実だと思う」

「ベストチーム賞ねえ。社内表彰なんて、今まで縁がなかったな」

と、結衣がつぶやいていると、晃太郎が「俺は勝ちたい」と言った。

「勝って、失ったものを取り戻したい」

「失ったものって？」

晃太郎は答えないが、想像はついた。

昨年度末、このチームは惨憺《さんたん》たる有様だった。

制作部にはウェブサイトの構築を行うチームが五つある。その一つである結衣たちのチームの前マネジャー、福永清次《ふくながせいじ》が請けた星印工場の案件が慈善事業のように安い予算だったのだ。おかげで人手が確保できずに、四ヶ月にわたってインパール作戦のような無謀な進行を強いられた。

福永は精神論をふりかざし、メンバーを疲弊させていった。もともと働くのが好きな晃太郎はほとんど会社から帰らず、自分を追いこんでいった。みなを定時に帰そうと苦心した結衣さえも、最後に過労で倒れた。

苦心の末、福永を現場から外し、無事に納品はしたものの、昨年度の実績は赤字ギリギリだった。福永不在のマネジャーの席を埋めるため、晃太郎と結衣は昇格こそしたものの、昇給は先送りとなった。

晃太郎は「責任は自分にあります」と、そんなペナルティを受け容《い》れたが、この男のことだ。誰よりも仕事ができる社員という称号を取り戻したいのだろう。

(私が失ったものは、もう取り戻せないけど)

あの日、結衣は婚約者だった諏訪巧《すわたくみ》に裏切られていたことを知った。結衣が納期に追われている間、巧は職場の後輩と浮気していたのだ。話し合いの末、婚約解消することになったが、新居として借りたメゾネットマンションの解約は終わっていない。

それに……目下の問題はまたもや、この男だ。

結衣が倒れた時、晃太郎は自分の無茶な働き方を悔いているように見えた。その後、一ヶ月間は働き過ぎないよう努力している風だったが、マネジャー職に就いてからはまた残業が増え始め、昨日この男から来た業務メールの送信時刻は二十三時四十五分。厄介な甘露寺を手放して、改めて闘志をたぎらせている晃太郎を複雑な思いで見つめていると、こう言われた。

「コンペには参加する。営業と決めてきた。オリエンは来週の火曜」

「そんな無理に目標額達成する必要あります？　新人も増えたし、私はもう手一杯」

晃太郎の目が結衣を射抜く。「上司は俺だ」

「……ああ、そう。じゃあ、お先に失礼します」

席を立つ時、額の傷跡が痛んだ。過労で倒れた時、床の機材にぶつけてできた傷だ。

打ち所が悪かったら死んでたかもしれない、と言ったのは他でもない晃太郎だ。

でも——。

結衣の命を危険に晒《さら》す、ということがあっても、この人は働き方を変えない。仕事中毒の男のそばにいるのは苦しい。

廊下に出ると工務店の制服を着た人たちとすれ違った。中途採用と新卒採用を大量に行ったため、オフィススペースが足りないのだ。新たにワンフロア借りるらしい。

エレベーターを待っていると、女性社員が隣に寄ってきた。

「東山さんのおかげで、残業月二十時間以内、実現しそうですね」

たしか、別のチームのチーフだ。年齢も結衣と近い。

「別に私のおかげじゃ……」

そうすると決めたのは社長の灰原だ。結衣はそのきっかけを与えたに過ぎない。

「働き方改革の先鋒《せんぽう》に立つなんて、尊敬します。私、応援してます。管理職になっても定時で帰れるってこと証明して下さい。頑張って」

最近よく言われる。でも一緒に頑張ると言われたことはない。

「じゃ、残業があるので」

と彼女は去った。結局残業するんだ、とつぶやいて、結衣がエレベーターに乗ると、後から乗ってきた男性社員に話しかけられた。

「昨年度のおたくのチーム、赤字ギリギリだったんでしょ？　それでも社長に持ち上げられるんだから、いいですよね、『定時で帰る管理職』さんは」

嫌みな話し方で、誰だか思い出した。昨年度ベストチーム賞に選ばれた隣のチームのサブマネジャーだ。

「もうすぐご結婚ですよね？　独身男はコンビニ弁当でも買いに行きますわ」

結衣はエレベーターから降りると足早に会社が入っているビルから出た。

社長に持ち上げられてなどいない。ゴルフ場で直訴して以来、多忙な灰原とは会ってさえいない。

（私が一生懸命戦ったのって、何のためだったんだろう）

チームメンバーの幸せのために、定時で帰る生活を捨ててまで、長時間労働を強いる上司と戦った。その挙げ句、過労で倒れた。額を切って派手に出血、救急車で運ばれるという、退職するまで語り継がれそうな恥ずかしい思いもした。

なのに、社内は何も変わらない。風当たりが一層強くなっただけだ。

結婚の話も露と消えた。浮気してるよね、と問いつめると、巧は言った。

「結衣ちゃんだって、僕との結婚よりも仕事を選んだじゃないか」それから、暗い目をして言い直した。「あ、選んだのは仕事じゃなくて、種田さんか」

言い返せなかった。結衣が朝から晩まで、納期直前は休日さえも、晃太郎と過ごしたのは事実だ。ただし、職場で、タスクまみれで、だけれど。

婚約解消も二度目となると会社の人にも打ち明けづらい。

知っているのは巧の浮気現場を見てしまった晃太郎だけだ。新人教育さえなければ旅に出たい。北海道にでも行って、山の上から雲海を眺めて瞑想したい。

瞑想か……。甘露寺の顔が浮かんで、明日の出社が憂鬱《ゆううつ》になりかけた時、息をはずませて、新しいチームメンバーが走ってきた。すがるような目で、結衣を見つめて言う。

「私、もう東山さんに教えてもらえないんですか？」

桜宮彩奈《あやな》だ。この会社の競合相手であるベイシックを三年で退職し、第二新卒としてネットヒーローズに採用された。気だてがよく、性格も明るい。しかし、三年も経験があるにもかかわらず、仕事の出来は他の新人たちと変わらない。その理由は――。

いや、だめだ。配属されてまだ一週間じゃないか。先入観を頭から追い出し、

「種田さんとしてた話、聞こえてた？　うん、そうなの」結衣は言った。「でも大丈夫だよ。種田さんは仕事もできるし、私よりも経験長いし、そこは安心して教えても

らって」

「私、男性の上司って怖くて。できれば東山さんに教えてもらいたいんです」

桜宮は上目遣いでそう言う。瞳《ひとみ》に涙が湧《わ》いていて、ドキリとする。

そう、この子は可愛《かわい》いのだ。とびきりの美人というわけではないが、若さが雲母《うんも》のようにきらきらと、細い顎《あご》や、ふんわりした胸や、小さい膝《ひざ》を覆《おお》っている。

彼女が立ったり座ったりするたび、男性陣は落ち着かなくなるらしい。

チームの一人、吾妻徹《あづまとおる》などは、彼女がコピー機を詰まらせただけで、「教えてあげる！」と飛んでいく。彼女も嬉《うれ》しそうにやってもらっている。

そんなだから、仕事の出来が新卒社員と同じレベルなのだ。そう決めつけそうになるのは、彼女があまりに愛くるしいからだろう。いけない、いけない。

「大丈夫だって。種田さんは、その……たまに？　死ぬ気で働けとか言ってくる時もあるけど、そういう時は私のとこに逃げてくればいいから」

自分にも他人にも厳しいあの男に育てられればもう少ししっかりするかもしれない、と思ったのだが、桜宮は「はあ……」と不服そうな笑みを浮かべた。涙はもう乾いたらしい。

「ワガママ言ってすみません。戻ります」

ビルに戻る彼女の細い腰に巻かれたスカートが、夕方の風になびいている。とりあえず涙ぐんでみた、という感じなのだろうか。またそんなことを考えてしまった。

上海《シャンハイ》飯店は、会社から歩いて五分の雑居ビルの地下にある。薄暗い階段を降りると、逆さまの「福」がベタベタと貼《は》ってあるガラス戸があり、押し開けると、

「今日は料理人休みよ」

と、店主の王丹《ワンタン》が出てきた。

美人なのに、化粧はせず、髪を一つ結びにしている。「五目炒飯《チャーハン》でいいね」と、返事も聞かずに戻っていく。すぐにビールがジョッキで出てきた。

一気飲みすると、白い泡がしゅわしゅわと喉《のど》を開いていく。黄金の液体がいくらでも体に入ってくる。もうすぐ夏がやってくるのだ。炒飯を待ちながら、

『フォース（株）について情報ください。噂《うわさ》、評判、何でもいいから』

と〈愁〉にメールを打った。ベイシックがどんな問題を起こして、うちにコンペの話が来たのか、その経緯が気になる。

〈愁〉は晃太郎の九歳下の弟、種田柊《しゅう》のアカウント名だ。結衣は彼に個人的に調査のバイトを頼んでいる。ひきこもり生活は最近ようやく脱したものの、再就職はしてお

らず、小遣い稼ぎのために調査を引き受けてくれている。

二杯目を頼んで、王丹が作ったらしい五目炒飯にレンゲをさしいれていると、常連のおじさんが「甘露寺くん、どう？」と話しかけてきた。

「ああ……甘露寺くん。甘露寺くんね。びっくりするほど何もできないです」

「あらあ、じゃあ、結衣ちゃん、社内で肩身狭いんじゃない？」

「ふふふ」結衣は笑った。笑うしかない。「勿論《もちろん》、すごく肩身狭いです」

甘露寺に入社するよう勧めたのは、他でもない結衣なのだ。

彼に初めてこの店で会ったのは、一ヶ月くらい前、星印工場の納期が終わってすぐのことだ。

たまたま通りかかって、ふらりと立ち寄ったと言っていた。童顔のわりに態度が大きいので、結衣はてっきり同年代なのだと思った。ウェブ業界で求職中だと言っていたので、キャリアがあるのだろうと思いこみ、「うちの会社に来れば」と名刺を渡した。酔っていたのだ。

まさか本当に来るとは――。

しかも、何もできない二十四歳とは思わなかった。

エントリーシートの「紹介者」の欄に甘露寺は結衣の名前を書いたらしい。どうせ落ちるだろうと高をくっているうちに、なぜか社長面接を通過し、採用されてしまった。

年齢が二十四歳ということもあって、既卒ではあるが今春の新卒社員の中に入れてしまおうと、人事部は判断したらしい。だが、入社後に二週間行われた座学研修の間も居眠りばかりしていたようだ。

「……という感じです。はい、仕事の話、終わり」

「じゃあ、プライベートなこと聞いちゃおっかな」

もう一人の常連、辛いもの好きなおじさんが青唐辛子をかじりながら下世話に笑う。

「晃太郎くんとはどうなったのよ？」

それを聞いてテーブルに突っ伏したくなった。

「どうなったんでしょう……ほんと、どうなったんでしょうね……」

なになに、と身を乗りだした餃子《ギョーザ》のおじさんに、辛いもの好きのおじさんが、「三月の頭にさ、二人、ここ来たのよ」と説明する。

星印工場の案件を無事納品し、二人して巧の浮気現場に出くわしてしまった後、晃太郎と結衣は上海飯店に来た。その時のことを言っているのだ。

「あの時の二人、妙に色っぽかったんだよね。あ、違うって言ってもダメよ？　オジサンにはわかるの。男と女がドミノ倒しになる寸前の、一触即発の空気ってものが。これーはーって一人で盛り上がっちゃったもんね。でも王丹が……」

王丹が厨房《ちゅうぼう》から出てきて、「余計な詮索《せんさく》するな」とおじさんを睨《にら》みつける。「ほら、だから今まで訊けなくて」と、おじさん。

こうなったら尋ねてしまえ、と結衣は言った。

「あのう、あの夜、私たち、どうなったんでしょう?」

おじさんたちの動きが止まった。王丹も、いつもは細い目を見開いている。

「いや、いい雰囲気のまま出てったじゃない? だからてっきり、ドミノ倒しと……」

結衣もそうなるものと思っていた。店を出て階段を上がる途中、ふらついて肩を摑《つか》まれ、頰が熱くなったことは覚えている。

でも、その後がわからない。気がついたのは翌朝で、実家の布団《ふとん》に寝ていた。母によると深夜に一人でふらりと帰ってきたらしい。ますますわからない。

次に晃太郎に会ったのは、その三日後、同じく上海飯店で行われたチームの打ち上げだった。

まったく目を合わそうとしない晃太郎に、結衣は勇気を出して尋ねた。月曜の夜に何があったのかと。晃太郎は眉根《まゆね》を寄せ、少し黙ったが、怒ったように言った。

——お前とはもう仕事の話しかしない。

意味がわからない。だが、色っぽいことは恐らくなかったのだろう。

晃太郎とは、巧の前につきあっていた。婚約までしていた。しかし、倒れるまで働く晃太郎と、定時で帰る主義の結衣とはうまくいかず、互いを傷つけ合った末に破談になっている。

それでも、別れた後もずっと、結衣の心の広い場所を晃太郎は占拠していた。だから、あそこまでしたのだ。福永の命令通りに過労死寸前まで働こうとする晃太郎を職場からひきはがそうとした。自分の身を削ってでも。

巧は結衣のそんな執着に気づいていたのだろう。後輩女子を新居に引きこんだのは、寂しかったからかもしれない。

その巧と別れると決めた以上、昔の恋の復活を邪魔するものはないはずだった。

あの晩、二人は上海飯店の閉店時刻まで居座って、くだらないことを喋《しゃべ》り、ジョッキを何杯も乾《ほ》した。晃太郎は明らかによりを戻したがっていた。「結衣さえよければ」とか、「虫のいい話だけど」とか、言いかけては、「いや、今日はやめとく」と首を振っていた。

しかし、帰る場所を失った結衣が「実家には帰りたくない」と言うと、意を決したように、「じゃあ、俺のうちに来るか」と言ったのだ。

（それが、どうしてあんなに他人行儀になったんだろう）

結局、今の恋も昔の恋も失った。独り暮らしていたマンションも引き払い、結婚準備のために散財もしたので、実家に居候《いそうろう》している。その生活が気詰まりで、

「帰りたくないなあ」

と、頬杖《ほおづえ》をついていると、餃子のおじさんが「そういや」と言った。「回鍋肉《ホイコーロー》のおじさんの長男、昨日の夜、ここへ挨拶《あいさつ》に来てくれたよ。就職したんだってさ」

回鍋肉のおじさんは店の常連だった。半年前にいつものメニュー、回鍋肉定食を食べた後、会社に戻り、朝まで働いて倒れて亡《な》くなった。

「息子さん、まだ小学生じゃなかったですか？」

「結衣ちゃん、それ次男。長男はもう成人よ。春からスポーツ関係の会社に勤めてるんだってさ。小学生の頃からサッカーやってた子で、闘志みなぎってたなあ。遅い時間だったのにこれから職場に戻るって言ってた」

入社して三週間でもう残業しているのか。なんだか嫌な気持ちになった。回鍋肉のおじさんも残業ばかりしていた。そして死んだのだ。

「裁量労働制っつってたかな。定時がなくて、自分の裁量で働くんだって」

「新人に裁量なんかないでしょ」

「常時臨戦態勢が社風の会社だって言ってたよ。昔で言うモーレツだな。なんて会社だったかな？　あ、フォースだ！　結衣ちゃん知ってるかな。スポーツウェアの」

知っているも何も……。落ち着かない気分になる。柊からの返事はまだなかった。

実家の玄関を入り、こっそり二階へ上がろうとしていると、「結衣」と呼ばれた。見ると母が居間で洗濯物を畳んでいた。

「今日もフラダンスの練習行っちゃだめだって言うの」

今日は愚痴ばかり聞かされる日らしい。溜《た》め息をつきながら居間に入る。

「お父さん、何で最近ひきこもってるの。ゴルフは？」

「ゴルフ仲間が入院しちゃって、代わりに部下を誘ったら迷惑がられたらしくて」

「部下って言ったって昔のでしょ。なるほど、それでガックリきてんのか」

「地域活動に参加したらって勧めてみたんだけど、馬鹿《ばか》らしいって。自分が孤独でいるものだからお母さんがお友達と会うのが気に食わないの。こんな勝手な話ある？　定年する前は、ほとんど帰ってこなかったくせに、今になって俺と一緒にいろだなんて……」

涙ぐんでいる母を宥《なだ》めていると、縺《もつ》れた足音をたてて、

「帰ってくるのが遅い！」と父が居間に踏みこんできた。「また固まったよ！　だめだなもう、最近の機械は。中国製だな、こりゃ」

買ったばかりのスマートフォンを突き出してくる。アマゾンプライムを視聴中にフリーズしたようだ。「ちょっと待ってね」と再起動すると、古い映画のタイトルが出た。

『忠臣蔵』――とある。

古い時代劇だ。結衣は観《み》たことはないが、昔は年末によく放送されていて、父はテレビを占領して観ていた。父が家にいる時は、チャンネル権は父のものだった。

父が寝室に引っ込むと、母が「ありがと」と言った。

「結衣がスマホで昔の映画観られるようにしてくれてから、随分楽になった。つきまとわれる時間が減ったから」

「退職すると、会社の人間関係ってほんとにゼロになっちゃうんだね」

失ったものを取り戻したい、と言っていた晃太郎のことを思った。大晦日《おおみそか》も正月も働いていたあの男は、老後をどう過ごすつもりなのだろう。

「晃太郎くんはやめておきなさいよ」

ドキリとして我に返ると、母に見られていた。

「仕事中毒の人と結婚したら地獄よ。死ぬまでふりまわされて、見てごらん。お母さんの人生終わりよ」

「しないから、晃太郎とは」と、二階に上がりつつ、母の言う通りだと思った。

晃太郎と別れたのは、あの男が際限なく働く男だからだ。それは今も変わらない。障壁は変わらず二人の間にある。あの夜、何もなくて正解だったのだ。恋愛は当分休んで仕事に集中しよう。

まずは、甘露寺を立派に育てて、定時に帰る生活を取り戻さなければ。

部屋で着替えていると、スマートフォンが鳴った。柊からだ。急いで開く。

送られてきたフォースの情報に、目新しいものはなかった。晃太郎から渡された資料とほぼ同じだ。フォースが裁量労働制を採用している会社であることも、上海飯店ですでに聞いて知っている。

しかし、最後に柊が、知っているとは思いますが、と書き添えてくれた情報を見て、結衣は眉をひそめた。

『この二、三日の話ですが、フォースは差別的な内容のウェブCMで大炎上中です』

週が明けた月曜日、結衣は、さっそく晃太郎と話をしようとして、異変に気づいた。

甘露寺がいない。

オフィスを見回していると、うしろのマネジャー席から情報がもたらされた。

「まだ布団の中だ」晃太郎がモニターから目を離さずに言う。「電話かけてみろ」

半信半疑で甘露寺のスマートフォンにかけると、「ほわい」という声がした。本当に寝ていた。「すぐ来て」と言って切った。しかし、十時になっても来ない。

「毎朝こんな感じだ」晃太郎が言う。

そうだったのか。最近は打ち合わせに直行してから会社に来ることが多かったので知らなかった。

「言っとくけど、一回じゃ起きないよ」

まさか、と思いつつ再びかけると、電話の向こうから「ううむ」と唸《うな》る声がした。安らかな鼻息も。

「甘露寺くん？　今、何時だと思ってるの？　ああ、寝ないで、お願い……」

何度も「起きて」と呼びかけてから電話を切ると、晃太郎の声が飛んできた。

「モーニングコールした方が楽だ。俺は毎朝七時にかけてた」

「え、私がするの？　毎朝？　それって早朝手当つきますか」

「つくわけないだろ、管理職に」晃太郎はキーボードを叩きながら含み笑いをしている。「頑張って、大らかに接してください」

さてはわざと黙って押しつけたな、と腹が立ったが、甘露寺にばかりかまっていられない。

「フォースのウェブCM、見た？」と、タブレットを見せると、晃太郎は「炎上してるんだろ」と事も無げに言った。知っていたらしい。

それはフォースのブランド広告だった。アスリート体型の男女がフォースのウェアを着て、オフィスを歩いている。男はエグゼクティブチェアに座るなり、女の腰を引き寄せる。女がやんわり拒否して、ピンヒールの踵《かかと》で男の足を踏む。

ミュージックビデオで有名な監督が手がけたCMらしい。たしかに、これがミュージックビデオだったら、それほど問題はなかっただろう。

問題はこれが企業広告で、映像の最後にこんなコピーが出ることだ。

〈力がなければ男じゃない。腹が出たらもう女じゃない。すべての人にスポーツを〉

動画はあっという間にSNSで拡散され、男女両方に対して性差別的だ、と批判されている。結衣も、もう女じゃない、というところにカチンときたが、SNSを検索して出てきた女性たちの怒りは比べものにならない程に凄《すさ》まじかった。特に働く女性たちからの反応が強い。

「そりゃお腹《なか》は私だってひっこめたいけど、なんだろう、この上から目線」

そう言う結衣のお腹を、晃太郎はちらりと見た。「気になるなら腹筋でもしたら」

「あー、そうか、種田さんもあっち側の人だもんね」

この男は小中高と、人生の前半を野球に捧《ささ》げている。彼の実家の廊下にはトロフィーや楯《たて》が並んでいた。大学の野球部で肩を壊してプロ入りはあきらめたらしいが、長時間労働をのりきるため、今でもランニングは欠かさない。会社にシューズも置いてある。

「だいたい、なんで男だけがエグゼクティブチェアなの？　女のチェアはどこよ」

「俺が作ったんじゃない。俺に言うな」晃太郎は面倒くさそうな顔をする。「それにこのＣＭが炎上しなけりゃ、うちが食いこむ隙《すき》はなかった」

晃太郎によれば、フォースはこの炎上をベイシックの責任だと言っているらしい。

「ＣＭを制作したのはフォース。言われた通り動画をアップしたベイシックにしたらとんだ濡《ぬ》れ衣《ぎぬ》だ。でも、どっかに責任を押しつけなきゃ社内が収まらないんだろうな。広報担当役員から対策を立てろと命じられて、ウェブ担当がうちの営業に電話してきた。問題があるベンダーを外して苦情の嵐《あらし》を乗り切る気じゃないか」

といって、ベイシックも引き下がるわけではなく、コンペに参加するらしい。むこうは現場を知っているので有利だ。それにしても面倒そうな会社だ。

「とにかく勝つしかない」晃太郎は覚悟を決めた顔だ。「これに勝てば目標額一億五千万は達成できる。それでベストチーム賞だ」

「手のかかる新人が五人もいるのに、新規案件まで獲れる気がしないなあ」

「獲るのは俺だ。この件に関しては、東山さんは最初だけ顔出せばいいから」

なぜ、この件に関しては、なのかと尋ねようとすると、スマートフォンが鳴った。

やっと起きてくれたかと画面を見て、結衣は肩を落とした。甘露寺ではなかった。

忘れていた。今日は月曜日だった。


会社の非常階段は節電のため、蛍光灯が半分外されていて薄暗い。

「ごめん、グロ。新人の男の子を起こすのに手間取っちゃった」

階段に座りこんでいる男に声をかけると、「遅いわ！」と、真っ赤でギザギザした頭がふりむく。派手なTシャツを着て、ごつい時計を腕に三つもつけている。

管理部の石黒良久《いしぐろよしひさ》だ。会社全体の案件の予算、利益率、人員の配置など、現場のパフォーマンスを見張るのが管理部の仕事だ。製造業で言うところの生産管理に近い。石黒は結衣より年下の三十歳だが、創業メンバーでもあり、ゼネラルマネジャーにまで昇りつめている。つまり結構偉い。でも――。

「長いつきあいの俺よりも、若い男優先とは、ユイユイも年取ったよな」

こういう粗野な男だ。「今週の分」と、ジップロックの袋を渡すと、石黒は中から花柄の小袋をつまみあげ、袋を破って一気飲みした。そして目頭を押さえている。

「あ、いっちゃう……」

石黒は重度の砂糖中毒だ。二十代の頃、激務を乗りこえるために大量摂取していたため、現在は糖尿病。若くて美人の妻によって、大好きだったスティックシュガーは一日一本と制限されてしまい、月曜日に結衣が五日分渡すことになっている。

「この業務、そろそろ誰かに引き継ぎたい。管理部に新人いないの？」

「そんなことより、ユイユイ、お前、種田に俺が運動不足だってチクったな？」

「ああ、伝えたかな」上海飯店でいい雰囲気になっていた時に言ったかもしれない。

「太りすぎて夫婦生活がどうとかって、グロ言ってたでしょ。だから、よかれと思って」

「余計なこと言いやがって。おかげで俺がどんな目に遭ったか知ってるか？」

石黒は隈取《くまど》りしたような目を見開く。

「あいつ、一緒に走りましょうって何度も電話かけてきて、昨日ついに、そこの川っぺりで早朝から走らされたんだぜ！　時速八キロキープですとか言われて、走りながら目標額について矢継ぎ早に質問してきて、息がきつくて話せねえっつったら、それじゃフルマラソン出られませんよとかクソマジメな顔で言われて。誰もそんなもんに出るなんて言ってねえし。もう、あいつ、いや！　怖い！」

「前はあんなに好きだったじゃないの」

晃太郎の仕事ぶりに惚《ほ》れこんで、この会社にヘッドハンティングしたのは石黒なのだ。

「つうかさ、種田がお前の昔の男だって知って、俺は海より深く納得したぜ。あいつとつきあってた頃のお前は、月曜はだいたい腑《ふ》抜《ぬ》けてボンヤリしてたもんな」

当時の上司は石黒だった。しかし元部下の黒歴史をよく覚えているものだ。

「そうなるよな、あいつが相手ならな。夜のトレーニングもハードなんだろうな」

「そういうこと言うの、セクハラですよ、石黒ゼネラルマネジャー」

「星印工場の案件が燃えたのは、半分あいつのせいみたいなもんだろ。まんまとひきずられやがって。お前はあいつとつきあうと馬鹿になる。二度と恋愛すんな。ま、俺まで巻きこんだ償いに、あいつには死ぬほど働いてもらうけどな。イヒヒ」

最低だ、と思いながら結衣は言う。

「で、なんで目標額あんな高いの？　一億五千万って」

「いろいろあんだよ。とにかくお前らは目標額達成に骨身を砕け」

スティックシュガーの空の袋を噛《か》みながら、石黒は言う。

「それにな、ここだけの話、シノブっちはお前を育てて、出世させたいと思ってる。もっと頭を使え、小手先の策略に頼るな、って言ってたぜ。あ、これ、伝言な」

シノブっちとは、社長の灰原のことだ。会社が大きくなりつつある今でも、灰原は創業メンバーである石黒とは月に一度は食事をしているらしい。

（もっと頭を使え、か）

臆病《おくびょう》なのかしたたかなのか、未《いま》だにわからない灰原の顔が脳裏に浮かぶ。

十一年前、この会社の最終面接を受けた結衣は、灰原を相手に志望動機を語った。定時に帰る会社を作りたい、と。

――あれから十年もたつけど、君は何もしなかったね。

二ヶ月前、無謀な進行を強いる福永を星印工場の案件から外してくれと直訴しに行った結衣に、灰原は言った。その一言で、結衣は一人で福永と戦うことを決めたのだ。

「どうせあれでしょ。今回もうまいこと言って私をそそのかす気でしょ。もう勘弁」結衣は首を横に振った。「もう戻る。午後から新卒の一次面接あるの」

「あーそれ俺も二次の方に来いって言われたけどパスした。あんなクソ甘い奴らの相手なんかしてられるか」

「あのね、グロは学生の時からいるから知らないだろうけど、就活って甘くないもんだよ。私も応募しまくって、百一社目でやっとこの会社に拾ってもらった。失われた二十年、就活生はみんな苦労してるの。もっと大らかな目で見てあげなきゃ」

「ユイユイ、さては最近の学生を知らねえな」石黒は意地悪く笑った。「ま、行ってみろ。シノブっちがなぜお前を育てたいのかも、ついでにわかるだろうぜ」

クソ甘い奴ら。石黒のその言葉の意味を、午後いっぱい結衣は嚙み締めることになった。二十人の学生の面接を終え、ぐったりしながら会場となった会議室の片付けを手伝っていると、

「噂《うわさ》には聞いてましたけど、ここまでとは思いませんでした」

同じく面接に参加していた三谷佳菜子《みたにかなこ》が眉間《みけん》に皺《しわ》を寄せて近づいてきた。まじめな性格で歳《とし》は結衣と同じだ。前は同じチームにいたが、今は運用部に異動し、念願のチ

ーフの座に就いている。

「最近の学生の権利意識の強いことと言ったら。売り手市場が加速して、去年の内定率は過去最高なんですって。私が面接した学生なんか、五社しか受けてないのに、三社から内定出てるそうです」

「へえ、羨《うらや》ましい。それで人事部もあんなに腰が低いんだ。駅遠いからってタクシーチケットまで渡してたしね。私だって毎朝歩いてるのに。あの風が強いリバーサイドを」

「甘やかしすぎです」三谷の目は吊《つ》り上がっている。「エントリーシートも自己アピールもスカスカ。あんなの、私たちが就活してた時は絶対に落ちてました」

人事部によれば、二〇一八年を境に十八歳以下の若者が減少に転じる見込みなのだそうだ。学生不足は深刻で、だからあの甘露寺も採用されたのだろう。

定時で帰れます。有休消化率は業界一。育休は男でも三年。いかに働きやすいかをアピールするのに人事部は血眼だ。

社長の灰原がなぜ結衣を出世させたいのか、その理由がわかってきた。定時で帰る管理職は広告塔に打ってつけなのだ。

「うちの会社、格差採用もやるんですって」三谷は息巻いている。「学生の能力に応じて高い給与を約束する制度だそうです。マーケティングオートメーションだかなんだかのエンジニアリングができる学生のためにわざわざ作ったって聞きました」

「デジタル新卒人材ってやつか。しかもMAか。そりゃ人事部は欲しいよね」

「でも、むこうの要求は年俸一千万ですって！　しかも、それを承諾したのに、蹴《け》られたって。大手だか外資だか、とにかくもっといい条件のとこに決めたって」

「へえ……。凄い交渉力だなあ。外国の話聞いてるみたい」

「でもここは日本です。どんな技術があっても新人は新人！　給料は安くていいです、ストレス耐性高いです、と言って入ってくるべきです」

気持ちはわかるが、三谷の話を聞いていると疲れる。結衣は椅子を重ねながら「そう言えば」と話題を変えた。

「運用部には慣れました？　制作部と違ってルーティンワークの部署だし、定時で帰りやすいでしょう」

「ええでも、帰ってもやることとなくて、残業してた方がマシでした」

「あ、そうですか」

三谷を定時に帰すためにしたあれやこれやの苦労を思い出しながら、最後の椅子を重ねる。

「語学の勉強とかしてみたら。三谷さん、まじめだから向いてると思う」

語学ですか、と眉間に皺を寄せて考え始めた三谷を残し、制作部に帰ろうとしていると、「東山さん」と呼び止められた。まだ何かあるのか。

「フォースのコンペ、運用部からは来栖《くるす》くんを出します。彼だったら東山さんもやりやすいでしょ」

「ああ、うん、でも来栖くん、そっちに異動したばっかりなのに、大丈夫？」

「彼はご存知の通り優秀ですが、運用部は退屈で辞めたい、と毎日言われ、正直もてあましています」

「あ、そうですか……」まだ辞めたいなどと言っているのか。

「東山さんが育てた新人って、どうしてみんな自分本位なんでしょう。陰で、東山―来栖―甘露寺ラインと言われてるの、知ってます？」

「何ですか、その、不名誉な感じのラインは？」

「グータラ社員の系譜ですよ。そんな社員ばかり増えて、うちの会社はどうなってしまうのか」

三谷は、はあっ、と溜め息をつくと会議室を出ていった。

他の業界でも同じなのかどうか、結衣は知らないのだが、ウェブ業界ではコンペの前にオリエンテーションを受けることになっている。どんな案件なのかをクライアントに説明してもらうのだ。

竹橋駅を出た結衣は「わあ」と手を額にかざした。皇居をこんなに近くで見たのは久しぶりだ。都内でこれほど緑が青々している所も少ない。春の陽気が気持ちいい。

「ここが昔、江戸城だったなんて、信じられないな」と結衣が言うと、営業部員、大森高志《おおもりたかし》が内壕《うちぼり》にかかっている目の前の橋を「ここは平川門だそうです」と指さす。

「昔は不浄門と言われ、死者や罪人を運び出すための門だったたって聞いたことあります」

その不吉な門から歩いて十分のところに、フォースの本社はあった。

正面玄関に立つと、真っ黒な外壁に圧倒された。高級車の塗装のようにつやつやと輝き、兜《かぶと》を模したロゴが大きく飾られている。戦国武将の兜をイメージしているのだろうが、デザインは未来的だ。スター・ウォーズのダース・ベイダーを思い出す。

ロビーの壁も外壁と同じ艶《つや》やかな黒で、その上を一斉に走っているかのように、沢山のアスリートのシルエットが描かれていた。少し離れたところの映写機から光が放たれていて、アスリートたちの肉体の上に新商品のウェアや鎧《よろい》兜の映像が着せ替えのように投映されている。

「オホホ、なんだかハイテクですな！　お、今度はスーツの映像になった」

甘露寺ははしゃいでいる。クライアントを見せれば仕事への緊張感が湧くのでは、と思って連れてきたのだが、すっかりリラックスしてしまっているようだ。

「うろうろ歩き回るな」と、むしろ緊張しているのは晃太郎だ。目を離すなよ、と言われて結衣は、甘露寺を引っ張ってきて待機スペースに座らせる。その様子を、

「相変わらずですねえ、種田さんも、東山さんも」

醒《さ》めた目で見ているのは去年まで結衣が育てていた新人だ。

来栖泰斗《たいと》。容姿もよく、頭もいい。すぐ「辞めます」と言うことと、思ったことをすぐ口に出すことを除けば、将来を期待されている入社二年目だ。多くの部署を経験させたいとの人事部の意向で、今年の春から運用部に異動になっている。

「僕こういうネオ体育会系ぽいの苦手です。見た目はインテリ、中身はマッチョ。高価格帯の機能性ウェア買うのってそういう人ですよね」

横に座っている晃太郎がムッとした顔で来栖を見る。高価格帯のウェアをこの男もよく買う。

「ウェブCMでも、力がなきゃ男じゃない、とか言ってましたしね。差別表現で炎上

事件起こすような会社の案件、ほんとに獲《と》る気ですか、東山さん」

「あ、炎上の話はタブーでお願いします」大森が唇に指を当てた。

「えっ。でも、もしこの案件を受けたら、ウェブＣＭの管理もこっちでやるんでしょ」

「そうなんですが、先方はかなりセンシティブになってまして……」

センシティブな気持ちにさせられたのは、あんなＣＭを見せられたこっちの方だ、と結衣は思ったが、晃太郎は「了解」と資料を取り出しながら低い声で言った。

「東山さんは余計なことを言わない。来栖も、俺が運用の話を振るまで何も喋るな」

この男にしては余裕がない、と思った時、突如、大音量のドラムプレイが高速で始まった。エネルギッシュなギターの重低音も耳に叩《たた》きこまれる。

「これメタル？」結衣が片耳を塞《ふさ》ぎながら尋ね、晃太郎が「メタルはヘビーな筋トレとかする時に聴く人が多い」と答えた時、

「忠義を尽くせ！」

大勢の男がシャウトする声が轟《とどろ》いた。受付の横のモニターで流れている会社紹介の音声だ。

「聞いてるだけで血圧が上がります」とつぶやく来栖と顔を見合わせていると、「お

待たせしました」と剽悍《ひょうかん》な顔つきの男が早足で出てきた。

上半身の筋肉がくっきり浮き出た黒いウェアを着ている。胸には兜のロゴ。たぶんフォースの看板商品だ。来る前に調べてきた。

「サムライソウル、ですよね」結衣が商品ブランドを言うと、「そうです」と彼は誇らしげにうなずいた。

「うちの社員はみんなこれ着てます。皆さんもぜひ。長時間肉体をサポートするので、朝も昼も夜もモチベーションに火がつきっぱなし。強度高く仕事できますよ」

「常時臨戦態勢、でしたっけ」と結衣が言うと、「はい」とさらに誇らしげにうなずく。

「うちは裁量労働制ですので、定められた就業時間がありません。自由に時間を使ってよいというのが、会社の方針です。就業時間も個人の裁量で決められます」

個人の裁量ねえ、と結衣が思った時、「休憩中はあんな風に過ごします」と、彼は歩きながらガラス張りの部屋を指さした。社内ジムのようだ。黒をまとった男たちがランニングマシーンで猛然と走っている。

「皆さん、走るんですか」結衣は尋ねた。「休憩中はずっと？」

「筋力が衰えると仕事の能率も落ちます。我々に仕事とプライベートの区切りはないんです。食事は社食で三食食べられますし、眠くなったら地下にある酸素マシーンで仮眠できます」

「え、じゃあ、ずっと社内にいるんですか」来栖が尋ねる。

「社外に出る必要がないんですよ。うちに来る新人も最初は戸惑いますが、人格改造っていうんですか？　ガツンと強化研修を行えば、すぐ馴染《なじ》みます」

目の前のランニングマシーンの速度計には十二キロという赤い数字が出ている。回鍋肉のおじさんの息子もこんな速度で走っているのだろうか。コンペに勝ったら、フォースに常駐して運用を行う社員を出さなければならないが、こんな会社に来させて大丈夫なのだろうか。そう思っていると、剽悍な顔の男は歩き始めながら言った。

「ベイシックの運用部から常駐している人たちも全員走ってますよ」

「ここに常駐させられたら辞めます」来栖が小声で結衣に言う。

こういう環境を喜びそうな男もいるけれど、と晃太郎を見ると、その目は甘露寺にぴったり向けられていた。余計なことをしないか監視しているらしい。

通された会議室には他にも二人、社員が待っていた。名刺をもらったが、同じ黒いウェアを着ているので見分けがつかない。甘露寺はさっそく貰《もら》った名刺の裏に何か書いている。何をしているのだろうと気にはなったが、

「え！　種田さんって甲子園行ったんですか？　ポジションは？」

フォースの社員たちが盛り上がったので視線を戻した。大森が情報を提供したらしい。

「ピッチャーです」晃太郎は答えた。「でも肩を壊したので大学までででやめました」

「東山さんは、スポーツは何やってました？　どこまでいきました？」

質問がこっちにも飛んで来る。

「私はスポーツはやってないです」

「え、ダメじゃないっすか。フォースでは、スポーツでの順位イコール社内でのヒエラルキーなんですよ？　東山さん、うちでは一番下になっちゃいますよ」

どう答えたらいいかわからず結衣は黙った。まずいと思ったのか晃太郎が言った。

「そろそろ、オリエンテーションをお願いできませんでしょうか」

フォースからの依頼内容はとりたてて珍しいものではなかった。

これまではスポーツをハードにこなす層がターゲットだったが、創立十周年を機に、普段運動をしない人たちを顧客に取り込み、シェアを拡大したいと彼らは意気揚々と語った。オリエンテーションは晃太郎主導で進み、無事に終わろうとしていた。

空気が変わったのは、プロジェクトの範囲を記した提案依頼書を、フォースの社員から渡された時だった。

「依頼書の内容に変更があった際は、東山さんにご連絡すればよろしいですか」

と言われ、結衣は答えた。

「私で結構です。ただ、弊社は残業時間月二十時間以内をめざしておりまして、お電話で連絡をくださる場合は、十七時半までにお願いできませんでしょうか。それ以降はメールでいただけますと有り難いです」

言い終わって、結衣は会議室の空気が張りつめているのに気づいた。

「それ、正気で言ってるの」気色《けしき》ばんだ顔でフォースの社員の一人が言う。

「俺のゴールデンタイムは深夜なんですが」と、もう一人。

最後の一人は、強靭《きょうじん》に鍛え上げた上半身をテーブルに乗り出し、結衣を見て笑った。

「クライアントのペースに合わせられなくて、それでも下請け？」

何が起こったのかわからなかった。敬語はどこにいったのか。大森も言葉を失っている。即座に応《こた》えたのは、やはりこの男だった。

「部下が失礼なことを申し上げました」小さく頭を下げると、晃太郎は鋭い目を上げた。「私は常時会社におりますので、ご都合のよろしい時にご連絡ください」

「一分一秒も無駄にしたくないので、メールは最高速度で打ち返しお願いします」

「定時とか言ってないで、筋力つけようよ。血流速くなれば疲れもなくなるから」

フォースの社員たちは矢継ぎ早に言う。

「できる限り対応いたします。深夜でも早朝でもいつでもご連絡ください」

「さすが甲子園出場。こっち側の人間っすね」

彼らの態度はようやく軟化する。

晃太郎がなぜ結衣をこの案件から遠ざけたいのか、わかった気がした。

（こういう、二十四時間働く男たちの逆鱗《げきりん》に触れるタイプだからな、私は）

この男ともそれで破談になったようなものだ。

「連休明けにまたヒアリングに伺います」

晃太郎は快活な笑顔で場を締めくくった。

会議室を出ようとした時、フォースの社員が「あれ、これは」と、テーブルに残った名刺を指した。裏面が上になっており、「のうきん」「トランス」「マウンティング」と書いてある。晃太郎が顔をひきつらせ、読まれる前にすばやくかき集める。

社屋の外に出ると、大森は「ここ、やばいっすね」と老《ふ》けこんだ顔になった。

「ゴリゴリの体育会系。目とかいっちゃってるし。クスリでもやってんのかな。種田さんはよく合わせられますよね。さすがだな」

晃太郎は聞いていない。

「何だこれは？」と甘露寺にさっきの名刺を突きつけている。

「あっ、それは、オホホ、さっきのサムライトリオの特徴を書き記したものですよ」

「こんなもん、先方が見たら、どうなるかわかってんのか？」

「はて、己の客観的評価に気づき、自らを俯瞰《ふかん》する視点を持つのでは？」

晃太郎は叱《しか》る言葉すら浮かばないらしい。小さく首を横に振ると、

「ほんと役立たずだな」とつぶやき、足早に歩いていく。その後を、結衣は「種田さん」と追った。

「準備、間に合いますか？　連休まであと三日しかないのに」

次は五月八日だと言われたのだ。そこで、ヒアリングの場が設けられる。渡された提案依頼書の内容を精査し、おおまかにコスト計算を行った上で質問を用意して臨まなければならない。結構な作業量だ。

「間に合わなかったら連休中に俺がやる。東山さんは心配しなくていい」

晃太郎はやはり休まないつもりだ。それでもしコンペに勝ったとしても、この調子では契約終了まで常時臨戦態勢とやらにつきあわされるだろう。そう考えてゾッとした。

「先に帰社する」

結衣との会話を強引に打ち切って、晃太郎は地下鉄の駅へ降りていった。ああいう背中を、婚約していた頃に何度か見たなと思いながら結衣は、追いついてきた甘露寺に尋ねる。

「頼んでおいた議事録は？」

「書けました。ただ、惜しむらくは自分の字が解読できず……」

甘露寺は悔しそうに首を横に振る。なんだか腕が痒《かゆ》い。蕁麻疹《じんましん》かもしれないと思った時、横からノートが差し出された。来栖だった。

「僕のほうで話の流れをメモしておきましたが、使いますか？」

涙が出そうになった。ありがと、と結衣はうなずいた。

会社に戻ると結衣は大急ぎで他の案件の雑務を片付けた。そして、翌朝からフォースのヒアリングの準備に取りかかった。連休に入る前にできる限り進めておきたい。

しかし、作業ははかどらなかった。来栖のメモをもとに甘露寺に議事録を作らせたのだが、これがひどい出来なのだ。

「甘露寺くん、議事録には（笑）とか書かなくていいのよ。……ね、聞いてる？」

当人はスマートフォンの操作に集中していた。数秒して民族音楽が流れ始めた。

「甘露寺くん、ここ会社」さすがにイラッとする。「それに何、この音。胡弓《こきゅう》？」

「馬頭琴です」

甘露寺は小鼻をふくらませ、朗々と語りはじめた。

「その昔、石《せき》という名の大工が斉《せい》という国を旅した時、巨大なクヌギの木の前を通りかかりました。しかし、石は目もくれないので、弟子がなぜかと尋ねると、石は、あれは無用の木だと言いました」

むせび泣くような馬頭琴の音色。何なんだ、いったい、と思いつつ終わるのを待つ。

「あの木は船を造れば沈み、棺桶《かんおけ》をつくればたちまち腐る。これほど大きくなれたのは役に立たぬからである。しかしその夜、そう言った石の夢枕《ゆめまくら》にクヌギの木が立ち――」

「うるさい」

そこで音楽が止まった。

「うるさい」止めたのは晃太郎だ。

「最後までお聞きなさい」甘露寺は堪《こた》えていない。「わたくしはこう申し上げたかったのです。無理に有用であろうとすれば、結果的に命を縮めることになる――と」

なるほど、と結衣は思った。昨日、役立たずと言われたことへの反論か。

「つまりあえて役立たずでいると」と、晃太郎。

「そういうことです」

「お前、会社を何だと思って――」と、甘露寺の首に手を伸ばしかけた晃太郎の腕を、結衣は摑《つか》んで、「まあまあ！」と引き戻した。

「役立たずは言い過ぎだった。ね？」

晃太郎は腕を強くかきむしりながら、黙ってマネジャー席に戻っていく。

「つくづく威圧的な人ですなあ」自称大型ルーキーはあきれている。このあたりできちんと言わなければ。結衣は座り直して、「甘露寺くん」と正面から見据えた。

「会社っていうのはね、みんなで仕事をするところなんだよ。とにかくチームワークが大事なの。だから一緒に働く人にもっと敬意を持って。上司の声にも耳を傾けてください」

「わたくし、人の下に立つのは性に合いませぬ」

「下に立てなんて言ってない。仕事に上も下もないの。自分にないものを持ってる人を敬い、足りないところを補い合う。そこからしか、いい仕事は生まれないんだよ」

ほほう、と甘露寺は遠い目で結衣の背後を見た。つられてふりかえったが壁しかない。

「しかし、東山氏、我らは所詮《しょせん》下請けなのでしょう？」

「所詮、ってどういう意味」

甘露寺は遠い目をしたまま胸に手を当てた。

「わたくしには今後の展開が、霧が晴れるようによく見えるのであります」

「……今後の展開？」

「うちの会社なら定時で帰れる、働きやすい職場だという、とある中華料理屋で出会った女性の口車に乗せられ、入社したわたくし。しかし、裁量労働制のクライアントに恫喝《どうかつ》されると、彼女は愚痴を言いつつも、あちらの働き方に合わせるべく、いたいけな新人のわたくしを巻きこんで、朝も昼も夜も働く日々になしくずしに突入していくのでありました……」

結衣は口を開いた。しかし、言葉が出なかった。

「大手企業に入ればよかったなあ。一生、上にいられましたのに。オホホ、今からでも遅くないかもしれませぬな」と甘露寺は去った。スマートフォンの充電に行ったらしい。

結衣は立ちすくみ、そのまま考えこんだ。

耳が痛い。

星印工場の案件の時も——最初は些細《ささい》な妥協だったのだ。妥協を重ねるうちに定時で帰る生活はあっという間に崩れ、チームは長時間労働に追いこまれた。

この会社は働きやすい職場であることを謳《うた》って、若者をかき集めている。でも、そんなものは何かのきっかけで脆《もろ》く崩れてしまうことを結衣は思い知っている。

福永のような、クライアントの言うことを安請け合いする無能な上司にはなりたくない。

かといって——利益を出さなければ職場環境は維持できない。

稼がせてくれるクライアントなら多少パワハラ気味でもよいのではないか。管理職の末席に押しこまれた今は、そんな風に考えてしまう。

甘露寺はこの会社に嫌気がさしただろうか。

結衣は彼から回収したフォース社員の名刺を出し、裏面を見た。それと、来栖のとったメモを照らし合わせる。「のうきん」は、脳まで筋肉に支配されているという意味だろう。筋力をつけろと言っていた男だ。「トランス」は社内を案内してくれた剽悍な顔つきの男。言葉で相手を追いこんでくる。「マウンティング」は、上下関係にこだわっていた男。

結衣にはみな同じタイプに見えた。でも甘露寺は見分けていた。自分にはない能力を彼は持っている。初めて会った夜、そう感じたのだろう。でなかったら酔っていても名刺を渡さなかった。

（これでもう少しやる気があったらな）

いい香りの風が吹きよせてきた。尖《とが》っていた気持ちが和らぐ。これは花の香りだろうか。そう思っていると、ほっそりした柳腰が結衣の前に立つ。

「……桜宮さん、どうしたの？　種田さんと何かあった？」

「いえ、違うんです。東山さんがフォースに行ったって、甘露寺さんに聞いて」

桜宮の黒い瞳《ひとみ》が結衣を見つめている。

「私、ベイシックにいた頃は営業部で、フォースの接待にも行ったことあるんです。……今度、私も連れてってもらえませんか？　きっと役に立ちます。今のアシスタントの内勤の仕事よりも得意だと思うんです。その……男性の相手が」

返答に困った。男性の相手ってどういうことだ。桜宮は上目遣いで言う。

「東山さんはそういうの、苦手に見えるから」

胸の奥をざらりとかき回された。桜宮は微笑を浮かべる。

「私がいるとコンペがうまくいくって前の会社では言われてました」

「そうなんだ」結衣は息を整えて言った。「でも、そういうことは種田さんに相談してくれる？　桜宮さんの教育担当、今はあの人だから」

桜宮は不本意そうに口を結んだが、「はあい……」と目を伏せて去った。今の仕事をまずできるようになりなさいと諭すべきだったと少し反省する。でも、甘露寺に突きつけられた言葉だけでいっぱいいっぱいで余裕がなかった。

それに……。桜宮の言葉で、無理矢理眠らせていた鬱屈《うっくつ》が蘇《よみがえ》ってしまった。腹が出たらもう女じゃない。ユイユイも年取ったよな。お前とはもう仕事の話しかしない――。

私は、と結衣は思った。三十二歳の女であるということに、自分で思うよりも参っているのかもしれない。

額の傷跡に触った。定時で帰ると言っただけで、屈強な肉体を持つフォースの男たちに圧迫されたあの時、この傷跡は再び裂けでもするように痛んだ。

小さく深呼吸する。連休はしっかり休んで余裕を取り戻そう。

いつもよりハイスピードで仕事をした甲斐《かい》あって、フォースへのヒアリングの準備は休みに入る前に何とか終わった。

明日から連休だという二十八日、定時が来ると結衣は帰る前にマネジャー席に歩み寄った。

「連休中の予定は？」

「え？　なんでそんなこと訊《き》くの」と晃太郎は戸惑った顔になる。

「準備は終わってるんだからちゃんと休んでね」

「ああ」晃太郎は首のうしろを掻いて目をそらした。「俺も色々とやることが」

「休むのも仕事のうちですよ。種田マネジャー」結衣は釘《くぎ》を刺した。

連休も終わりに近づいた五月六日、暇をもてあまして不機嫌な父の断捨離につきあわされていると、巧から電話がかかってきた。新居になるはずだったメゾネットマンションの解約が無事終わったと報《しら》せてきたのだ。敷金は幾らか戻るものの、新居用に買った家具の購入代金を差し引くとほとんどなくなってしまう。

これでしばらくは実家から出られない。重い溜《た》め息をついていると、

「そういえば、結衣ちゃんのチーム、フォースのコンペに参加するんだってね」

巧はベイシックの営業部にいるのだ。「情報が早いね」と結衣は言った。

「うちの営業担当は風間《かざま》さんって人だけど、フォース、なかなか厄介らしいね。うちも連休明けにヒアリングだけど、ここへきて提案依頼書の変更でしょ？　休み返上で準備し直しだって。お疲れ様って感じ」

「提案依頼書の変更？」連休気分が一瞬で吹き飛んだ。「何それ」

「プロジェクトの範囲が大幅に変わったらしいよ。連絡きてないの？」

巧との電話を切ると、急いで晃太郎にかけながら、壁のカレンダーを睨《にら》む。今日は六日。ヒアリングが八日。あと一日半しかない。

巧から聞いたことを告げると、晃太郎は絶句した。だが、すぐにフォースの社員に連絡し、変更部分について聞き出してきてくれた。

やはり大きく変わるらしい。ヒアリング資料も作り直す必要があるという。

「何でこっちには教えなかったんだろう。おかしいよね。むこうからコンペに来いって言っといて」

「連休直前に電話したが、定時後で東山さんは不在だったため、伝えられなかったと言ってた。ヒアリングの場で伝えればいいと思ってたって」

さてはわざと定時後に電話したな。伝えてもらうのが遅くなればなるほどコンペには不利になる。向こうの働き方に合わせなければこうなる、ということをしてくるのか。

急を要するので各々《おのおの》の自宅で手分けして作業することにした。晃太郎の仕事は速かった。翌日の夜九時にはめどがつき、「あとは俺がやる」と言われた。

「明日のヒアリングにはお前は来ないほうがいいかもな。俺に任せておけ」

晃太郎は今夜も寝ないつもりだろう。申し訳ない気持ちと、ホッとする気持ちが入り交じる。結衣の集中力はもう限界だった。

居間のソファに倒れこんだが、父が大音量でまた『忠臣蔵』を観《み》ている。

「ご乱心めされたか！」とか「殿中でござる！」とか騒いでいる侍たちの声がうるさい。

「よく観るね、そんな辛気くさそうな話」

「何を言う。忠臣蔵は日本人の大ロマンだぞ。観るか？　最初から観たほうがいい」

「いい」と抵抗したが、不機嫌になられたら面倒なので、眠い目をこすって隣に座る。

仰々しい音楽とともに、忠臣蔵は始まる。主演は長谷川一夫。はるか昔の役者だ。

舞台は、今から三百年以上前の日本である。

元禄《げんろく》十四年三月十四日、江戸城殿中松の廊下にて、前代未《み》聞《もん》の大事件が起きた。赤穂藩藩主の浅野内匠頭長矩《たくみのかみながのり》が、高家《こうけ》肝煎《きもいり》である吉良上野介義央《きらこうずけのすけよしなか》に突然、斬《き》りかかったのだ。

取り押さえられた浅野は斬りかかった理由として「遺恨があった」と語ったが、殿中での刃傷沙汰《にんじょうざた》は重罪だ。浅野は乱心したとして即日切腹、浅野家は断絶。しかし、もう一方の吉良は一切お咎《とが》めなしだったことから、赤穂浪士たちは怒って仇討《かたきう》ちを決意する。かくして忠臣蔵の物語が幕を開ける——。

というのが前半のあらすじだが、眠くて話が入ってこない。何しろ赤穂浪士は四十七人もいるのだ。みな侍の格好をしていて、誰が誰だかわからない。

「職場で人を斬ったらだめでしょ」というのが、結衣の感想だった。「何に腹を立てたのか知らないけど、暴力はだめ」

「お前、居眠りしてただろ！」父は憤慨している。「吉良はな、とんでもないパワハラ野郎なんだ。畳替え事件のくだり、お前見てたか？　天皇の勅使を泊める屋敷の畳替えが必要だってことを、吉良のジジイは前日まで饗応《きょうおう》役の浅野に教えなかったんだぜ」

「なんで？」

「地方の小大名にすぎない浅野が自らの武士道に則《のっと》って、指南役である自分に賄賂《わいろ》を渡さなかったことを根に持ったんだよ。だからわざと教えなかったの。そのせいで、赤穂藩の藩士たちは夜を徹して全《すべ》ての畳を替えるはめになってな……」

わざと教えなかった。夜を徹して。どこかで聞いたような話だ。

「くっだらない。三百年たってもパワハラの中身は変わってないってことか」

「うん、まあ、畳替えの事件の部分は、後の世の創作らしいけどな」

「えっ、これほんとの話じゃないの？」

「刃傷沙汰があったことと、浅野内匠頭が切腹させられたことは実際にあったことだ。だが、その他はあちこち創作されてる。だって浅野内匠頭が遺恨の理由を言わないで死んじゃったんだもの。こりゃあ吉良がパワハラしてたに違いない、と後に歌舞伎《かぶき》とか浄瑠璃《じょうるり》とかを作った江戸の町人たちが想像したんだな」

「なんだ共感して損した」しかし、想像にしては生々しいエピソードだ。

ふと明日のことを考えた。晃太郎には「来ないほうがいい」と言われている。俺にすべて任せておけと。でも本当に晃太郎に任せておいていいのだろうか。サムライトリオに「こっち側の人間」と言われるような人に。考えこんでいると、父が言った。

「さっき、三百年たっても、って言ったな。お前もパワハラ受けてるのか？」

「実は、そうなの！」結衣はフォースの仕打ちを訴えた。

一緒に憤《いきどお》ってくれるかと思いきや、父は鼻を鳴らして言った。

「耐えろ。下請けは頭下げてなんぼだ」

「えっ、でも、お父さん、さっきは浅野さんの味方してたじゃん」

「浅野内匠頭は平川門から出されて即日切腹だ。そうなってもいいのか？」

平川門。どこかで聞いた。フォースの社屋の近くに、たしかその門はあった。別の名を不浄門という、と大森が言っていた。あの場所はかつて江戸城だったのだ。

「会社員も武士も同じ」父は腹に手刀を当てた。「上に逆らえば明日の命はない。結衣、いいか？　くれぐれも頭を低く、下に、下にだ。取引先でござるだぞ。乱心して刀を抜くな」

「大げさな。取引先で乱心なんかするわけないでしょ」

自分の部屋に戻り、提案依頼書のコピーを鞄《かばん》にしまおうとして、結衣は黒い兜のロゴマークに目を留めた。会社員も武士も同じ、か。もしそうだとしたら、自分の働き方を無理に押し通せばコンペには勝てないかもしれない。

でも、何かがしっくり来ない。

あっちの働き方に無理に合わせていて本当によいのだろうか。

しばらく考えた後、結衣はスマートフォンを開き、柊に新たな調査を依頼した。

「非常識な時間にごめん。フォースについて追加情報を急ぎ求めています。報酬はいつもの倍出します」

翌朝九時、来栖とともにフォースにやってきた晃太郎は、先に到着していた結衣を見て眉《まゆ》をひそめた。モーニングコールで起こして連れてきた甘露寺を見て、さらに表情を険しくする。結衣を手招きして近くに呼び、

「来なくていいって言ったろ」

「この案件、フォースの言う通りにしてたら、星印工場の二の舞になる」

結衣が言うと、晃太郎はこめかみを押さえた。理解できない時にやる癖だ。

「今さら何を言う。俺がそうはさせないって」

「どうかな。種田さんはああいう人たちの言いなりに働くのが好きだから」

「結衣」

ふいに下の名前で呼ばれた。晃太郎の目には怒りがこもっていた。

「お前は奴《やつ》らをわかってない。体育会系社会の厳しさを結衣は知らない。ここは俺が思ってた以上だ。おまけに炎上事件でストレスフルときてる。これ以上、神経を逆撫《さかな》でしたくない」

「でも新人たちは」結衣は甘露寺を見る。「うちの会社を働きやすいと信じて入ってくる」

「新人の前に」晃太郎は語気を強める。「お前はまず、社内の人間に自分の働き方を認めさせなきゃいけない。違うか？　定時に帰る管理職なんて認めないと思っている

人間は社内に大勢いる。今まで以上に厳しい目でお前を見てる奴がいるってわかってんのか？」

あなたがまさにそうではないのかと思っていると、晃太郎は言った。

「お前には実績が要る。定時に帰らない奴ら以上の成果を出して、ベストチーム賞でも獲らなきゃ認めてはもらえないぞ。クライアントを選べる状況でもない。この案件は俺が獲る。だから結衣は――」

「お話、よくわかりました」結衣は話を遮った。

晃太郎の話は嘘《うそ》ではないのだろう。自分で思っている以上に、結衣は社内で厳しい目で見られているのかもしれない。

「でも、一度だけチャンスをください。晃太郎の邪魔はしない。コンペに勝てるように持っていくから」

晃太郎は迷うように視線を漂わせたが、受付を済ませて出てきた大森に「時間です」と急《せ》かされると、困惑した顔のままうなずいた。「絶対に逆らうなよ」

ポケットでスマートフォンが震える。早朝からたて続けに送られてきている柊からのメールに結衣は目を走らせた。よし、だいたい思った通りだ。

――もっと頭を使え。小手先の策略に頼るな。

石黒から聞いた、社長の言葉を思い出し、傷跡の痛みを忘れることにする。

「忠義を尽くせ！」というシャウトが轟くロビーを抜け、会議室に着くと、この前と同じ社員たちが待ち受けていた。「のうきん」と「トランス」と「マウンティング」だ。結衣を見て歪《ゆが》んだ笑みを浮かべている。

たちまち傷跡がひきつれたが、気にしない。

裁量労働制なのに個人に裁量がない。全ての人にスポーツをと言いながら、自分たちのヒエラルキーを押しつける。コンペに呼んでおいて重要な情報を伝えない。この会社はどこか歪んでいるのだ。合わせていたら、あっという間に定時で帰る生活は侵される。

コンペには勝つ。なおかつ、自分の働き方は貫いてみせる。

「甘露寺くん」

と、ふりかえり、結衣は小声で言った。

「私の背中を見ててね。ちゃんと戦ってくるから」

傍らにいた来栖がはっとした顔になる。形のよい眉が深く寄せられる。甘露寺はニコニコした顔のまま、「ほほう？」と小首をかしげた。

「提案依頼書の変更、うまく伝わらなかったようで、すみませんね」

全員が席につくと、「トランス」が口火を切った。

「いえ、在席していなかったこちらが悪いんです。幸い、準備は間に合いましたので」

晃太郎はあくまで下手に出るつもりだ。そのままヒアリングに入る。現行の公式サイトの問題点について細かく質問を重ねていく。しかし彼らはまともに答えない。

「おたくはプロフェッショナルですから、わざわざ言わなくてもおわかりでしょう」

と「マウンティング」は乾いた笑みを口に貼《は》りつけている。

やはり歪んでいる。何が理由なのか、まだはっきりとはわからないけれど。

晃太郎は先方に気づかれない程度に小さい溜め息をついたが、すぐ切り換えて笑顔を見せた。

「そうですか、では弊社の方で今一度検討しまして、後日――」

それでは遅い。今日確認しなければコンペの準備にかけられる期間が短くなって負ける。結衣は息を吸った。そして「少しよろしいですか」と言った。

「現行の公式サイトについて私なりに分析した御社の問題点を申し上げてよろしいでしょうか？」

晃太郎のぎょっとした顔をよそに、結衣はタブレットに公式サイトを表示させる。

「まず、市場シェア拡大の前に、これのせいで大幅に落ちこんでいる売上をなんとかしなければなりません」

と、炎上中のウェブCMを表示する。〈力がなければ男じゃない。腹が出たらもう女じゃない〉のコピーを指でさす。視界の隅で大森の顔が歪んでいるのがわかったが、

「これは最低のCMです」結衣は言い切った。「性差別的であることももちろん問題ですが、同時にスポーツをする者が上で、しない者は下だという、内向きの価値観で作られ、客観的な評価調査をされないまま、公開されてしまったことが問題です。〈すべての人にスポーツを〉というブランドコンセプトに合致しているかの検討すらされていない」

全身真っ黒なサムライトリオは真顔になる。でも、もう引くわけにいかない。

「これは私の体脂肪表です」と、結衣は実家に積んだままの段ボール箱から引っ張り出してきた紙を差し出す。「三年前に計ったもので、とてもプライベートなデータですが、今日は特別にお見せしましょう」

体脂肪率二十八パーセント。肥満度は普通だが「運動しましょう」というコメントがついている。さっと目を走らせた「のうきん」が小さく笑った。

「運動すべきですね。ここに書いてある通り」

「その通りかもしれません、でも私はスポーツそのものに苦手意識があるんです。小中高と帰宅部でしたし、一度だけ中学でテニス部に入ったんですが、続きませんでした。先輩の球を拾わされるだけの毎日に納得できなくて、三日でやめました」

「新人は球拾いと昔から決まってる」と、「マウンティング」が鼻の上に皺《しわ》を寄せる。

「おっしゃる通りです」晃太郎が言い、結衣にやめろと目で指示してくる。

「でも、そういうルールを強いられるのが苦手な非体育会系の人たちが、これからの御社の顧客ではないでしょうか。多様な価値観に寄り添う公式サイト。それが御社に今もっとも必要なものです」

「運動しない人間の心なんか、俺たちには理解できませんよ」と、「のうきん」が笑う。

「ですよね！　だからこそ、この動画をアップする前に私のような者に見せていただきたかったです。私なら言いました。これは炎上しますよ、売上も落ちますよと。現行ベンダーであるベイシックさんが指摘しなかったのはなぜでしょう？　みなさんの一分一秒を無駄にしないためにも絶対に反対すべきでしたのに」

サムライトリオは言い返さない。晃太郎が油断なく彼らの顔色を窺《うかが》っている。

「弊社にはスポーツが苦手な者が多いです。管理職でさえ定時で帰る、そんな会社です。皆さんとはまるで違う生き方をする人間の集まりです」

まばたきせずに自分を見据えている「トランス」に目を向け、結衣は続ける。

「でも、違っているからこそ、共に働く相手に選んでいただきたいのです」

「でも、うちの下請けになりたいなら――」と言いかけた「マウンティング」に結衣は言った。

「弊社は下請けになりたいとは思っていません。御社のパートナー会社になりたいと思っています」

「パートナー？」と、「トランス」の声が裏返る。脳がうまく読みこめないらしい。

「弊社は御社にないウェブ構築と運用の技術、それからデジタルマーケティングの知見を持っています。互いに協力し合う対等な関係を築きたいと思っています」

今は江戸時代ではない。封建主義社会を生きる武士はもう滅びた。ここにいるのは足りないものを補い合って発展する二十一世紀のビジネスマンなのだ。

そうは思っていても、ひるみそうになる自分を鼓舞して結衣は言った。

「問題点を共有できたようでよかったです。それではまたコンペで」

フォースの社屋から出た結衣はお腹《なか》を触った。どうにか切腹せずに出てこられた。

「冷や汗かいた」と、大森が言う。「でもこれでベイシックに一歩リードできたかもしれませんね」

ヒアリング後、少しの間ロビーに留《とど》まり、結衣は柊から得た情報を同僚たちと共有した。

幾つものSNSから、フォースの社員のものと思われるアカウントを、特に匿名《とくめい》のものを中心に洗い出し、今回の炎上事件についての情報が投稿されていないか探してもらったのだ。「このままじゃヤバい」とか「上層部はどうするつもりなんだろう」とか、思ったより多く吐露されていた愚痴を繋《つな》いでいくと、危機的状況にあるという社内事情がわかってきた。彼らはこの状況を打開する方法を血眼で探っているはずだ。だったら、たとえ働き方が違っていても、問題点を真正面から指摘できる会社をパートナーとして選んでくれるかもしれない。結衣はその可能性に賭《か》けたのだ。

何より自分がリクルートした新人に見せたかった。仕事に上も下もないのだ、ということを。自分たちの働き方を守り抜く姿を。

「甘露寺くん」結衣はうしろにいるはずの自称大型ルーキーに言う。「あなたと私もまったく違うタイプだけど、出会えてよかったと思える日が来る。そう信じてみる」

灰原にかけられた言葉が再びよみがえる。

――あれから十年もたつけど、君は何もしなかったね。甘露寺もきっと育つのに時間がかかるのだ。だったら自分も灰原のように辛抱強く待たなければ。

「何度失望させられても、私、あなたのこと信じて育ててみる。あなたをこの会社に誘ってよかったって思える日が来るって信じたいの。だから、明日から朝は一人で――」

「オホホ」

という声が遠くでした。ふりかえると甘露寺がこちらに手を振っていた。「さ、観光、観光！」と嬉《うれ》しそうに叫んで皇居へ走っていく。

「あれ？　ちょっと待って。まだ昼休みじゃないよ。それに議事録は？」

「メモしておきましたけど」来栖が横からノートを差し出した。「使います？」

心から思った。どうして甘露寺に、うちに来たら、なんて言ってしまったんだろう。

「とにもかくにも、東山さんはこの案件に必要不可欠な存在になりましたね」と、大森が晃太郎に言っている。「コンペにも来てもらわないと」

結衣は、さっきから一言も発しない上司におそるおそる目をやる。

晃太郎は黒い兜《かぶと》のロゴマークを見上げていた。その横顔は強張《こわば》っている。体育会系社会の厳しさを結衣は知らない、とこの男は言っていた。

結衣の視線に気づくと、晃太郎は目をそらした。

「守りきる自信がない」とつぶやいている。

「守るって」結衣は眉をひそめる。「何を？」

「頼むから、危ない橋を渡るのはやめてくれ、結衣」

それだけ言い残し、先に帰社する晃太郎の背中のむこうに石垣が見えた。

あそこにかつて江戸城があった。元禄十四年三月十四日、あの狭い城の中で、浅野内匠頭長矩という一人の侍が刀を抜いた。地方の小大名が起こしたこの小さな事件は、やがて江戸幕府を揺るがす大事件へと発展していくことになる。

なぜ彼がそんなことをしでかしたのか、「遺恨」とは何だったのかも謎《なぞ》のままで。

といって、その謎について考えこむほど、結衣は『忠臣蔵』には興味がない。

「まあ、とにかく、私は刀を抜かずにおさめましたよ、浅野さん」

三百年以上も前の侍に語りかけてから、結衣は竹橋駅に向かって歩き始めた。

第二章　素直すぎる子

乾杯、という声とともに、ビールで満たされたグラスがぶつかりあう。

フォースのヒアリングが無事終わった翌日、会社近くの居酒屋で新人歓迎会が開かれた。しかし、

「甘露寺、待て。まだ飲むんじゃない」

のっけから晃太郎の張りつめた声が響く。

「乾杯する時は目上の者のグラスよりも自分のグラスが下になるように調整しろ。もう一回やってみろ。やってみろって。取引先では相手がどういう——おい、聞けよ！」

「種田さん、それ昭和的。甘露寺くんは平成生まれだよ」

なだめているのは賤ヶ岳《しずがたけ》八重《やえ》。結衣の二つ年上の先輩で、女性初の役員になるのが目標らしい。といっても、去年双子を産んだばかりで当分は焦《あせ》らないことにしたらし

い。四月から結衣の下でチーフをしている。

「だって、賤ヶ岳さん、甘露寺の乾杯見ました？　こいつ、ものすごい上から俺のグラスにガツンとぶつけてきて、その上、なんか奇声を……」

「ウェーイですかな」甘露寺は皿の上のアンキモを口に放りこんでいる。

「お前は平成生まれでも、クライアントがどういう礼儀作法を重んじるかなんてわからないんだからさ。おい、それ、全部食うなよ。箸《はし》を置いて俺の話を素直に聞け！」

片耳を塞《ふさ》いで結衣はビールを飲む。飲み会の時くらい新人の教育から解放されたい。

当の甘露寺は「しかし、ですなあ」と顔をしかめている。

「部下が素直になったら最後、上司は横暴になる一方ですからな……。グラスの上下にこだわることが、このグローバル社会においてどれほど重要か。種田氏自身が考えてみたらいかが？　管理職研修だと思って」

「なんで俺がお前から研修を受けなきゃいけないんだ」

「オホホ、ま、飲みなされ」と、甘露寺はビール瓶を持ち、かなり上から晃太郎のグラスに注いだ。案の定、ビールは黄金色に輝きながらあふれ、慌《あわ》てて添えられた手を濡《ぬ》らした。晃太郎は手を振って水滴を払い、椅子《いす》を蹴《け》たてて手を洗いに出ていった。

結衣の隣に座っている来栖は「面白いですね」とニヤニヤしている。

「自分が教育係じゃなきゃね」結衣は身を乗り出し、布巾《ふきん》を賤ヶ岳に渡す。

「いや、甘露寺くんじゃなくて、種田さんのほう。あの人って基本つまらないじゃないですか」来栖は続ける。「仕事ができてかっこいいなって憧《あこが》れたこともあったけど、仕事の他には何にもない人じゃないですか。どうして東山さんがつきあってたのか、ほんと不思議です」

その話は今してほしくない。新人たちにまで痛々しい過去を知られたくない。

「でも、甘露寺さんにパワハラしないように耐えてる種田さんは凄《すご》く面白いです。二ヶ月前までは死ぬ気で働けって部下に言ってたのに、今じゃ新人に気を遣いまくってる。すごい変化ですね」

他人事《ひとごと》のように言っているが、嫌なことがあるとすぐ辞めたいと言う来栖のほうが余程気を遣う新人だった。

そろそろ自立してほしい。そう思って結衣は言った。

「フォースのコンペが終わったら、来栖くん、どっか常駐に行ってみたら？」

「よその会社に出勤するなんて気詰まりです」

「私も二十代の頃は行ってたよ。二社。合計で三年は行った」

「嫌です」と、来栖は頑《かたく》なだ。

チームの長であるマネジャーの晃太郎が席に戻ってくると、新人が一人ずつ挨拶《あいさつ》を始めた。最後は桜宮だった。彼女が柔らかそうな髪を耳にかけると、

「可愛《かわい》い!」と吾妻が叫ぶ。

「私、前の会社で三年勤めてて、もう二十五歳で、完全に年増《としま》なんですけど」

桜宮ははにかんで隣の晃太郎に目をやる。

「種田さんのような、仕事できる男の人に教えてもらえることになって、ほんとに、ほんとに、幸せです。あっ、でも!ドジッ子なので、みなさん助けてください!私なりにお役に立てるよう頑張ります!」

「はい、頑張ってください」晃太郎が言い、大きな拍手が起こった。

女の部下は苦手だ、と言っていたわりに、なんとかうまくやっているらしい。今日の午後はマンツーマンで見積書の作り方を教えている姿も見かけた。

挨拶を終えた桜宮は、すすす、とテーブルを回ってきて、来栖の前に立った。

「来栖さんですね!」と、空のグラスを持たせる。ビール瓶を両手で持ち、「お酌しますす」と声をかけ、ラベルを上にして、泡がきめ細かにたつように注ぐ。完璧《かんぺき》だ。コンパニオン、という言葉が頭をよぎった。いけない。先入観を持ってはいけない。

来栖は黙って桜宮を見つめていたが、「僕、下戸なので」と言った。

「うそ！　やだ、ごめんなさい。ソフトドリンク頼みますか？」

「自分で頼めます。ジンジャエールお願いします」と店員に言う来栖を、桜宮はびっくりしたように見ていたが、すぐ結衣に向き直った。

「種田さんがフォースのコンペに連れてってもいいって、言ってくれました」

晃太郎は許したのか。少し驚きながら結衣は言う。

「桜宮さんは、フォースがどういう会社かわかってるんだよね。いいの？　すごい体育会系だし、パワハラ体質だよ」

「でも、あそこ、若い女の子には優しいので大丈夫です」

お腹《なか》の奥をぐっと押された気がした。でも相手は新人だ。結衣は「そっか」と返した。「だったら甘露寺くんの代わりに議事録お願いしようかな」

桜宮がいなくなると、来栖が「コンパニオンみたいですね」と言った。「そういうこと言わない」とたしなめつつ、やっぱりそう思われてしまうよなと不安が胸に兆《きざ》す。

テーブルのむこうの晃太郎に視線を合わせ、外に出るよう促す。

店の前は幹線道路だ。車のヘッドライトが二人を光と影のまだら模様に照らしていく。五月だというのに今日は夏のように暑かった。だが、この時間になれば涼しい。

本当に桜宮を連れていくのかと尋ねると、晃太郎は目をそらした。

「甘露寺ほどじゃないが、あいつも仕事ができないだろ。エクセルの簡単な関数すら知らないし、ベイシックで三年も何やってたのかと思うレベルだ。でも、フォースの連中に気に入られていたっていうのは事実らしい。今日もフォースに電話したらむこうから言われた。彼女がそっちにいるなら連れて来いと」

「何させるつもり。ニコニコさせて座らせておくの？」

「お前のやり方じゃ、あそこのコンペには勝てない」と、晃太郎は結衣を見下ろす。

「言っとくけど、自分のためだけに勝ちたいわけじゃないからな。何が何でも目標額を達成しろと、石黒さんにも言われてる。社長の窮地を救うためにも、と」

「社長の窮地？　なにそれ。一緒にランニングした時にグロに聞いたの？」

「もっと前だ」晃太郎はなぜか怒っている。「とにかく、結衣がパートナーだとか言い出してから、フォースの空気は前より硬化してる。ベイシックの他にも、コンペには何社か参加するだろうし、むこうはうちが辞退しても痛くも痒《かゆ》くもない。今日かかってきた電話も高圧的だった。でも、彩奈を同行させれば、少しは武装を解くだろう」

「彩奈」誰のことかと考え、桜宮だと気づいた。「下の名前で呼んでるの？」

「そう呼べって本人が言うから」

内心衝撃を受けながら言う。「それセクハラになりませんか、種田マネジャー」

「何だよ、その目。……はいはい、じゃ、公《おおやけ》の場では名字で呼ぶことにします」私的な場があるような言い方だ。いつの間にそこまで仲良くなったのだろう。つい口がすべった。

「ああいう女子マネジャーみたいな子、体育会系男子は好きそうだよね」

晃太郎は面倒くさそうな顔になり、「この忙しい時に僻《ひが》むなよ」と言って店内に戻っていった。

僻んでない。まったく僻んでなんかいない。でも——ないとは思うけれど、二人は休日も会っているのだろうか。いや、さすがにないか。だけど、連休の予定を尋ねた時の晃太郎の態度は不自然だった。何か隠している風だった。

だいたい、なぜ僻んでいるなんて思われたのだろう。結衣が三十二歳だからか。晃太郎だって三十五歳じゃないか。よりを戻したがってたんじゃないのか。

急に足元が揺らいで、暖簾《のれん》の裾《すそ》に摑《つか》まっていると、賤ヶ岳が出てきた。

「野沢《のざわ》、やっぱり来なかった」黒縁眼鏡の奥の目を歪《ゆが》めている。「何してんの、あんた」

「別に」と結衣は体勢を立て直した。「寂しいですね。彼女の歓迎会でもあるのに」

野沢花《はな》は、賤ヶ岳に教育を受け持ってもらっている新人だ。就職浪人している甘露寺や、第二新卒の桜宮とは違い、大学を卒業したばかりのピカピカの新卒だ。まだ二十二歳だが、出来はよい。研修でも成績トップだった。

「私だって保育園のお迎え、旦那《だんな》に替わってもらって、なんとか参加してるのにさ」

「でも、就業時間外のことだし、強制はできません」

「本人の意思だったらいいんだけどさ。それがそうでもないんだよね。……ねえ！明日彼女の面談してやってくんない？　そろそろ今期目標、書かせるでしょ。あれサブマネの仕事だったよな。よろしく！」

強引に言って、賤ヶ岳は店内に戻っていく。あんな素直そうな新人の何がひっかかっているのだろう、と首を傾《かし》げていると、賤ヶ岳はすぐ引き返してきた。鼻の上に皺《しわ》を寄せている。

「あー、なんていうか、あんたのプライベートが暴《あば》かれてるよ」

「私のプライベート？」

もしや、晃太郎との過去を誰かが新人にバラしたのか。

店内に戻ると、新人たちが気まずそうに結衣に目を向けた。晃太郎との過去を知っているはずの、吾妻や来栖まで愕然《がくぜん》としている。吾妻が言った。

「結婚の話、なくなったんですって？　ベイシックの諏訪巧さんとの結婚」

そっちか。さては喋《しゃべ》ったな、と晃太郎を睨《にら》むと、隣の桜宮が顔を強《こわ》ばらせた。

「ごめんなさい、私が言ったんです。私、ベイシックでは諏訪さんに仲良くしてもらってたのですが、東山さんのチームに入ったと報告したら、彼女とは別れたんだよねと伺って。まさか、皆さん知らないなんて思わなくて」

「浮気されたんですって？　職場の二十代女子と」吾妻がダメージを重ねてくる。

「桜宮さんによれば、諏訪さん、今はその子とつきあってるらしいっすよ」

全然知らなかった。でも、

「知ってた」狼狽《ろうばい》を隠すために、そう言うしかなかった。「ま、そんなわけで、晴れてフリーとなりましたので、私にアプローチするなら今ですよ。ははは」

元の席に戻るためにテーブルと壁の間を移動し、晃太郎の後ろに来ると、

「諏訪さんが三橋《みつはし》さんとつきあってること、知らなかったのか」と、小声で言われた。

「だから、知ってましたって」と強がりながら席に戻ると、隣から来栖の視線を感じた。

「何？」と見ると、「なんでもないです」と肩をすくめている。

「ねえ、来栖くんは会社の飲み会ってどう思う？　今の若い子は参加したくないのか

な」

来栖は答えた。「僕も運用部の飲み会は出ないです」

「じゃ、どうしてこっちには来たの？」

「東山さんに誘われたから」来栖は表情を変えずに言う。「コンペのメンバーに加わったのも東山さんがいるからです。どうせまたテンパってるんだろうなって思って。まあ、案の定でしたけど」

可愛い奴《やつ》め、と思い、「よし、だったら、コンペに勝ったら、フォースに常駐してみるか！」と言ってみたが、「それは嫌です」と断られた。

そうだろうな、と結衣は溜《た》め息をつく。たとえ誰かを常駐に出すとしても、その前にフォースに変わってもらわなければならない。こちらの働き方を尊重してもらえないのなら、コンペ辞退もやむを得ないかもしれない、と結衣は考えた。

翌朝、野沢はおずおずと会議室に現れた。ボブスタイルが似合う小さな顔に、細い銀縁眼鏡をかけている。新人歓迎会になぜ来なかったのか、というデリケートな質問は後にして、新人全員に書くように伝えてあった今期目標を見せてもらう。

しばらく黙って目を通した後、結衣は尋ねた。「これ、自分で書いたんだよね？」

「はい」と野沢は小声で言った。

「これ渡した参考例そのまんまだよね。入ったばっかで目標って言われても浮かばないとは思うけど、この会社でやりたいことはないの？　今の時点のでいいから」

「やりたいこと」野沢は困惑顔で眼鏡を押し上げた。「例えばどんな……」

「エンジニアやりたいとか、お客さんと接したいとか、どの部署が希望だとか」

野沢は黙ってうつむいている。

「ウェブメディアの可能性を考えたいとか、海外向けビジネスをやりたいとかでもいいよ」

野沢の返答を待つ間、結衣は彼女の履歴書に目を落とした。志望動機はＩＴ業界の就職マニュアル通り。趣味も読書と平凡だ。甘露寺や桜宮のように、目に見える問題点はないが、だからこそ特徴が摑めず指導しにくい。そういうタイプの子だ。

「あのう」と、野沢が口を開いた。「東山さんはどんな目標がいいと思いますか」

「私？　私が新人の時はね、定時に帰る会社を作りたいって書きました。私の教育係も野沢さんと同じで賤ヶ岳さんだったんだけどね、今期中に実現できるわけないだろ、って怒られたなあ」

「あの、そうじゃなくて、東山さんは、私の目標、何がいいと思うでしょうか？」

その言葉の意味を結衣が考えているうちに、野沢が遠慮がちに続けた。

「うちの母には、門限を守れる範囲での目標にしておきなさいって言われました」

「お母さん」結衣は首を傾げた。「今期の目標の内容をお母さんに相談してるの？」

「うちの門限は十九時で、定時に会社を出ないと間に合わないんです。母にはIT業界は残業まみれだからダメって反対されてたんですが、この会社なら定時退社できますって人事部が保証してくれて、なんとか入社したんです。だから新人歓迎会もホントは行きたかったけど……」

「もう大人なんだし、一度くらい門限破っちゃえばよかったのに」

「だめですだめです！」と、ボブの頭がぶんぶん振られる。「携帯にGPSついてるので、どこにいるのかすぐバレます。お店にまで迎えに来られたら恥ずかしいし」

「あはは、まさか」

結衣は笑ったが、野沢は笑わない。あり得る話なのか。

「野沢さん、お母さんがどう思うかじゃなくて、まず自分がどうしたいかを考えてみようか」

野沢はまた黙りこんだ。その後も何度やりとりしても、結果は同じだった。

面談を終えた結衣は賤ヶ岳の席まで行き、「門限の話って聞いてます？」と探りを入れた。「あんたも聞いたか」と、賤ヶ岳は溜め息をついた。

他の新人たちに聞かれないよう、廊下の奥の自販機の前に移動すると、

「野沢の母親、うちの会社が実は定時に帰してもらえない会社なんじゃないかって疑ってんの」

賤ヶ岳は言った。

「入社前には、うちのオフィスの電気が何時に消えたか、三日間続けてチェックしに来たって」

凄い行動力だ。結衣だって自分が就職する時にそこまではしなかった。

「社内メールも監視してる。野沢がパスワード教えたんだって。セキュリティ上まずいし、教えちゃダメだよとは言ったんだけど。……前にあったじゃん？　会社入ったばっかの子が過労で自殺したっていうニュース。だからさ、野沢の母親が警戒する気持ちもわかってしまって」

「まあ、それだけ心配してるってことですよね。今の親御さんは」

星印工場の案件のまっただ中にいた時、父に言われた言葉を思いだした。

――職場で死ねたら本望。お父さんたちはそういう覚悟で仕事をしてきた。

結衣が過労で生死の境界線を越えかけたことを父は知らない。額に傷を負った理由も言っていない。だからきっとまだ思っている。自分は会社人生を無事に全うした。だから娘も大丈夫だと。

「問題はさ、野沢が自分の頭で考えられないことなんだよね」

賤ヶ岳がさらに大きな溜め息をついた時、吾妻が呼びにきた。

「電話。フォースから」

フォースの電話には俺が出る、と晃太郎には言われている。しかし、今は別のクライアントを訪問していて不在だ。

「種田さんがいないのであれば、東山さんを出せって。急ぎだって」

しかたなく自席に戻って電話を取ると、いきなり言われた。

「一分一秒も無駄にしたくないって言ったよね？」この声は「のうきん」だ。「ちゃんと走ってきた？　足遅いなら、ハムストリングス鍛えたほうがいいよ」

余計なお世話だとは思ったが、相手はクライアントだ。「どんなご用件でしょうか？」

「重要なことだからメモって。伝達ミスとかされたら困るから」

だったらメールすればいいじゃないか、と思いつつ、ペンを探す。

「あー、コンペ、十七日に変更になりました」

「えっ」結衣は卓上カレンダーを引き寄せる。「二十二日という話でしたよね？」

ヒアリングから二週間後という話だったはずだ。準備にそのくらいはかかるとも伝えている。

「広報担当役員の予定が変わったので」と、「のうきん」は悪びれていない。

今回のコンペを命じた役員のことか。それにしてもこっちの予定は無視か。

「あ、それと種田さんに伝えて。スマホ持ってんのに五秒以内に電話に出ないとかあり得ないって」

「種田は今、外出しておりまして――」結衣は卓上カレンダーを引き寄せ、指を置いて数えた。今日が十日だから実質、五営業日しかない。

「ベイシックなら、親の葬式の最中でも電話に出る」と、「のうきん」は電話を切った。

「だったらベイシックと契約更新すればいいじゃん」と受話器を置きながら、つい悪態をつく。契約も結んでいないのに、なぜそんなに偉そうなのだ。

――御社のパートナー会社になりたいと思っています。

結衣のあの宣言は無視されたらしい。せめて自分が指導する新人にだけはあの宣言を重く受け止めてほしかったのだが……。

机の上に置いてある甘露寺の今期目標に結衣は目を向ける。

「世界を次のステージに進める」

と書いてある。まず上司のモーニングコールなしで出社してほしい。気を取り直し、晃太郎にフォースからのお達しをメールで送り、少しでもコンペの準備を進めておこうとPCを開く。だが、五分も経《た》たないうちに人事から電話がかかってきた。

「学生の二次面接、もう始まりますけど、どこにいるんですか？」

管理職ってこんななのか、とPCを閉じた。自分の仕事がまったく進まない。

この会社では学生の採用にあたって、一次では現場社員が、二次は部長レベルの社員が面接を担当する。結衣は一次に参加したのでお役御免だと思っていたのだが、「二次にも東山さんがいた方が、学生が安心するから」と人事に頼みこまれたのだ。

会場に入ると、先に座っていたのは不機嫌の塊のような石黒だった。無理矢理連れて来られたらしい。「遅《おせ》えよ」と言う、その手元には「NG質問集」が置かれている。

業務以外のことは訊《き》かない。家族や思想信条についてなど就職差別に繋《つな》がる質問は禁止、愛読書を尋ねるのもNG、と書いてある。

「もうなんも訊くことないわ！」

石黒は人事担当者に吼《ほ》えている。なるほど、普段から問題発言の多いこの男を抑えるのが今回のお役目というわけか。

案の定、面接が始まると、「育休三年取れるというのは本当ですか」と質問する男子学生に、石黒は「うん？」と聞こえなかったふりをした。

「とれますよ、うちなら」と結衣は言い、こっそり石黒の足を蹴飛ばした。

二時間近くかけて、六人の面接を終えると、結衣はぐったりしていた石黒に尋ねた。

「社長が窮地ってどういう意味？」

種田から聞いたのか、と石黒は人事担当者が出ていくのを確認してから、菱形《ひしがた》の目を歪めて言った。

「役員連中から、この会社を裁量労働制に戻すべきだっつう意見が出てる」

「えっ、でもうちは、それをやめるって、十年前に社長が決めたよね？」

結衣が入社するまで、この会社は裁量労働制だった。労働時間は個人の裁量に任せ、残業手当は出さない。ベンチャー企業によくある就業形態だ。

社長の灰原は、当時は朝も夜もなく働いていたらしい。まだ学生だった石黒はそれ

について いくために無理を重ね、一生通院しなければならない体になった。定時に帰る会社を作りたい、と面接で言った結衣が採用されたのは、その直後だった。灰原自身がそう言っていた。

「残業月二十時間以内で業界ナンバーワンになるなんて無理だ、株主の心証も悪い、と役員連中は言ってる。日本式の裁量労働制がいかに効率が悪いかあいつらにはわかんねえんだ。生産性なんて問われなかった、ぬるい時代のホワイトカラーばっかだからな」

石黒は学生の履歴書を指ではじきながら、「お前らのせいだぜ」と吐き捨てる。

「星印工場の案件でお前がぶっ倒れたせいで、シノブっちは残業削減を焦《あせ》った。急すぎたんだ」

「え、私のせい？　星印工場の案件が燃えたのは役員にだって責任が――」

「とにかく！　種田にはこう伝えた。贖罪《しょくざい》の気持ちがあるなら、非管理職の残業を月二十時間以内に抑えて、なおかつ売上は一億五千万！　役員連中も実績さえあれば反対できない。いかに昼行灯《ひるあんどん》なユイユイでも、この切迫感、わかるな？」

結衣は学生たちの履歴書の束に目を落とす。

定時に帰れると言われて入社したのに、裁量労働制になりましたと告げられる。学生たちからしたら詐欺《さぎ》もいいところではないか。

もしそうなったら、自分が真っ先に辞めたいくらいだが……。

甘露寺に約束してしまっている。あなたを信じて育ててみる、と。甘露寺は聞いていなかったかもしれないが、自分でそう誓ったのだ。

「それにしても、そんな話、いつ種田さんとしたの？」

「いつ？　星印工場の納期の日に酔ったお前を俺が実家に送ってやっただろ。あの時のタクシー代を種田が返しにきたから、返す必要なし、それより数字だって俺が言って――」

「待って。なんでグロが私を実家に送るの？　タクシーって何の話」

「だから納期の日の夜の話だよ。種田から、悪酔いしてるお前を実家まで送りたいけど、俺は顔を出せる立場じゃないってSOSの電話があったの。俺はパジャマに着替えて、ハミガキまでしてたのに、わざわざ出てってやったんだぜ。でも俺だってお前の両親になんか会いたくねえし、実家の門に押しこんで帰った。……覚えてねえのか？」

まるで覚えていない。結衣はこわごわ尋ねる。「悪酔いって、どんな感じ？」

「俺が到着した時は、種田を詰《なじ》ってたな。巧はいい彼氏だったとか、別れるはめになったのは晃太郎のせいだとか、あなたのことなんか信じてないとか。どうせ変われやしないとか。お前、男と別れると荒れるよな」

目眩《めまい》がする。なぜそんなことを言ったのだろう。

「晃太郎んちになんか絶対行かない、あんな狭い部屋なんか、とも言ってたぜ」

そんなことまで言ったのか。無理に無理を重ねた数日間だった。張りつめていた糸が切れ、目の前にいた晃太郎に遣《や》り場のない怒りを吐き出してしまったのだろう。

「ま、いいんじゃない？」石黒が明るく言った。「今やシノブっちにとって、ユイは大事な駒《こま》だ。しばらくは結婚なんかしないで仕事に集中しろ」

この管理の鬼は人をパフォーマンスの高い低いでしか見ない。突如、怒りが湧《わ》いた。

「どうしてもっと早く言ってくれなかったの？　私が暴言を吐いたってこと」

「おやおや、八つ当たりっすか。俺が言ってりゃ、うまく行ってたとでも？」

それは……。結衣は黙りこんだ。どうもならなかっただろう。

納期直前になると悪い火が目に灯り、仕事以外はどうでもよくなってしまう晃太郎を、今でも信じられずにいるのは事実だ。

そろそろ戻らなければ。履歴書を揃《そろ》えて立ち上がった結衣に、石黒は言った。

「フォースのコンペ、なんとしても勝て」

「簡単に言うけど、パワハラが凄いんだよ。特に私に当たりが強い」

「そのための種田だ。あいつをヘッドハンティングしておいて正解だった。お前の盾にうってつけだもんな。あいつは古いタイプの体育会系。どんな痛みにも耐えるよう、社会に出る前に人格改造されてる」

「どんな痛みにもって」酷《ひど》い言い様だ。でも、たしかに晃太郎はそういう人間だ。

それでか、と結衣は腑《ふ》に落ちる気がした。晃太郎がフォースから結衣を遠ざけようとしていたのは、盾になれ、と石黒に言われたからなのだろう。

「理不尽なことは全《すべ》て種田に押しつけて、ユイユイは今まで通り定時に帰れ。それで一億五千万稼げ。俺はあのヘタレを——灰原忍を勝たせたい」

制作部に戻ると、晃太郎が帰社していた。マネジャー席の後ろを通りながらPCモニターを覗《のぞ》くと、プレゼン資料の作成が進んでいる。

「それ、フォースの？」と訊くと、「そう」とうなずいた。

コンペが早まったことに抗議はしないのか。……しないのだろうな。今日も遅くまで残るつもりだろう。

電話を通して押しこまれた「のうきん」の声が耳に残っている。晃太郎はいつもあんな言葉の暴力に耐えているのか。石黒の言葉が頭に浮かんだ。

——お前の盾にうってつけだ。

理不尽なことはこの男に押しつけ、定時で帰る。それってどうなんだろう。胃が気持ち悪くなった。昼を食べていないせいだな、とぐったりしながら自席に座ると、バンダナに包まれたランチボックスが置いてあった。

「急に打ち合わせが入って、外で食べることになったので、あげます。来栖」

付箋《ふせん》にそう書いてある。本当にもらっていいのだろうかと思いながら蓋《ふた》を開けていると、

「あっ、これ、わたくしの好きな奴です」

と、後ろから手が伸びてきて、甘露寺にだし巻き卵を奪われた。

「来栖氏が、後でなんとかって書類を持ってくるらしく。この可愛らしいお弁当箱はその時回収すると」と、モグモグしている。「オホホ、師匠はスキが多いので、報連相をしやすいですな」

いつから師匠になったのだろう。理由を聞くと疲れそうなのでやめておく。

来栖は夕方にやって来た。フォースのコンペのために急ぎで頼んでいた運用部のコスト計算書を持ってきてくれたのだ。

「お昼買いに行く暇なかったから助かりました。今度なんかおごらせて」と洗ったラ

ンチボックスを返すと、「いいです、別に」と仏頂面《ぶっちょうづら》になった。照れるとこういう顔をするのだ。

「それはそうと、ネットの就職板に、東山さんのことが書かれてましたよ」

来栖は自分のスマートフォンで、就活の情報を交換するサイトを見せてくれた。彼が指さした所には、「女性管理職に面接で、好きなお酒は、と質問された」と書いてある。その後を来栖が読みあげる。

「呑《の》みニケーションを強要されそうな社風だと感じたそうです。……これ東山さんですよね」

たぶん、あの学生だ。緊張していたので和ませようと思い、私はビール派だけどあなたは、と訊《き》いたのだ。石黒はともかく、自分が書かれてしまうとは、とガックリ来ているところに、

「ごめん、うちの子、保育園で熱出したらしい」と、賤ヶ岳が寄ってきた。

「ありゃ、大変。……よし、早退にしておきます」

「ごめん、明日挽回《ばんかい》する。ついでに野沢の面倒もお願い。門限は必ず守らせて」

賤ヶ岳を送り出し、来栖にお礼を言って帰らせると、マネジャー席でスマートフォンが鳴っているのが聞こえた。晃太郎がすぐ出た。

「先ほどはすぐ対応できず申し訳ありません」と言っている。恐らくフォースからだ。「よく言い聞かせておきます」とも言っている。

さっきの電話での結衣の態度が悪いと責められているのかもしれない。

石黒に言われるまでもなく自分はもうこの男を盾にしてしまっている。

マグカップから冷めたコーヒーを飲む。苦い、と顔をしかめていると、今度は自分のスマートフォンが鳴った。かけてきたのは母だった。

「結衣、今日は早く帰って。宗介《そうすけ》たちが夕飯食べに来るの」

「えー、来るの？」最近、父と兄は折り合いが悪い。一日をほぼ家にひきこもって過ごす父が、やたらと孫の教育に口出しするせいだ。

「結衣がいないと、また喧嘩《けんか》になるから」

「でも、私の方も色々と大変で……。コンペも近いし、早く帰れるかなあ」

と書類が積み上がった机に目をやっていると、晃太郎が横から言った。

「帰れ」

電話が終わったらしい。

「コンペの資料は俺が作る。他の仕事もやっとくから、お前は定時で帰れ」

結衣は溜め息をつく。これ以上、晃太郎に理不尽を押しつけるのは嫌だったが、自分が帰らなければ他のメンバーも帰りにくいだろう。

「ああ、もう、うるさいな。わかりました。帰りゃいいんでしょ、帰りゃ」

母にそう言って電話を切ると、「あの」と声がした。いつの間にか野沢が横にいる。

「電話の相手、お母さんですよね。……うるさい、なんて言っていいんですか」

「よくはないけど、たまには言わなきゃ、全部あっちのペースで進んじゃうから」

「たまには、言わなきゃ、ですか……」野沢は考えこんでいる。

「いろいろあって私、実家に居候《いそうろう》してるの。早く出たいし自由になりたい。でも、貯金少ないし、引っ越し費用が貯《た》まるまで出られない。……あ、私、野沢さんに愚痴ってるね。だめだね、これは」

「いえ、すごく新鮮です」野沢は落ち着きなく眼鏡を触る。「私、よそのおうちのこと全然知らなくて。甘露寺さんにも、成人してるのに門限あるなんて変だって言われてしまって――あの、私のうちっておかしいですか？」

「うーん、どうかな。いろんなうちがあるからね」

上司のコメントとしてはこれが精一杯だ。部下のプライベートに介入はできない。

「今期目標は書けた？　書けてないなら、また面談するから」

「明日までに出します」と、野沢は思いつめた顔で戻っていく。あの大人しい新人が自分から話しかけてきたのだから、もっと踏みこんで話を聞くべきだったろうか。

だが悩んでいる時間はない。急いで運用部のコスト計算書を見積もりに反映しなければ、定時に間に合わない。

ううんと伸びをしてから結衣はPCの前に座った。


実家の玄関を開けるや否《いな》や、うあああん、という泣き声が聞こえた。遅かったか、と思いながら居間に入ると、「ユイちゃんっ!」と甥《おい》っ子が足に抱きついてきた。

ソファでは父がふんぞり返っており、その向かいに仁王立ちしているのは兄だ。

「相手は三歳の子供だぞ。いきなり怒鳴ったりして、それでも大人か」

「お前たちが躾《しつけ》をしないからだ」

父は苦虫をかみつぶしたような顔をしている。たぶん劣勢なのだろう。

「親父《おやじ》の躾は躾じゃない。ただの暴力だ。俺と結衣もさんざんやられてきた。なあ?」

「ああ、うん、そうね」と、しかたなしに言うと、母が小声で言ってくる。

「結衣、余計なことを言わないで。仲裁してくれるはずでしょ」

でも事実は事実だ。

会社員として現役だった頃の父はネクタイが見つからないというだけで「俺の時間を無駄にするな」と母を怒鳴り、子供たちがケンカをして泣くと、話も聞かずに「家にいる時くらい休ませてくれ！」と頭をはたいた。いつも家にいない父を、幼い結衣は恋しく思っていた。だが、家にいたらいたで、いつ怒るかわからない父の顔色をうかがって緊張していなければならなかった。だが、

「俺は暴力なんかふるったことはない」と父は言い返している。

「そもそも、なんで、お父さんは怒鳴ったの？」結衣は、甥っ子の鼻水を拭《ふ》きにきた義姉《あね》にこっそり尋ねた。

「この子が、暑いからクーラーをつけてって言ったの。だけどお義父《とう》さんが、我慢させろ、男の子がそんなことじゃ根性なしになる、って私に説教を始めて。そしたら、この子が、じいじ嫌い、って言ってしまって。お義父さん、年長者に対して口の利《き》き方がなってないって怒鳴ったというわけ」

「そんな、三歳の子に向かって、大人げない……」

それに甥っ子の言う通り今日は暑い。熱中症で搬送された人が何人もいるとニュースに出ていた。

父は暑さに鈍くなったのだろう。自分の衰えを認めたくない気持ちもわからなくは

ないが、甥っ子の命の方が大事だ。

「はーい、根性なしに育った娘がクーラーつけまーす」

結衣はリモコンを探してスイッチを押した。

「最近のお義父さん、荒れてるでしょう。それを見ると宗介さん、子供の頃のことを思いだすらしいの。俺は父親のストレスのはけ口だったんじゃないかって」

それは結衣も思っている。

父が家族に当たり散らしたのは決まって徹夜勤務が続いた後で、今考えればストレスでいっぱいの時だった。兄の方が「男のくせに」と余計に叩《たた》かれていた。

「家長だからって威張り散らして、気に入らないことがあったら怒鳴ったり叩いたり。そんな横暴が許された時代は終わったんだ。いい加減受け容《い》れろよ」と、兄が言っている。

フォースのことが思い浮かんだ。自分たちの働き方に合わせなければ、さらなる長時間労働をする羽目になるぞ、というメッセージを送ってくる黒い侍たち。

「もう、うちには来るな」父は怒鳴って、二階に上がっていく。

兄は兄で「もう、孫の顔は見せない」と玄関に早足で向かう。

「宗介までそんな意地悪言って」母は兄の後を追いながら泣き声で言う。「いいわよ、結衣に孫を産んでもらうから」

「えっ」まさか、こっちに飛び火するとは。兄も頭に血が上っているらしく、「結衣なんかあてになるか。二度も結婚ダメにな
ってんだぞ」と言い返している。地獄絵図だ。むくれている母を残し、義姉たちを玄
関まで送っていくと、結衣は、先に出ていく兄にガンを飛ばしながら言った。

「ごめん、みんな荒れ狂ってて……」

「結衣ちゃんは味方になってくれるけど」義姉は甥っ子に靴を履かせながら言う。

「お義母《かあ》さんは、お義父さんを忖度《そんたく》してばっかり。こんな家ではこの子を守れない」

誰もいなくなった玄関で、結衣は重い溜め息をついた。これは父と母が相当な意識
改革をしなければ関係の改善は難しいだろう。

嫌だけど、父と話すか、と二階を見上げていると、スマートフォンが鳴った。

晃太郎だ。またフォースが何か言ってきたのかと思ったが違った。

「野沢の母親から電話があった。娘がまだ帰ってこないって言ってる」

まだ帰ってない――。結衣は壁時計を見た。といっても、まだ十九時半だ。

「東山さんがそそのかしたせいだ、って取り乱してたぞ。……あ、待って」

晃太郎の声が遠のき、すぐに戻ってきた。

「桜宮が、野沢は甘露寺と出てったと言ってる」

「桜宮さんもまだいるの？」新人の残業は厳禁のはずだ。「なんで」

「頼まれて、今期目標を見てやってた」晃太郎はそう言って電話を切った。

心当たりはあった。野沢は言っていた。本当は新人歓迎会に行きたかった、と。しかし、居酒屋に二人の姿はなかった。ここではないのか。

どこに行ったのだろう。二人に電話したが、どちらも出ない。

上海飯店が入っている雑居ビルの前まで戻って来ると、甘露寺が「満腹、満腹」と地下から出てきた。こっちにいたのか。もう帰るところらしい。

「ひさびさに外食したなあ」と言いながら野沢も出てくる。

楽しそうな空気に水を差したくはなかったのだが、

「野沢さん」と、結衣は心を鬼にして声をかけた。

野沢の笑顔が消える。

「どうして電話出ないの。お母さんから会社に、まだ帰ってないって連絡あって、探したんだよ」

野沢の顔が白くなる。「ごめんなさい、スマホの電源切ってて気づかなくて」

「私があなたをそそのかしたって思ってるみたいだよ」

一度くらい門限を破っちゃえばよかったのに、と結衣が言ったことを、野沢は母親にそのまま報連相したのだろう。素直にもほどがある。

「あの、私はただ、会社帰りに同期の人と飲むってことをしてみたかっただけで」

「だったら、お母さんにそう連絡しなきゃ、心配するでしょ」

野沢は電源を入れたスマートフォンに目を落としている。画面が「母」という着信履歴でいっぱいになっているのが見えた。

「でも、私、母に逆らったことなんかなくて。どう言えばいいんでしょう」

「自分で考えてみたら？」結衣はつい、きつく言った。「誰かに従ってればいいって考えだから、今期目標も書けないんじゃないのかな。自分の頭で考えられないなら、この先、ずっと上司の言いなりで過ごすことになっちゃうよ」

野沢は唇を嚙《か》み、会釈《えしゃく》すると駅のほうへと歩いていった。

言い過ぎたかな、と思っていると、甘露寺が胸をふくらませて、「さすが師匠！」と手をパチパチと叩いた。

「わたくしと同意見ですな。上司の言いなりになどなったら最後、会社に搾取《さくしゅ》されるのみ！」

君は搾取されるくらいのほうがいいのではないか、と野沢の後を追う甘露寺を見送っていると、肩を叩かれた。ふりむくと晃太郎が立っている。

「あれ甘露寺か。野沢は？」

「見つけて帰した」

晃太郎は「なんだ」と屈《かが》んでランニングシューズの紐《ひも》を結び直している。軽く走りながら野沢を探し、また会社に戻るつもりだったのだろう。

「私も帰ります。実家でも職場でもトラブル対応させられて、ぐったり」

「ちょっと今いいか。話がある」

心臓がはねる。何の話だろう。桜宮とつきあってる、などと告白でもされた日にはどんな顔をしたらいいだろう。

ここにいたら上海飯店の常連と出くわしてしまう。二人は道路を越えた所にある大きな川の柵《さく》の前に移った。水面が黒く輝き、風で水面が波立っている。

晃太郎が口を開く前に、結衣は急いで言った。

「あの、二ヶ月も前の話だけど、私が悪酔いした夜のこと、謝ってもいい？」

実は何も覚えていないとは言いづらい。迷った挙げ句、

「自分が言ったこと、あの後、思い出して」と覚えているフリをした。「年度初めで

忙しかったし、謝るタイミングがなかなかなくて……。巧とダメになったのは晃太郎のせいなんかじゃないです。酷いこと言ってごめん」

晃太郎は少し黙ったが、「ああ」とうつむいた。

「仕事にかまけて巧を放ったらかした私が悪いの。浮気されて当然だったと思う」

「当然じゃない」晃太郎は足元を見たまま言った。「俺たちがつきあってた時――俺が仕事にかまけても結衣は浮気なんかしなかった。何でもっと怒らないんだ。未《い》だに《ま》連絡なんか取って、あの浮気野郎に未練でもあるのか？」

未だに連絡――。巧からフォースの情報を得た時のことを言っているのか。

「それは、新居の解約とか、事後処理が色々あるんです。そっちには関係ないでしょ」

「関係ない？」晃太郎の声が一瞬、いらだつ。だが、すぐに高圧的な声に戻って言う。「関係なくはないだろ。ベイシックは競合他社だ。諏訪さんはそこの営業だ。あんまりベタベタすんな」

胸が冷たくなった。この男の頭の中はいつも仕事でいっぱいだ。

晃太郎は「ま、しかたないか」と続ける。「あんなリッチな新居を用意してくれた男には未練が残って当然だ。こっちの情報をウッカリ渡したくもなるかもな」

「情報渡してなんかいません。晃太郎ってあのメゾネットマンションの話にこだわるよね。そっか、私が晃太郎んちは狭いって文句言ったからか」

この男は未だに、結衣と別れた時と同じ賃貸マンションに住んでいる。住居なんかどうでもいいと思っているのだ。婚約していた頃にも言われた。今住んでいるマンションで充分だ。狭いけど、俺はどうせほとんど帰らないからと。

気づくと、晃太郎が眉根《まゆね》を歪めて、結衣を見ていた。

「ほんとにあの夜の記憶あんのか。俺に言ったこと思い出したのか？」

「うん、もちろん。……その、だいたいは」

「ならいいけど」晃太郎はうつむいた。「仕事の話をします。……営業によると、ベイシックのチームは全員男性で、フォースの要求にとことん応じてきたらしい」

「……ふうん。胡麻《ご ま》擂《す》りチームか。でも、コンペは提案内容で決まるんでしょ」

「ベイシックは現行ベンダーだ。フォースの内情にも詳しいから、今のままじゃうちは不利だ。で、こっからが肝心だが、コンペは俺の好きにやらせてくれないか。東山さんが納得いかないやり方も選択するかもしれないが、それでも任せてほしい」

結衣は黙った。いつになく真剣な顔の晃太郎を眺めてから尋ねる。

「それって社長のため？　うちが裁量労働制になるのを防ぐため？」

「定時に帰る管理職の盾になってコンペに勝つ。俺ならそれができる」

あくまで石黒の命令に従うつもりなのか。結衣は溜め息をつきながら尋ねる。

「それは、上司としての命令ですか」

晃太郎は首を横に振った。「同僚として頼んでる」

フォースからの高圧的な電話に耐えながら、遅くまで残業してプレゼン資料を作ったのはこの男だ。うなずくしかなかった。

晃太郎はホッとした表情になった。

「甘露寺は連れてくんなよ」

そう言うとワイヤレスイヤフォンを耳に入れ、走り去った。


コンペ当日、フォースの会議室の入り口に立った結衣は前回来た時と様子が違うことに気づいた。

「のうきん」も「トランス」も、神経質に椅子《いす》の乱れを直している。スクリーンの真正面の席にだけ、例のウェブCMに出ていたような黒いエグゼクティブチェアが置かれている。なんだか物々しい。

「弊社の広報担当役員がもうすぐ来ます」と、うしろから話しかけられた。

ふりかえると巨漢が立っていた。

晃太郎より背が高く、恐竜のように頬骨がゴツゴツと出ている。甘露寺ではないが、「ダイナソー」という名が頭に浮かんだ。

「広報部長だ」晃太郎が結衣に囁《ささや》き、頭《こうべ》を低く垂れる。「本日は宜《よろ》しくお願いいたします」

「あなたが種田さんか。甲子園の話はコンペではしないでくださいよ」

と、「ダイナソー」は愛想なく言った。

「今日来る役員は、甲子園の初戦敗退ですから」

晃太郎は一瞬黙ったが、「はい」と言った。どういうことだろう。晃太郎は何回戦まで行ったのだろう、と思っていると、ギョロリとした目が結衣を向いた。

「あなたが東山さん？」

「はい」と言うと、肩を押された。気づいた時には、会議室の入り口から離されていた。

「そこに座って」と、廊下のパイプ椅子を指される。「中の声は聞こえます」

なぜ、と晃太郎を見ると首を横に振っている。逆らうな、という顔だ。

「あなたは役員席からよく見える正面の席へ」と「ダイナソー」は今度は桜宮を指さ

す。

「心得てます」と、彼女は微笑《ほほえ》む。「プレゼンターの種田さんの隣ですよね」

桜宮の次に大森、最後に来栖が席を指定され、入るよう命じられた時だった。

廊下の奥から大勢の足音が聞こえてきた。「ダイナソー」は、すぐさま結衣の前に衝立《ついたて》のように立った。その肩越しに胸板の厚い中年男性がちらりと見えた。よく見えないが、あれが役員か。四十代後半くらいだろうか。

その人だけがスーツ姿だった。真っ黒な侍たちに囲まれ、会議室に入っていく。入口手前に控えていた晃太郎が頭を下げた。桜宮も恭《うやうや》しく顔を伏せる。

「クローンみたいにみんな似てますね」と来栖がつぶやいたが、晃太郎に無理矢理頭を下げさせられている。

会議室に入る直前、晃太郎が結衣を振り返って囁いた。

「任せておけ」

そして、結衣の目の前で会議室の扉は閉ざされた。

なぜ自分だけ会議室に入れてもらえないのか。その理由はコンペが始まってすぐわかった。

役員らしき声が「彩奈！」と呼ぶのが聞こえた。どうやらベイシック時代から知っているらしい。

「あの炎上したウェブCMさ、どう思った？　若い女子の率直な意見、聞かせてよ」

驚くほど大きなガラガラ声だった。桜宮が椅子を引いて立つ音がした。

「凄《すご》くラブリーでした」透き通る声がする。「なんで炎上したんだろう？　不思議です」

耳を疑う。結衣があの動画を最低だと批判したことを、桜宮もミーティングで聞いて知っているはずだ。

「だろお？」

爆発音のような大声が響く。「あれに文句言うのは年増《としま》女だけ！　俺達が役員会議で見た時だって、まったく問題感じなかったもの。な、お前らもそうだよな」

「はい」と答えているのは、たぶん「マウンティング」だ。

「なのに、叩かれてさ、参っちゃうよ。不買運動するだのなんだの、苦情がガンガン来て、こいつら何週間もろくに寝てないんだよ。かわいそうだろ？　ま、下請けをきっちり締めてないこいつらも悪いんだけどな」

「私も腹筋します！　女じゃない、なんて言われないようにしないと」

「彩奈は女だよ」役員は声を張り上げる。「若いし、可愛いし、素直だもんな」

誰もいない廊下で、結衣は椅子の背にもたれかかった。ここは俺が思ってた以上だ、という晃太郎の言葉が、改めて腑に落ちる。

ここはただの体育会系の会社じゃない。江戸時代のような封建主義がまかりとおっている。元請けは上、下請けは下。男は上で、女は下。

「前時代的で、驚かれたでしょう」と不意に横から話しかけられた。

細身の社員が立っていた。ワイシャツを着ている。一人だけなぜ、と驚いていると、彼は結衣の気持ちを見通したのか、苦笑いした。

「僕があのウェア着ると、貧相になっちゃうので、着なくていいと言われました」

研究室にいるほうが似合いそうな人だ。胸板も薄く、研究員、という風体だ。

「体育会系……じゃない社員さんもいらっしゃるんですね」

「私は開発部にいて、新商品開発や既存商品の改善を行っています」

彼は結衣に名刺を渡すと、中に聞こえないように声をひそめる。

「ただ、スポーツ医学の博士号も、この会社では通用しません。スポーツでの実績がない者には発言権はないんです。だから実を言うと、創業以来、サムライソウルはほとんど進化してないんですよね」

「じゃあ最新モデルだというのは」

「最新なのはデザインだけ。そこだけは有名デザイナーに委託してますから。機能の方はマイナーチェンジしかしてません。シェアが落ちてるのは炎上のせいだけじゃない。消費者に先進的ではないと気づかれているんです」

そこまで早口で一気に喋《しゃべ》って、「研究員」は悔しそうに言う。

「シェアを拡大したいなら、夏場に運動する人を暑さから守る機能に特化した商品を開発すべきだと、僕は思ってる。その技術《シーズ》をベンチャーから買う交渉もすでにしてます。でも上の連中は、暑さに耐えてこそ強くなるっていう世代なもので」

「……ええと、あの、なぜそんな話を私に？」

「あ、すみません」と、「研究員」は照れ笑いする。

「あなたがヒアリングで言った、うちの公式サイトの問題点、聞きました。まったく同感です。僕だけじゃない。若手はみんなわかってる。あんな動画が許される時代じゃないって。あれが炎上したせいで連休は返上です。苦情対応で二十四時間休めないでいるところに、コンペという新たな業務も生まれた。そこへあなたが来て、定時で帰るなんて言ったものだから――」

それで激高したのか。提案依頼書の内容変更も教えてもらえなかったのはやはり腹いせか。

「でも、本当はみんな悪い人たちじゃない。ストレスフルなだけなんです」

「あの」結衣はコンペの進み具合を気にしながら言う。「お話の先が見えませんが」

「僕は御社に勝ってもらいたい。あなたのように怯《ひる》まず問題点を指摘できる人に新しい風を入れてもらいたいんです。だから忠告です。現場社員に取り入っても無駄ですよ。彼らに裁量なんかありませんから。あの役員の首を縦に振らせなければ、この案件は獲《と》れません。応援しています。どうか頑張って」

「なるほど」と、結衣はうなずいた。「ご忠告ありがとうございました」

「研究員」がいなくなると結衣はまた椅子の背にもたれた。なるほど、あの役員の首を縦に振らせればいいのか。

……どうやって？　社員があそこまでビクビクしている相手に、外部の人間の意見など聞き入れてもらえるはずがない。

会議室のコンペは佳境に近づいている。「おお」と感嘆するフォースの社員たちの声がした。そんなにウケる場所あったかな、とプレゼン資料の内容を思い返していると、スマートフォンが震えた。画面を見ると、賤ヶ岳だった。

「野沢の母親が会社に来てる」とある。

（えっ、なんで？）

と思っていると、会議室のドアが開いて「ダイナソー」が出てきた。

また結衣の前に立ち、出てきた役員から見えないように覆《おお》い隠している。役員は黒い侍に囲まれて廊下を去っていく。最後に出てきた黒い侍を見て結衣は目を疑った。晃太郎だ。プレゼン中にシャツを脱ぎ、インナーに着ていたサムライソウルを見せたらしい。均整のとれた上半身の肉体がウェアの下から浮き上がっている。

「買ったの？」と尋ねると、「前から持ってた」と答える。

フォースの神聖なるウェア鎧《よろい》をまとうことで、恭順の意を示したのか。

「うまくいった？」

「わからん。でも最善は尽くした」と言う晃太郎の額には汗が滲《にじ》んでいる。

そこへ「マウンティング」が出てきて、晃太郎の腕を叩いたり、触ったりしながら言った。

「いい提案内容だったよ。それに、八年前のビンテージなんて、社員だってそうそう持ってない。これで彩奈を常駐によこしてくれれば、役員も御社を後押しするでしょう」

「誰を常駐させるかは、また後ほど」と、晃太郎が言葉を濁す。

寒気がした。コンペに勝ったその先のことに、ここへ来てようやく頭がいく。このまま恭順を続ければ、桜宮を常駐につかせろと言われる可能性が高いのか。

フォースの社員たちが去ると、結衣は言った。

「こんなコンペ勝てない方がいい。辞退って選択肢も考えよう」

「馬鹿《ばか》言うな」晃太郎は結衣の言葉をはねつけると、廊下にいる桜宮に声をかけた。

「よく頑張った。おかげでいい雰囲気でプレゼンができた。ありがとな」

桜宮の白い頰がぱっと赤く染まった。「ほんとですか？　……嬉しい」

「種田さん」結衣は急いで言った。「新人を、あんな」その後の言葉がうまく続かない。小さく深呼吸してから言う。

「……あんな、差別的な人たちの中に連れてって、コンパニオンみたいなことさせたくない。そんなことのために、私たちは桜宮さんを育ててるわけじゃない」

「先に行ってろ」

晃太郎は、驚いた顔になっている桜宮をエレベーターの方へ歩かせ、こちらに向き直った。

「あいつにはこれしかできない。あいつなりに頑張ったんだ。わからないのか。勝たなきゃいけないんだ。お前を守るためだ。そのためにみんな――」

「私だけ守ったたって、誰かが犠牲になるんじゃ意味ないでしょう」

「じゃあ、どうすりゃいいんだ！　定時で帰れなくなってもいいのか？」

晃太郎の剣幕に結衣は驚いた。大きな声を出したことを恥じるように、晃太郎は目をそらし、大股《おおまた》で桜宮を追っていく。

視線を感じた。ふりかえると廊下の向こうに「ダイナソー」がいた。今の口論を聞かれたのか。ひやりとしたが、恐竜はなぜか微笑していた。そして、部下に「そろそろ時間です」と声をかけられ、晃太郎とは反対の方向に歩き去った。


会社に戻ると、結衣は一息もつかずに、野沢と彼女の母親が待つ会議室に入った。

「どのようなご用件でしょうか」と言うや否や、

「この子が独り暮らししたいと言いだしまして」

野沢の母親が嚙みつくように話し始め、隣に縮こまっている娘を見た。

「反対したら、うるさいと言い返されました。びっくりして問い質《ただ》しましたら、東山さんに唆《そそのか》されたと言うんです。たまには親に逆らった方がいいと」

「そ、唆すなんて、そんな……。でも、どうして独り暮らしがダメなんですか？」

「この子は上司に命じられたら残業も、お酒のおつきあいも断れません。二十四時間見ていてやらなければ、過労に追いこまれてしまうに決まってます。鬱《うつ》になって自殺してしまうかもしれません。自分の頭では何も考えられない子なんですから」

それは母親が先回りして全て管理しているからではないか。結衣は言った。

「あの、お気持ちはわかりますが、会社でのことは娘さんの裁量でやらせてみたらどうですか。私もいますし、何かあったらサポートしますから」

「安心なんかできません」母親は一枚の紙を結衣の前に出した。

「これは昨日、チーム全員に送られたメールですよね？　明日はフォースでコンペ、とあります。企業名を検索したら性差別的なＣＭで炎上している会社だと出てきました。もし、この案件が獲れて、この子がフォースに常駐することになったらと思うと心配で心配で……。運用部に行かされることだってあるんですよね」

まだ社内メールを母親に見せているのか。あとで注意しなければと思っていると、

「さらにこれは」母親がスマートフォンを差し出す。「さっき出たニュースです」

ニュースがどうしたのだと目を落とした、その画面には「差別的な広告で炎上したフォース、ようやく謝罪文発表するも反省の色なし」という見出しが出ていた。「あ」と声が漏れる。記事のコメント数は二千を超えている。また炎上している。

「こんな企業とつきあいがあるなんて、やっぱり娘は辞めさせます」

「……あ、あのっ、その話は待ってください。ちょっと失礼して」

結衣は会議室を出て、マネジャー席に走り寄ると、晃太郎に言った。

「フォースが例の炎上事件に関して、薪《まき》をくべるような謝罪文出してる。ついさっき」

晃太郎はすばやく検索をかけて記事を見つけ、眉をひそめた。

フォースの広報部からリリースされたその「謝罪文」に反省の言葉は一つもなかった。批判が多く寄せられ、通常業務に支障をきたしたため、ウェブCMの公開はやむなく中止、CMも新たに制作し直す予定、としか書かれていない。

今日のコンペの後に発表されたようだが、まるで苦情を寄せた側が悪いような書き方だ。

「たしかにヤバいが、コンペの結果に影響があるとは思えない」と晃太郎は言う。

「でも炎上が拡大したら、むこうはさらにストレスフルになるよね。ハイパーで襲ってくるかも」

「それは俺が受ける。東山さんの盾になれと石黒さんにも言われてる」

「私は守れても、常駐する人たちは？」フォースは桜宮を寄越せと言っていた。

「じゃあ、どうする。うちの会社が裁量労働制になるのを指をくわえて待つか？」

「フォースの意識が変わらないのなら、うちの社員を常駐には出せない」

結衣はそう言い張ったが、晃太郎の意識はメールボックスに移っている。

「くそ、メール来てない。今日中にコンペの結果を報《しら》せるって言ってたのに。この記事の対応に追われて、それどころじゃないか」

これから別のクライアントを訪問するらしい。晃太郎は鞄《かばん》を引き寄せながら言う。

「東山さんをコンペに同席すらさせないような奴《やつ》らの意識が変わるなんてことがあるわけない。それとも変える方法でもあるのか？」

それをずっと考えている。だが——。

晃太郎も自分も、幾つもの案件を抱えている。新人の教育もある。この忙《せわ》しない状況で、どうすれば言いなりにならずにすむかを考える余裕などない。

でも、誰かを犠牲にして定時で帰る会社を作っても意味がない。

野沢の母親を待たせている。まずはそっちと話し合わなければ。会議室の前に戻ってくると、結衣は小さく深呼吸をして中に入った。

「野沢さんはどうしたい？」

口を開きかけた母親を手で制する。

「お母さんの言いなりでいいの？」

「私は——」野沢は唇を震わせる。

しばらく待った後、結衣は言った。

「会社辞める？　お母さんの言う通りに」

野沢の肩がぴくりと動いたが、やはり口を開くのを躊躇《ためら》っている。

「でも、この先、何があっても、お母さんを恨むのはナシだよ。一生実家暮らしでも、同僚と飲みに行けなくても、それは自分の決断の結果だからね。就職するっていうのはね、自分の人生に責任を持つってことなんだよ」

野沢は眼鏡を触った。唇が開かれる。何か言おうとしている。

「もっと優しく指導していただくわけにいきませんか」母親が口を挟んだ。

「自分の頭で考えられなかったら、自分を守れるようにもなれません」

「この子は私が守ります」

「そういうお母さんの思いが、娘さんを苦しめているように私には見えます」

つい、語気が荒くなる。その時、野沢が「あ、あの」と悲鳴のように言った。

「母を責めないでください！」

張りつめた表情で結衣を見据えると、わななく唇で彼女は言った。

「うちは母子家庭なんです。父が、私が中二の時に死んだので……。ワインメーカーがクライアントになってから、接待に毎晩駆り出されて、あっという間に肝臓悪くして。早く気づけばよかったって母はずっと後悔してるんです。私のことも心配で仕方ないんです」

そこまで言うと野沢は、うつむいた。

言葉が出なかった。家族について尋ねてはいけない。NG質問集にはそうあった。でも、もう少し野沢の話を聞いておけばよかった。

結衣が黙っていると、母親が口を開いた。

「あの人は身体《からだ》を壊してからも会社への恨み言一つ口にしませんでした。不況だから多少の無理は仕方ない。この子が社会人になるまでは辞めるわけにいかないと……。会社は労災を認めませんでした。裁量労働制で働いていたので、自由意志で時間外労働をしていたとみなされたんです。証拠の社内メールも破棄されて、上司の指示だったかどうかもうやむやに」

ハンドバッグからハンカチを出して、目元を拭っている。

「この子は、あの人が自分を犠牲にしてまで育てた大事な子なんです」

その一言が結衣の胸を強く打った。

「東山さん、あとは、母と話します。……今日は早退させてください」

結衣がうなずくと、野沢は母親をかばうように立ち上がり、会議室を出て行った。

一人になると、結衣は小さく溜《た》め息をついた。自分が嫌になる。話もろくに聞かずに、頭ごなしに相手を叱《しか》りつける。これでは父と同じではないか。

しかし、それ以上考えている暇はなかった。メールの着信音が響く。柊からだ。

『フォースの炎上事件、ツイッターのトレンドになってます。明日にはニュースがドーンと流れるのでは』

もうやだ、と結衣は両手に顔を埋めて目頭をぐりぐりする。頭が痛かった。

「というわけで、頭痛薬を飲みに来ました。ビール！ 今日は半額に間に合った」

威勢よく手を上げると、王丹がなぜか悔しそうに厨房《ちゅうぼう》へ引っこんでいく。

「あ、それから、青椒肉絲《チンジャオロース》定食ください。ザーサイは大盛りにして」

上海飯店はいつもの通り、常連しかいなかった。みな好き勝手に飲んでいる。

観《み》るなら今しかない。結衣はイヤフォンをしてスマートフォンで『忠臣蔵』を再生する。この映画の感想をとっかかりにして父とも話をしなければ。会社でも家庭でも解決しなければならないことが多すぎて胃が痛い。

「おっ、忠臣蔵なんか観るの」と、餃子《ギョーザ》のおじさんが寄ってきた。「誰が大石内蔵助？」

「誰がって忠臣蔵の映画って幾つもあるんですか」

「何言ってんの。星の数ほどあるよ。ほう、長谷川一夫。王道パターンだな」

年配男性ってみんな忠臣蔵が好きなんだな、と結衣が感心していると、

「そんな創作信じちゃだめ」辛いもの好きのおじさんが割りこんできた。

「忠臣蔵なんてタイトルがもう赤穂藩に肩入れしすぎ。赤穂事件って中立的に呼ぶのが今は常識。創作が多いってこと前提で見ないと」

そういえば、父も言っていた。忠臣蔵には創作部分が多いと。

「浅野さんが吉良さんに職場で斬《き》りかかったっていうのは事実なんでしょう」

「それは事実。でも吉良は悪くないって説が今は有力」

辛いもの好きのおじさんは夏なのに火鍋《ひなべ》をつついている。

「浅野はね、かなりキレやすい奴だったらしい」

「じゃあ、吉良のパワハラは？」

「そんな証拠は残ってない。吉良は悪くないって説が今は有力」

「しかし、喧嘩両成敗が基本なのに、吉良だけがお咎《とが》めなしというのは！」

餃子のおじさんが息巻く。

「だから、それが肩入れしすぎだっつうの。殿中で刀を抜いたら厳罰に処すと決まっ

てるわけだから、浅野の首だけが飛ぶのは当然なの。吉良は抜いてないんだから」

それは、最初に観た時に結衣も思った。たとえ遺恨があったとしても、職場でいきなり斬りかかった方が悪いのではないかと。

「大人しい奴ほどいきなりキレるから怖いよな。結衣ちゃんも気をつけなさいよ」

そう言われてから、『忠臣蔵』の映画に戻ると、まるで印象が変わってくる。

朝廷からの勅使の饗応《きょうおう》役に命じられた浅野内匠頭は、指南役の吉良上野介に教えを乞《こ》う。しかし、吉良は、「いちいちお指図申さずともお心得があるはず」と教えようとしない。

本来なら、吉良の意地悪を憎らしく思うシーンだが、野沢の一件があった後では、こう考えてしまう。浅野は自分の頭で考えられない人だったのかもしれない、と。

さらに吉良は、主君を守ろうとする赤穂藩の家臣たちに対しても、こう言う。「浅野殿も田舎侍をご家来に持たれては色々と気苦労がおおうござろうな」

自分も、娘を必死に守ろうとする母親に同じようなことを言った。

――そういうお母さんの思いが、娘さんを苦しめているように私には見えます。

悔しかったのだ。

野沢の母親の言うように、フォースの言いなりにならずに、定時に帰る働き方を貫きたいのは結衣も同じだ。でも、そんなに簡単にはいかない。そのいら立ちが表に出たのだ。

フォースの社員たちも同じかもしれない。裁量労働制なのに、自分たちの裁量で働けないことが悔しい。だから彼らから見れば〝下請け〟の会社に当たる。

考えなければ。

フォースの社員を長時間労働から解放してパワハラをやめさせ、コンペにも勝つ。そんな都合のよい策略が、その辺に転がっていたりしないだろうかと思いながら、店内を見回していると、おじさんたちの会話が聞こえた。

「俺はあのバージョンが好きだな。浅野の奥さんに、吉良が横恋慕してたってやつ。武家の貞淑な妻が手込めにされるかも、なんて思うと、ゾクゾクしちゃって」

「中年になると夫婦生活も枯れるし、エロを求めちゃうよね」

娘のような年の桜宮に「彩奈は女だよ」と言っていた役員を思い出して寒気がした時、おじさんたちはぴたりと黙った。何かと思ったら、王丹がジョッキを置きに来たのだった。無表情でおじさんたちを見て、そのまま戻っていく。

「またアイスピックを突きつけられるかと思った」と、おじさんたちは胸を撫《な》でおろしている。

そうだった。この店ではこの手の話は厳禁なのだ。

男よりも女の方が気が強いという上海で暮らしていた王丹は、女を下に見る人間を許さない。だから、常連たちもここではセクハラ発言をしないよう気をつけている。

結衣はビールを飲む。真っ白な泡が喉《のど》の奥で勢いよくはじけていく。その瞬間、閃《ひらめ》いた。

あったじゃないか、こんなところに都合のいい策略が。

急いで青椒肉絲定食をお腹《なか》におさめると、晃太郎に電話をかけた。

「お疲れさまです。ダイナソー……じゃなかった、フォースの広報部長に連絡取ってもらいたくて」

「今から？」と怪訝《けげん》そうな晃太郎に、結衣は自分の考えを話した。

思いつきの策略ではあったが、晃太郎に話している間に、目鼻がついていく。

「この提案が通れば、むこうの言いなりにならずにすむ。……と思うんだけど」

コンペに勝つだけではダメなのだ。運用部の社員が安全に常駐できる環境を整えなければ、長くパートナーシップを結ぶことはできない。そう話した。

晃太郎はしばらく悩んでいたが、「わかった」と言った。「ただし、一人では行くな」

電話を切って、残りのビールを飲まずに待っていると、五分後に晃太郎から、三十分後に竹橋駅で集合、というメールが届いた。

フォースに着いた結衣と晃太郎は、会社紹介の映像が流れるロビーで待たされた。テンションの高いメタルと、「忠義を尽くせ！」というシャウトを十回は聞かされた後、「ダイナソー」が現れた。結衣を見て怪訝そうな顔をしている。

「定時で帰る方だと聞いていますが」

大きな体と愛想のない顔を見て、気持ちが怯んだが、逃げるわけにはいかない。

「そうですが、今夜はいてもたってもいられなくて参りました」

「コンペの結果ならまだです。一日中、苦情対応で潰《つぶ》れていまして」

「お昼に出た謝罪文の件ですね。ニュースで拝見しました。あれは役員の方のご意向を反映したものでしょうか。それとも広報部長のお考えでしたことですか」

「役員の意向です」と、「ダイナソー」は頬をぴくりとさせて言った。

やはりそうか、と思いながら結衣は言った。「もし、炎上を鎮火する方法があるとしたらどうでしょう。私どもの話を聞いていただけますか」

「ダイナソー」は少し黙ったが、「聞きましょう」とだけ言った。

「謝罪文で触れていた、新しいウェブＣＭの制作方針を追加発表しませんか」

隣で晃太郎も緊張しているのを感じながら、結衣は言った。

「文面はこんな感じです。――新たなウェブＣＭの制作及び公開にあたり、女性を中心に結成されたウェブ構築チームを現場に配置する予定です」

「そんなありふれた施策で、炎上がおさまりますか」

「ダイナソー」は、にこりともしない。

「文面はさらに続きます。その女性というのは、若くなく、素直でもなく、可愛《かわい》くもない、と。……管理職で、性差別にもうるさく、体脂肪率二十八パーセント、と書くのもありですね」

「あなたのことですか」と、「ダイナソー」は言った。

「そうは申しておりません。私はどちらかというと、素直すぎて心配だ、と言われることが多いくらいですので」

晃太郎が隣で、小さく息をついた。どの口が言うか、と思っているのだろう。

「つまり、御社をコンペで勝たせろと」と、「ダイナソー」の目は鋭い。

「そうとは申しておりません。ただ……」と、結衣は鞄からネットヒーローズの会社概要を取り出して、「ダイナソー」の前のテーブルに置いた。晃太郎に会社で出力してきてもらったのだ。

「弊社にはウェブ動画専門の提携会社もあります。コンペで勝てた暁《あかつき》には、多様性に配慮したCMを制作することもできます。……どうでしょう。これで御社はシェア縮小を防ぐことができ、社員の皆さんは炎上への対応業務のための長時間労働から解放される。御社の柔軟な対応を魅力に感じる新規顧客も増え、弊社はより多くのお仕事をいただける。三方よし、どころか、四方よし、に収まるのでは？」

しかし、「ダイナソー」は黙っている。この後が肝心だ。

「私は反対したんです」晃太郎が口を開く。「こんな与太話、フォースさんが受け容《い》れるはずがないと」

打ち合わせ通りの台詞《せりふ》を喋《しゃべ》ってくれている。

「この話はお忘れください。さ、帰るぞ」

「ちょっと待ってください、種田さん」と、結衣も台詞を言う。

フォース側に自分の裁量で判断させるためのこれは芝居だ。

「研究員」は現場社員に取り入っても無駄だと言ったが、結衣はそうは思わない。

フォースの社員が自らの裁量で、あの役員を説得できなければ、この会社の体質は変わらない。これからも〝下請け〟に自分たちの働き方に合わせろと強いるだろう。

結衣の計算通り、「待ちなさい」と「ダイナソー」が二人を引き留めて言った。

「なぜこの話を私に持ってきたのです」

結衣は喉につかえた唾《つば》を飲む。緊張で傷跡がピリピリしたが言う。

「コンペの際、私を会議室に入れてくださらなかったのは排除するためではなく、コンペに勝たせてくださるためではと感じたものですから。現在の古い体質のままではまずい、と思っていらっしゃる。……違いますか？」

「ダイナソー」は黙っている。

その時、ふたたびメタルが重低音で鳴り響いた。「忠義を尽くせ！」というシャウトが轟《とどろ》く。そのタイミングを逃がさず、結衣は「ダイナソー」の目を見据えて言った。

「たとえ上司であっても過《あやま》ちがあれば正し、会社を危機から救う。それこそが、真の忠義というものではありませんか」

「ダイナソー」は答えなかった。ギョロリとした目が晃太郎を見た。

「私も野球をやってたんです」と大きな歯が動く。「今でも甲子園や大学野球は欠かさず観戦している。だから、十四年前に姿を消した種田という選手のこともよく覚えている。あなたが現役だった頃の記事も読んだことがありますよ。どうしてプロをめざさなかったんですか？」

「最後の試合で肩を壊しまして」と、晃太郎はいつもの答えを言った。

「社会人野球に進むとか、クラブチームに入るとか、他に道もあったでしょう」

晃太郎は苦笑いして、口を噤《つぐ》んだ。

「ダイナソー」も深くは尋ねなかった。「これも何かの縁でしょう」とだけ言った。

竹橋駅から混んだ電車に乗りこむまで、晃太郎は口を利《き》かなかった。しかし、結衣が奥の扉に押しつけられると前に立ち、潰されないよう空間を作ってくれた。

「あの広報部長」と、結衣の頭上で声がした。

「今朝の俺のプレゼンの間も、さりげなくアシストしてくれていた。きっとさっきの提案を役員に進言してくれる。……ファインプレイだったな」

褒められているのだ、と気づくまで時間がかかった。

「よくあんな風に対等に話せる。俺にはとても無理だ」

鼻の先が触れそうなほど近くにある晃太郎の胸から懐《なつ》かしくて温かい匂《にお》いがした。

「乗り換えなきゃ」結衣は言った。「じゃ、また会社で」

一緒にビールでも、と言えばよかった。でも言えなかった。

背中が接している扉が開き、ホームに降りる。もう少しだけ話していたかったなと思っていると、「結衣」と呼ばれた。ふりかえると、車両のドアから少し身を乗り出し、晃太郎が話しかけてきた。

「俺とお前で協力すれば、この案件は思ってたより大きな実績になる」

働くのが大好きなその男は、すでに勝ったような笑顔でいる。

「そしたら、結衣は堂々と定時で帰れる」

その言葉に胸を衝かれた。結衣は大きくうなずいた。

「一緒についてきてくれて心強かった。ありがとう。晃太郎」

そんな言葉が今日は素直に出てきた。

晃太郎はなぜ盾になることを引き受けたのだろう。

定時に帰ったことなどほとんどないあの男が、心から裁量労働制の導入を阻《はば》もうと思っているとは考えにくい。社長の窮地を救うためか。石黒の命令だからか。

(もしかして、私のためなのか)

そう考えるのはあまりに都合がいいだろうか。そんな物思いにふけりながら、実家のある駅の改札を出た結衣は、大きな柱にもたれている人影に気づいて、足を止めた。

思いつめた顔をして立っていたのは野沢だった。

「えっ、何、どうしたの。ここで、ずっと待ってたの？」

まさか乱心か、いきなり斬りつけられたりしないか、と結衣は身を引いたが、

「東山さんに報告したくて」と言う野沢の目は正気だった。

「私、初めて母に逆らったんです。全部言いました。門限はなくしてほしいことも、たまには飲みに行きたいことも。お母さんの言いなりのままじゃ、それこそ上司や取引先に無条件に従う人間になっちゃうけどいいのって、そう言いました」

「そっか」結衣は驚きながらうなずいた。「よく言ったね。頑張ったね」

親がよしとする生き方に逆らうのは大変だ。結衣もそのことでは苦労してきた。

「私、今期目標考えました」野沢は言う。「巨万の富を築く、にします」

「えっ」結衣は聞き返す。「富？」

「思う存分、コミケで本を買うにはどうすればいいか。やはりお金なんです、お金」

「あの、えっと、ごめん、コミケって何の話？」

「私、決して結ばれることのない関係というものが大好物でして」野沢は眼鏡を押し上げる。「いわゆる腐女子って奴です。相容れないキャラ同士の主従関係は尊い。歴

史もので言うと、織田信長と明智光秀。この会社で言うなら、種田さんと甘露寺さん」

何を言っているのか、まったくわからない。

「お二人のやりとりを聞くだけでご飯三杯いけます。だから新人歓迎会には何としても馳《は》せ参じたかった！　でも、この趣味、母には大反対されてまして、早く独り暮らししたいです。推しカップルの本に埋まりたい」

「えっと、もしかして、履歴書に書いてあった読書っていうのは」

「お金がかかるんです」野沢は拳《こぶし》を握った。「だから私はお金のために働きます。あっ、でも、二次創作の時間も確保したいので、門限がなくなったとしても定時で帰ります」

「うまく理解してあげられなくて申し訳ないんだけど、それが野沢さんの今期目標なんだね？」

「はいっ！」と元気よく野沢は言った。

「そっか。……わかった。お互い実家出るためにガンガン稼ごう」

結衣が言うと、野沢はふやけたような笑顔になり、ぺこりと頭をさげて、改札に入っていく。

背中を見送りながら、結衣は思わず笑っていた。巨万の富か。今期中に達成できるわけないでしょ、と賤ヶ岳に怒られそうだ。

でも、あんな饒舌《じょうぜつ》な野沢、初めて見た。きらきらしたものが胸に湧《わ》いてくる。

どんな新人にも親がいる。会社でうまくやっているのか、酷《ひど》い目に遭っていないかと心配する家族がいる。大事な新人たちを預かる責任は重い。

それでも、人を育てるっていいものだな。軽い足取りで、結衣は実家への帰途を辿《たど》った。

居間に入ると、父がまた『忠臣蔵』を観ている。今日は森繁久彌《もりしげひさや》が吉良を演じているドラマ版を観ているらしい。

「ね、例の案件、刀は抜かないまま、うまくいったんだ」

結衣は今日の朝のコンペのことや、さっきの提案をするまでの顛末《てんまつ》を話した。

聞いているうちに、父は苦々しげな顔になっていき、身を起こした。

「ふん、晃太郎くんもまだ若いな。勝ちを焦《あせ》って、冷静に見通せなくなってる」

いい気分に水をさされ、結衣は不愉快になる。「どういう意味」

「会社っていうのは男のものだ。いくら女が小賢《こざか》しいことをしたところで、変わるわけがない。なめてたら酷い目に遭うぞ」

「何よ、おっかない顔して」

「お前、ちゃんと『忠臣蔵』観たか？」

「松の廊下事件の手前までは観たけど、でも、これって全部が全部史実じゃないんでしょ？」

「だったらなぜ三百年もの間、日本人はあの話に熱狂してきたのか考えてみろ。これでも俺はな、妻子を守って耐えてきたんだ」

それとこれとなんの関係があるのだ。でも、なめてたら酷い目に遭う、という言葉は胸に突き刺さった。

「ダイナソー」さえ決断してくれれば、役員を説得できる。結衣はそう楽観視している。最後は会社の利に繋《つな》がる判断をしてくれるはずだと。

でも、それは甘い考えなのか。

「田舎大名が」

という吉良のねちっこい声がした。

父が『忠臣蔵』の続きを観始めたのだ。理不尽な長時間労働を強いられた上に、愚《ぐ》弄《ろう》され、耐えかねて刀を抜こうとした浅野を吉良は挑発する。

「御身は切腹、お家は断絶。ささ、その覚悟がおありなら、この上野介を斬って御覧《ごろう》じろ」

これは創作だ。こんなシーンが本当にあったわけではない。吉良がパワハラした証拠はないのだと、辛いもの好きなおじさんもそう言っていた。

しかし、いくら史実ではそうだったとしても、父のせいで不安になってきた。父のスマートフォンの中から、老侍が結衣を見つめている。垂れたまぶたの下の目がこう言っているような気がした。

お前に儂《わし》を斬る覚悟があるのか、と。

第三章　ハイスペック留学生

フォースが新しいウェブ広告の制作について追加発表をしたのは、結衣と晃太郎とが「ダイナソー」を訪ねた日の翌朝だった。

〈フォースは生まれ変わります。デジタルマーケティングの推進にあたっては、パートナー企業から女性のアドバイザーを招き、多様性を尊重した表現を行っていくべく意識改革を促進します。また、運動に苦手意識がある人にもスポーツを楽しんでいただくため、先進的な商品開発に着手します〉

朝のミーティングで記事を読んだ結衣は肩の力を抜いた。昨夜、父に「なめてたら酷《ひど》い目に遭うぞ」と言われてから緊張しっぱなしだったのだ。どうやら「ダイナソー」は役員の説得に成功したらしい。

「生まれ変わるためには一度死なねばなりませぬが」

ぷっくりした腕を組んで言い放つのは甘露寺だ。

「さてさて、あのサムライトリオたちに腹をかっさばく勇気がありますかな？」

「甘露寺、お前もそろそろ生まれ変わったらどうだ。介錯《かいしゃく》なら俺がしてやる」

「オホホ、種田氏、おかまいなく。わたくしは今の自分を愛しておりますゆえ……」

晃太郎が腕を押さえた。見ればテーピングがしてある。搔《か》くのを防ぐためだろう。

「これ、東山さんの入れ知恵なんでしょう？」大森が話を変える。「ベイシックのチームは全員男性だそうですから、うちは完全有利。これは勝てますね」

「上半期目標一億五千万円達成、運用部の売上にも貢献」

晃太郎が自分に言い聞かせるように口にする。

「さらにウェブCM制作の受注もできれば、ベストチーム賞はもう間違いない」

「種田さん、去年はMVP獲《と》ってたよね」賤ヶ岳は複雑な表情だ。「今期は個人とチームのダブルで受賞かもね。中途で入った種田さんにそれやられちゃたまんないな」

「いや、さすがにそれはないでしょう。社内のバランスもあるだろうし」

そうは言っているが、晃太郎の鋭い目を見て、ダブル受賞を狙《ねら》っているのだろうな、と結衣は思った。盾になることを引き受けたのは結衣への罪悪感からかもしれない。

でも、プライドの高いこの男のことだ。上からの命令を見事遂行して、仕事ができる会社員の称号を取り戻したいという思いも強いに違いない。

「種田さんなら勝てます」桜宮が手を組み、祈るように言う。「私は信じます」

一緒にうなずきたかった。でも父の言葉が脳に電極のように差しこまれてビリビリする。

――晃太郎くんもまだ若いな。勝ちを焦《あせ》って、冷静に見通せなくなってる。

スマートフォンの画面に触れると楽曲アルバムのジャケットの画像が表示された。火消し装束に身を包んだ男が映っている。

顔を上げると晃太郎と目が合った。怪訝《けげん》そうな顔で、桜宮に同意しない結衣を見ている。昨夜、二人の間に流れた勝利の予感と一体感はどこへ行ったのか、と言いたいのだろう。

「とにかく、後はフォースからの連絡待ちですね。いやこれ絶対勝ってますって！」

大森が威勢良く言い、ミーティングが解散になると、野沢が結衣の横に立った。

「今日もよいものを見せていただいております」

ホワイトボードの文字を消せと命じられてしぶしぶ従っている甘露寺と、後ろに立って監視している晃太郎とを、うっとり眺めている。

「ベストチーム賞獲れたら報奨金出るんですよね！　ボーナスにも影響するでしょうか。私も早く仕事を覚えて貢献せねば！　お金お金」

報奨金はだいたいの場合、祝賀会の支払いで消える。入社一年目のボーナスは雀《すずめ》の涙だし、ベストチーム賞を獲っても反映されない。それでも、自分の生きたいように生きると決めた野沢は力強い。

人は変わる。フォースも生まれ変われるのではないだろうか。そんな気がしてきた。

父はきっと僻《ひが》んでいるのだ。自分はもう会社で働けないから。会社は男のものだ、などと言っていたが、「ダイナソー」は結衣の提案を容《い》れてくれたではないか。

「東山さんが忠臣蔵をお好きでいらっしゃるとは存じ上げませんでした」

横を向くと、手足の長い青年が立っている。真っ黒な髪は短く切られ、くっきりと黒い眉《まゆ》の下には、人懐《なつ》っこそうな瞳《ひとみ》が輝いている。

ベトナム出身の留学生で、バオ・グエン、二十三歳。彼がコンピュータ・サイエンスを学んでいる日本の大学院に人事が出向き、期間三ヶ月のインターンとして確保してきた。卒業後に入社してもらえるよう、丁重に扱えと人事には言われている。

「グエンくんこそ、忠臣蔵なんか知ってるんだ」

「はい、そもそも日本語を覚えたのは、動画サイトで時代劇にはまったのがきっかけですから。忠臣蔵は日本人の精神性を理解する上でとても参考になります。映画も沢山ありますが、歌舞伎《かぶき》、浄瑠璃《じょうるり》、落語のヴァージョンもいいですよね。それは歌謡曲

『三波春夫の大忠臣蔵』ですね」

グエンは結衣のスマートフォンを指す。よく知っている。火消し装束をまとった大石に扮《ふん》し、討入りのシーンのポーズをとっているのは往年の演歌歌手だ。

「アップルミュージックで検索したら、これが一番に出てきたから」

父に観《み》せられた映画はまだ途中になっている。映像を観る時間がなかなかとれないので、会社で作業しながら聴けるものを探したのだ。この話がなぜ三百年以上も日本人に愛されてきたのか考えろ、という父の言葉が頭に引っかかっていた。

「それは傑作ですよ。浪曲に講談まで取り入れて、忠臣蔵を歌い上げる三波春夫は天才です！　田村邸で切腹する浅野の辞世の歌、田村の情け深さ、あのくだりで何度袖《そで》を濡《ぬ》らしたことか……」

「私はまだそこまでたどりつかない。松の廊下のとこを何回もリフレインしちゃって……」

結衣の言葉にグエンは静かにうなずき、朗々とした声で歌い出す。

「もののふが、刃《やいば》をひとたび抜く時は、死ぬも生きるも命懸け」

有名な松の廊下の事件のくだりだった。長時間労働を強いられた上に愚弄《ぐろう》されて耐えかねた浅野が、吉良に斬《き》りかかるシーンだ。結衣もつい一緒に歌ってしまう。

「千代田の城の奥深き、ああ松の廊下、花に恨みの風が吹く」

「何やってんだ、グエン」と、いらついた声がして、目を向けると吾妻が会議室の入り口から見ている。「例の取引先への御依頼書、書けたのかよ」と、居丈高に言う。

「あの、こちらから依頼する場合は、『御』は要らないのでは。文法的におかしくはないですか」

「なんでお前に日本語を教えられなきゃいけないんだ。偉そうにすんな」

吾妻が行ってしまうと、「質問しただけです」グエンが困惑して結衣を見る。

「そうだよね」しかし、それを馬鹿《ばか》にされたと思うのが吾妻なのだ。「『御』はつけなくていいよ。つけるのが慣習になってる会社もあるから難しいとこなんだけど」

グエンは黒々とした眉根を寄せ、「少し相談しても構いませんか」と言った。

「いま？」

昨日はコンペと野沢の母との面談に時間をとられた。できれば他の案件にとりかかりたい。でも、インターンのケアも大事だ。迷った末に、焦りは飲みこむことにする。

「いいよ、言って。何か困ったことあった？」

グエンが口を開こうとする。しかし、タイミングが悪いことに、別の会議に向かったはずの晃太郎が「フォースから緊急で呼び出し」と会議室に戻って来た。

「コンペの結果の通達だって言ってたけど、いつもの三人からじゃなくて広報部長から直接来たのが気になる」とテーブルの端を睨《にら》んでいる。

「昨日の提案の事後報告をしてくれるのかも」

結衣はスマートフォンを見た。ヤフーニュースの速報の中にフォースの文字はない。企業イメージがどれだけ回復したかは、きちんと分析しなければわからない。

「俺一人で行くって言ったんだけど、東山さんも必ず一緒にと言われた」

「はあ、わかった」結衣はグエンをふりかえる。「取引先、まだどこも行ってないよね。いい機会だし、来る？ 移動中に相談聞くから。吾妻くんには私から話を通しておく」

吾妻をグエンの教育係にしたのは、同じエンジニア志望だからだ。コミュニケーション能力が高いグエンなら、あの吾妻ともうまくやれるだろうと、晃太郎と相談して決めた。

しかし、グエンは地下鉄に揺られながら言った。

「吾妻さんは、私のことがお嫌いのようです」

「吾妻くんは誰に対してもあんな感じなんだよ。グエンくんのことを嫌いになる人なんていないって。礼儀正しいし、仕事に意欲もある。言ったことをすぐ理解してくれるし」

同じ日本人なのに、まったく話が通じない甘露寺のことを思い出し、胃が痛くなる。出る前にヒアリングの議事録の清書を指示してきたが、監視役がいないから居眠りしているかもしれない。

「東山さん、私はこの会社に入社したら、定時後は友人が起業したベンチャーで働きたいと思っています。でも、吾妻さんは一つの会社に尽くせ、二心《ふたごころ》があってはいけないと」

「二心って、武士じゃあるまいし……。それに、うちは副業オーケーだよ」

社長が「残業月二十時間以内」を目標に掲げたのは、長時間労働をさせると、社員の世界が狭くなってしまうと危惧《きぐ》しているからでもある。特に会社の要であるエンジニアたちは積極的に社外に出て新しい技術を得てこいと奨励もされている。

「お前、あの吾妻だぞ」と晃太郎が隣から言う。「ちょっと前まで俺がフォローしなきゃ、タスクをこなすことすらできなかった奴《やつ》に、副業の話なんかしても通じない」

「後輩が他社で経験を積んできてくれたら有り難いと思わないのかな」

「新人に先を越されてますます焦るだけだろ。呑気《のんき》な東山さんにはわからない」

「じゃあ、せめて定時後に飲みに行って人脈を広げるとか。私みたいに」

「人脈って飲んだくれたオッサンの常連しかいないだろうが」

フォースに向かうという緊張感を和らげたくて、つい晃太郎と軽口の応酬をしていると、グエンがうつむいて言った。

「吾妻さんは、お前は日本の会社員らしくないと言いました」

「日本の会社員、ねえ」思わず眉間《みけん》に皺《しわ》が寄る。「……ってどんな会社員？」

「とにかく上に可愛《かわい》がられることが大事だと言われました。……桜宮さんも言ってました。女の子は仕事できないほうが可愛がってもらえると。どうも解《げ》せません。日本は少子化で、若者が足りないんですよね。これからさらに少なくなるのだから、性別も国籍も関係なく仕事ができなければ、国力は落ちていく一方では？」

「その通りだ」と、晃太郎は顔をしかめる。「男でも女でも仕事のできない奴は俺の部下には要らん」

「私生活では違ったりして」つい小さな声でつぶやいてしまう。

晃太郎は結衣を一睨みしてから「吾妻の言うことは無視しろ」とグエンに言った。

竹橋駅で降りると、直射日光が三人を照らした。皇居の森の緑はまだ瑞々《みずみず》しいが、夏のような暑さだ。グエンは「ああ、ここが千代田城ですか」と歩きながら皇居の方をふりかえり、感慨深げに言う。

「あの石垣のむこうに、松の大廊下があったんですよね。本丸御殿の大広間から将軍との対面所である白書院まで五十メートル。松と千鳥の襖絵《ふすまえ》に畳敷きの立派な廊下があったとか。ああ、タイムスリップして、浅野と吉良の間に本当は何があったのか、現場を見に行きたいです」

「松の廊下って、忠臣蔵のか」

晃太郎は強い日射《ひざ》しをものともせず早足で歩く。必死に追いながら結衣はグエンに言う。

「史実ではパワハラはなかったっぽいんでしょ」

「赤穂藩家臣の手記以外にパワハラがあったとする記録がないので、なかった説が今は優勢です。ただ、上を忖度《そんたく》して、吉良に都合の悪いことは誰も書けなかったって可能性もあるんじゃないでしょうか。何しろ吉良は将軍の親戚《しんせき》筋ですから」

「そんな偉い人にいきなり斬りかかるってのも、ちょっと短慮だよね」

「そこはやはり侍ですから。武士の一分《いちぶん》というものがあるんですよ」

「さっきから何の話してんだ」と言いかけた晃太郎がすぐに顔をひきしめた。

気がつけばフォースの社屋に着いていた。晃太郎が受付をすませる間、グエンは受付の後ろの壁を見つめている。黒い兜《かぶと》のロゴのイラストが額に入れられ飾られていた。

「日本のスポーツマンは侍を自称するのが好きですよね。でも、これはいつの時代の武士をイメージしたものなのでしょう。兜だけ見れば戦国時代っぽいですけど」

「さあ、どうだろう。下克上とか絶対にありえないって感じだけど」

「じゃあ、江戸時代だ。元禄《げんろく》時代以降ですね」

少しして、「ダイナソー」が出てきた。結衣たちをロビーのソファに座らせると、

「計五社でコンペを行った結果、御社は勝ちました」と言った。

結衣は手を握って小さくガッツポーズし、晃太郎は腰を浮かせかけた。しかし、

「ダイナソー」は、待て、というように手の平を突き出した。「ただし、もう一社、残りました」

「ベイシックですか」と、晃太郎が中腰のまま言う。

「そうです。二社対決になります。東山さんには感謝しています。おかげで炎上は鎮火に向かいました。役員が謝罪会見をするという事態は避けられそうだ。従って、再コンペでは、ベイシックにも同じ方針の提案をしてもらうつもりです」

つまり内容勝負になるということか。新しいプレゼンの準備にどれだけ時間をかけ

られるかにかかっているとも言える。すでにパンパンのスケジュールのどこにその作業を入れようか、気が重くなったが、晃太郎は「承知しました」と言った。

「炎上の責任をとらされたとはいっても」と、「ダイナソー」は言った。「ベイシックは現行ベンダーです。余計な業務を増やしたくない現場社員は彼らを支持していますし、あちらの営業の男性を例の役員は気に入っています。しかし、自分の手で炎上をおさめた事実を残したいという思惑も持っている。御社がつけこむとしたらそこです」

　コンペに参加した他企業の状況について、他社に教えることは道義に反するはずだ。だが、この広報部長はそのギリギリのラインで情報をくれようとしている。なぜだろう、と思っていると、「ダイナソー」は大きな手を膝《ひざ》で組み、「ただね」と晃太郎の方へ身を乗り出した。

「あの役員は東山さんを毛嫌いしています。それはもう憎悪《ぞうお》といっていい」

　晃太郎の眉間に皺が寄る。

「しかし、謝罪会見を避けられたのは、東山の提案のおかげだとさっき――」

「種田さん、あなたならわかるでしょう。体育会系社会では上下関係が全《すべ》てだ。三年生は神、二年生は人間、一年生は奴隷《どれい》。女子マネジャーはベンチにすら入れない。

我々はそう教えられて育った。文字通り、骨の髄まで叩《たた》きこまれた。違いますか？」

晃太郎は「それは、まあ」とうなずいたが、警戒するように「ダイナソー」を見つめている。

「幸い、私は大学でそのような教育を否定する指導者に出会いました。理不尽な試練を強いるトレーニングでは、能力はある程度までしか伸びない。そう教えられました。実際、海外で活躍しているプロのアスリートは、必要だと判断すれば、監督の指示に反するプレイをすることも厭《いと》わない。勝つことが第一義です。そうですよね」

晃太郎は少し躊躇《ためら》っていたが、「はい」と答えた。

「しかし、フォースは今も古い体育会系のままなのです。どんな理不尽な命令であっても従うことが第一義。社員個人に裁量などあってはならないと上層部は考えている」

「つまり、下請けの、しかも女が意見するなど、体質的に受けつけない、ということですか」

結衣が言うと、「ダイナソー」はうなずいた。

「この会社の創業に加わったのが十年前、以来ずっと内部から変えようと努力してきましたが、なかなか……。結局、上の者も下の者も、学生時代に叩きこまれた上下関係に組み込まれているのが心地よいのです。しかし、上の過《あやま》ちが正されることなく下の者が長時間労働を強いられる状況は強いストレスを生む。そのストレスは、さらに下へ、つまりは下請けへと向かいます」

それを聞いて強《こわ》ばった晃太郎の顔を少しの間眺めた後、「ダイナソー」は現代風にデザインされた黒い兜のロゴに視線を移して言った。

「ただ、今回ばかりは抜本的な意識改革をしなければフォースは潰《つぶ》れる。上層部の反対を押し切って今朝の追加発表を強行しましたが、結果、私は広報部長を外され、来月異動となりました」

結衣は言葉を失う。なめてたら酷い目に遭うぞという父の言葉が再び脳裏に蘇《よみがえ》る。

「東山さんのせいではない。私なりに会社への忠義を貫いた。それだけのことです」

「忠義を尽くせ！」というシャウトがまたロビーに響く。サムライソウルという名の黒い鎧《よろい》をまとった彼らが叫ぶ忠義とは何のためのものなのか。足元がぐらつく感覚を覚えた。

晃太郎は黙って膝に載せた自分の手を見ている。

その顔を「ダイナソー」は切なげなまなざしで見つめ、「勝ちたいか」と、ふいに後輩にかけるような口調で言った。

晃太郎は驚いて目を上げたが、自分にかけられた言葉だとわかると、「はい」と慌《あわ》てたように返事をした。

「もちろんです。必ず、次のコンペではよい提案をいたします」

「ベイシックは、新たに全員女性のチームを組んだと言っていた」

と「ダイナソー」は言い、今度は結衣を見た。

「さっき営業に連れられてぞろぞろ来ましたが、入社したばかりの仕事のイロハもわかっていなそうな女性ばかりでした。うちの役員の好みがよくわかっている」

「それは……」結衣は言葉に詰まる。

表向きには多様性を打ち出したように見せかけているが、実際にはニコニコして座っているだけの女性チームを出してきたというわけか。桜宮も去年まではベイシックの営業部にいた。もしかしたら同じようなチームに入れられていたのかもしれない。

「女性管理職もいるにはいるようですが、表には出さずにバックアップだけさせるそうです。プレゼンは営業の男性がすると。最初のコンペの時もそうだった。新人の女性たちは接待要員でしょう。お伝えできるのはここまで。健闘を祈ります」

大きな体を持て余すように恐竜が去ると、ロビーは静まり返った。グエンが言う。

「ウェブ業界にも接待があるのですか。それは就業時間外に行われるのですか。接待要員とはどういう意味です。もしかして性的搾取《さくしゅ》ですか」

海を渡ってはるばる来た異国の青年にきちんと答えなければ。結衣は言った。

「業界的には接待は滅多にない。うちの会社も基本的にはしない。私もしたことない」

「ベイシックはクライアントのためなら何でもする。でも、うちは、社長の方針に従って接待なしで勝つしかない」

晃太郎もそう言ったので少し安心したが、グエンの次の言葉で気が重くなった。

「この会社なりの武士道を貫く、というわけですね」

忠臣蔵では、浅野内匠頭は自らの武士道を貫き、吉良に賄賂《わいろ》を渡さなかった。だがそのせいで目をつけられることになった。長時間労働を強いられ、数々の侮辱を受けたのだ。

そして起きたのが松の廊下の刃傷沙汰《にんじょうざた》だ。

吉良を斬りつけ、その場に居合わせた梶川与惣兵衛《かじかわよそべえ》にとりおさえられる。即日切腹となったのだ。

(でも、私はそんなことにはならない)

フォースの社屋を出て、平川門に向かって歩きだした時、「東山さん」と追いかけてくる社員がいた。

「広報部長が左遷《させん》される話、聞きましたか」

コンペの日に会った「研究員」だ。晃太郎にも開発部と印字された名刺を渡し、結衣たちを自社から離れたところへ導く。

「あの広報部長は、巧みな広報戦略でサムライソウルをヒットに導き、フォースの成長計画の要となる人でした。若手はみな動揺しています。あの人でさえ、逆らったらあんな目に遭うのかと」

結衣は思わずうつむく。そのきっかけを作ったのは自分なのだ。

「やっぱり僕は御社に勝ってほしいです。定時で帰る女性管理職という異質な存在が出入りするようになれば、フォースはきっと生まれ変わる。許されなかったウェアの機能改善もできるようになるかもしれない」

必死な顔で言う「研究員」に、応《こた》えたのは晃太郎だった。

「ただ、彼女も案件を多く抱えておりますもので」

「そうでしょうが、うちの会社の案件にはあなたが必要なんです」と、「研究員」は結衣に念押しして去った。

「あいつが例の情報提供者か」

晃太郎は遠ざかる背中を睨みつけている。結衣がうなずくと不機嫌そうになる。

「あの広報部長といい、今の奴といい、どうしてお前のことばかり焚《た》きつけるんだ」

「自分たちだけでは逆らえないからでしょ」

結衣が言うと、グエンが顔を暗くした。

「日本は先進国だと思ってました。こんな理不尽なタテ社会は、時代劇の中だけだと。私は本当に日本で働いていけるんだろうか」

彼の視線の先には、東京オリンピックのポスターがある。大勢の外国人旅行客の来日に備え、公共施設には英語や中国語を併記した看板が増えてきた。海外で活躍しているアスリートは監督の指示に反するプレイをすることも厭わない、という「ダイナソー」の話を思い出して、結衣は言った。

「うちの会社は違うよ。おかしいことがあったら言っていい。定時に帰りたかったら帰っていい。副業したっていい。そうできるように私たちが頑張るから」

しかし晃太郎は怖い顔をして「だったらまずコンペに勝たないとな」とつぶやいた。

「どういう意味です」とグエンは言ったが、結衣も晃太郎も応えられなかった。

このままでは、うちの会社も裁量労働制になるかもしれないなどとは言えなかったのだ。

帰社してから行われたミーティングで、晃太郎からベイシックの戦略について聞かされた営業部の大森は、「それ、喜び組じゃないですか！」と唇を噛《か》んだ。

「ベイシックの営業の男性ってどんな奴ですか？」

「わからない。っていうか、前から思ってたけど、そういう情報を得てくるのが営業の仕事だろ。ちゃんと仕事しろよ」

いらだたしげな晃太郎に、結衣は言った。

「前に巧……諏訪さんに聞いた話によれば、名前は風間だって。桜宮さん知ってる？」

皆に視線を向けられた桜宮は微笑《ほほえ》み、「知ってます」と言葉を濁した。

「でも、チームが違ったので、あんまり詳しくは……。ごめんなさい。お役に立てなくて」

「困ったなあ。東山さん、諏訪さんにもう一度、訊《き》いてもらうわけにいきませんか？」と大森が泣きつく。

「訊いてどうする？」と言ったのは晃太郎だ。「自社の不利益になる情報を漏らすわけないだろ。お前が自分で調べて来いよ」

「でもほら、元婚約者が訊いたら、うっかり漏らすかも」と大森は引かない。「まだ未練があるかもしれないじゃないですか」

「いやだ」結衣は首を横に振った。「円満に別れたんだから、そっとしておいて」

しかし、隣に座った来栖が、「そうですよ、東山さんにはそんな色仕掛けみたいな芸当とても無理です」と、わかったように言うので、「できないとは言ってない」と、ついむきになった。

「わかった。情報を引き出せばいいんでしょ。できますよ。だけど色仕掛けなんて卑《ひ》怯《きょう》なことはしない。会社員十年やってんだから、もっと高度な駆け引きができます」

その場で電話をかけると、巧はすぐに出た。

「もしもし、結衣ちゃん。こんな昼間にどうしたの？」と言う声は優しい。

「あ、その、特に用事はないんだけどね、世間話でもと思って。……最近どう？」

「連絡しようと思ってた」巧は一拍おいて言った。「結衣ちゃんが恋しかった」

「えっ」動揺してスマートフォンが頬に当たり、スピーカーがオンになる。焦ってしまいオフにできない。「あっ、でも、三橋さんとつきあってるって聞いてるよ」

「別れた」巧の声が耳の奥に届く。「やっぱり僕は結衣ちゃんじゃなきゃダメみたい」

みんな聞いている。何の話してんだよ、と晃太郎の口が動いている。

「いやっ、いや、それは、いかがなものでしょうね。我々は競合企業ですし……」

「今夜会いたい。初めてデートしたフレンチでどうかな。予約とっとく、十九時に。来てくれるまで待ってる。じゃあ、また後でね。種田さんによろしく」

柔らかい声を残して電話は切れ、結衣はしばらく動けなかった。仕事中だということを——皆に聞かれていたのだということを思い出し、笑顔を作ってスマートフォンを置く。

「ごめん。なんか、プライベート的に急展開で、風間さんのこと訊く隙《ひま》がなくて……」

「さすがエース営業だね」賤ヶ岳が言う。「色仕掛けでこっちの情報を引き出そうとするとは」

「巧はそんな人じゃない」晃太郎の視線を気にしながら、結衣は言った。「勿論《もちろん》、行かないけどね。浮気した男になんて会わないし。後で断るけど、でも巧は——」

「ほんとに別れたのかな」と大森がスマートフォンをいじる。フェイスブックの検索欄に「諏訪巧」と入れているようだ。こういう時だけは調べるのが早い。

すぐに三橋と一緒の写真が表示された。三橋は薬指をカメラにむけて笑っている。結衣がもらったのと同じ、巧が好きな老舗《しにせ》ブランドの婚約指輪だ。……婚約したんだ。

動けずにその写真を見つめていると、

「僕は止めましたよ」来栖が肩をすくめた。

「実は、種田さん」大森が上ずった声で言う。「フォースから、二度目のコンペの前に親睦《しんぼく》会をやらないかという打診がありまして。断るつもりだったのですが……圧が強くて」

「なぜ今まで黙ってたんだよ。まさか受けたのか？」

「うちって接待はしないっていう方針だよね」と、賤ヶ岳。

「あくまで親睦会ですって。例の役員が、東山さんの労をねぎらいたい、と言ってるそうで。たしかに、うちのおかげで謝罪会見を免れたわけですから、感謝の宴なんじゃないですかね」

それを聞いて晃太郎の表情が険しくなる。

「あり得ない。むこうの役員は東山さんを毛嫌いしてるって話だ」

「でも、その役員は、体面上はうちを勝たせたいんでしょ？　だったらもう会わせちゃったほうが早くないですか。東山さんに実際に会えば絶対に気に入りますって」

「でも、再コンペの前に親睦会って、それって事実上の接待……おい甘露寺、寝るな！　ミーティング中だぞ」

「ここは楽観主義でいきましょう。先方は明日がいいと言ってるんですが東山さんの予定は？」

フォースに断りの電話を入れるのが嫌なのだろう。大森は畳みかけるように尋ねてくる。

「手帳忘れた。……取ってくる」結衣はそう言って会議室を出た。

休憩はしない、といつもなら言う晃太郎が「十分、ブレイク」と言い渡すのが聞こえた。

ちょっとだけ逃げよう。

結衣は自席ではなく、非常階段に向かった。石黒は出張でいない。相談はできない。日の当たらない階段は冷たかった。結衣は座りこんで両手に顔を埋めた。

見事な返り討ちだったな、と思う。

巧は気づいたのだろう。競合会社にいる元婚約者が、二社対決になったタイミングで連絡してくる目的は一つしかない。色仕掛けなんかしないと言ってはみたけれど、（浮気された悔しさを埋めたかったんだろうな、私は）

悔しかったのは巧も同じだったのだろう。種田さんによろしく、と言っていた。あの男の実績のために僕を利用するな。あれはそういう意味だったのではないか。

お前があきらめないから、と父に前に言われたことがある。

その通りだ。結衣さえ過労死寸前まで働く晃太郎の生き方を受け容れて結婚していたら、巧と傷つけ合うこともなかった。

父と観た、長谷川一夫主演の『忠臣蔵』のワンシーンを思い出す。松の廊下の刃傷沙汰の当日、吉良のパワハラに苦しむ浅野内匠頭を、正室の阿久里《あぐり》は励ます。今日のお式が終わりますれば、お役目もすみましたも同様、今日一日を無事にお務めあそばしませ、と。

ここは大森の言葉を信じて楽観主義でいった方がいいかもしれない。この親睦会さえ乗り切れば——。

コンペに勝てる。目標額を達成できる。定時で帰る管理職がいるチームがベストチーム賞を獲る。そうなれば、役員会はこの会社を裁量労働制に戻すという案を引っ込めざるを得ない。定時に帰る毎日が今まで通り続く。新人たちにも安全な職場環境を与え続けることができる。

何より、晃太郎の命を守れる。

裁量労働制になったら、あの男に歯止めをかけることはできないだろう。星印工場への納品の日に結衣は誓ったのだ。もう二度とあの男を〝向こう側〟へ行かせない、過労で死なせはしない、と。たとえ、どんなことをしてでも。

「こんなとこで泣いてんのか」

上から声がして、ミネラルウォーターのペットボトルを突きつけられた。追ってきたらしい。「泣いてない」と受け取った結衣の隣に、晃太郎は腰を下ろす。

「俺は昔からあの浮気男が大嫌いだった。何度もコンペで競合したことあるけど、息を吐くように耳触りのいい言葉を並べやがる。あの二枚舌にみんな騙《だま》される」

「そういうの、種田マネジャーが一番苦手なことですもんね」

「動揺しちゃって。ああいう浮ついた口説き文句に弱いんですね、東山さんは」

「そうですね。誰かさんには言われたことないから免疫《めんえき》ないのかもしれません」

晃太郎は黙った。自分の手に目を落として言う。

「言ってたら何か変わってたのか」

わからない。今度は結衣が黙った。

二人が婚約していた頃、過労で倒れ、両家の顔合せに現れなかった晃太郎に、結衣は尋ねた。仕事と私との結婚と、どっちが大事なのかと。返ってきた答えは「仕事だよ」だった。もし、あの時の答えが別のものだったら、「好きだ」と一度でも言われていたら、別れずにいただろうか。

たぶん否《いな》だ。あのまま結婚していたら、この男の仕事中毒はむしろ加速していった
だろう。最愛の人を目の前で失う。いつかそんな未来に直面するかもしれないと思う
と、怖くてたまらなくなって結衣は逃げたのだ。
「二枚舌か。ベイシックに勝ちたかったら、私もできなきゃいけないのかな」
そう言った瞬間、フォースの役員の顔が脳裏に大写しになった。額の傷跡がじくり
と痛む。ミネラルウォーターを飲んで心を鎮《しず》めてから、結衣はさっき固めた決意を口
にした。
「親睦会、やりましょう。二枚舌でもなんでも使って、饗応《きょうおう》役を務めましょう」
「なんだ急に」晃太郎は訝《いぶか》しげに言う。「悔しいのか。諏訪さんに駆け引きで負けた
のが」
「違う。私も勝ちたいの。うちの会社を裁量労働制には戻したくない」
「お前は出なくていい。あの役員の相手は俺がする。絶対に気に入られてみせる」
「でも、今回呼ばれたのは私でしょ。フォースの人たちにも新しい風を期待されてる
みたいだし、一日だけ、私があの役員に気に入られるようふるまえばいいんでしょ」
「お前にはできない」晃太郎が顔を歪《ゆが》める。「俺にはわかる。だから今まで盾になっ
てきたんだ。頼むから、後ろに下がっててくれ」

「できます」結衣は晃太郎の言葉を強い意思で遮った。「必ず耐えてみせます」

晃太郎は疲れた顔になり、両目を右手で強くこすった。そのまま、黙っている。フォースの要求をはねつけられる局面でないことは、この男が一番わかっているはずだ。いくら結衣を守っても、コンペに勝てなければ意味がない。

結衣は晃太郎の肩を摑《つか》んで、「しっかりしてくださいよ」と言って揺さぶる。晃太郎の真似《まね》だ。昔、落ち込んだ時は、よくこうやって励まされていた。

「ちゃんとうまくやるって。ベストチーム賞の報奨金もらったら、どこで打ち上げやろうか？　考えといてね」

晃太郎は結衣のほうをちらりと見て「相変わらず強情だ」とつぶやいた。観念したらしい。

「で、次のコンペだけど、オリンピックで攻めたらどうだろう」結衣は続けて自分の考えを言った。あの役員とて、国外から吹く風なら無視できないのではないか、と。

晃太郎は少し聞いただけで、結衣が言わんとするところを理解したらしい。会議室に戻ると休憩を終了させ、ホワイトボードに二度目のコンペの方針を書きだした。

「フォースはオリンピックの公式スポンサーではないが、アンブッシュマーケティングを予定しているとオリエンの時に言っていた」

耳慣れない言葉に戸惑う新人たちに、「つまり便乗宣伝ですね」と来栖が補足する。

「代々木に旗艦ショップをオープンさせるとも言っていた。外国人旅行者の目にロゴマークを触れさせることのできる絶好の機会だ。それまでに、あの追加発表の通り、あらゆる属性に対応した公式サイトを段階的に構築していき、グローバル企業にふさわしいブランドイメージを育成する……というストーリーでいく」

「グエンくんは、どう思う？」

「いいと思います。日本人の人権意識が低いことはインターネットでシェアされていて世界的に有名です。その自覚がないまま、オリンピックという商機を迎えるのはリスクが大きい。炎上事件という国内での失敗がうまく生きるといいですね」

「グエンさん、すごい」と、桜宮が感嘆している。結衣も頼もしく思ったが、

「日本に働きに来たくせに、日本を貶《けな》すのってどうなの」と言ったのは吾妻だった。

グエンの顔がさっと青くなった。気持ちが萎縮《いしゅく》したのか、下を向いてしまう。

「吾妻」晃太郎がすかさず言う。「お前の意見は求めてない」

まずいなと思った。案の定、吾妻の目に青白い火がつく。

「でも、こいつ、外国人のくせに偉そうなことばっか言うから」

「また劣等感発動か」晃太郎がうんざり顔で言う。「この忙しい時に勘弁してくれ」

「違う、教えてやってんですよ！」吾妻はいきりたつ。「だってさ、こいつ、なんでも批判してばっかで、だったらなんで日本に来たのかって話になっちゃうじゃん」

賤ヶ岳が溜《た》め息をついてから、「吾妻くんさ」と諭すように言う。「今はどこも若者不足で、優秀な外国人留学生にはどんどん来てもらいたいって時代なんだよ」

「いやでも、日本の会社に就職する以上は、日本の会社員らしく、頭を低くしてふるまえっていう話ですよ。俺は……俺は、グエンのために、よかれと思って」

その声に、真剣な響きを聞いた気がして、結衣は言葉を遮った。

「吾妻くんの気持ちはわかった。新人教育の方針については後でちゃんと話そう。グエンくん、いい意見をありがとね。さ、本筋に戻ろう」

しかし、ミーティングを中断されて焦《じ》れていたのだろう。

「グエンはお前なんかより、よほど日本にとって有用だ」

晃太郎がイライラした声で言った。

「ベトナムの最難関、ハノイ工科大学でプログラミングを学び、もうすぐ修士号も取る。日本語はお前より正確で、副業にも意欲的。社内のインバウンドチームもグエンを欲しがってる。対して吾妻、お前の強みはなんだ？　日本に生まれたってことだけか？」

　馬鹿、と結衣は思った。

　この男はやっぱり変わっていない。仕事のこととなると思いやりも優しさも吹っ飛んでしまう。できない奴は一生できないままだと決めつける。

「そんな言い方しなくても。吾妻くんだってよくやってくれてるよ」

　結衣は言ったが、吾妻は「ああ、そうですか」とむきになっている。

「どうせ俺なんて外国人がどんどん入ってきて、AIが導入されたら、はじかれる人材ですよ」

　今すぐ連れ出して話をした方がいいかもしれない。そう思った時だった。

「む、AIと言いましたかな」

　居眠りしていた甘露寺が目を開けた。「私の意見を言っても？」

「ダメだ」

　晃太郎は即答したが、甘露寺は両手を大きく広げて言う。

「今年から採用試験にはAIが組みこまれております。つまり我々新人はAIに選ばれし者ということに。……オホホ、それを自慢したかっただけであります」

「甘露寺くんがはじかれないなら、吾妻くんも大丈夫じゃないか」賤ヶ岳が腕を組む。

「うっさいうっさいうっさい！　みんなで俺のこと馬鹿にすんな！」

「もういい」晃太郎の声が会議室に響いた。「目標額を達成できるかどうかって大事な時に、くだらない感情でチームの生産性を下げるな。出てけ」

大きな声ではなかったが、これ以上、晃太郎の気分を害したら吾妻は殴られる。そのくらいの圧を感じた。吾妻は立ち上がり、ノートPCを抱えて会議室を出て行く。

「私が」と桜宮が立ち上がる。ほっとけ、と晃太郎が止めたが、「大丈夫です。私のことだけは、吾妻さん、いつも可愛がってくれてますから」と出て行ってしまう。

グエンの顔は強ばったままだ。

後悔しているのだろうか。この会社にインターンに来たことを。

「どいつもこいつも」晃太郎は奥歯を噛みしめた顔で板書を再開する。ペン先を叩き付けられたホワイトボードが震えている。

一番焦《あせ》っているのはこの男なのだ。そう結衣は思った。

ミーティングが終わると、結衣はグエンを自販機がある廊下の奥に連れていった。

「教育係、変えた方がいいかな」と尋ねながら、自販機で買った缶コーヒーを渡す。

グエンは「大丈夫です」と言った。

「でも、私は世界に通じるエンジニアになるために来たのです。日本の会社員とかいうものになるためにここに来たのではない」

わかる、と言おうとして言葉を飲みこむ。グエンから見たら結衣も日本の会社員だ。

「グエンくんはグエンくんのままでいい。日本の会社員じゃないからこそ持てる視点を使って働いてほしい」

「本当にそう思ってますか」

と言う、グエンの目は夜の海のように暗かった。

「親睦会と言えば聞こえはいいですが、私には事実上の接待としか思えません。取引先に時間外労働を命じられたということですよね。それに逆らえないあなた方が求めているのは、二十四時間働く日本の会社員のコピーロボットだ。異なった視点など求められていない」

自分よりもハイスペックな留学生に見つめられ、結衣は敗北した気分だった。

「情けないと思ってます」正直に言うしかなかった。「……でも、今朝一緒にフォースに行ってわかったでしょう。私が戦っているのは、グエンくんが期待してることの、ずっと手前の、しょうもないレベルのことなの」

元請けは上、下請けは下。男は上、女は下。逆らったら酷《ひど》い目に遭わされる。そんな古い秩序がまだこの国には残っている。同じ日本人に自分の働き方を認めさせることさえもできていないのに、さらに違う価値観を持つ異国の若者など守れるのだろうか。

「私も接待に連れていってください」グエンが言った。「実態をこの目で見たい」

「それはできない。インターンには残業させるなって人事に言われてる」

「この国の実態を、私の目から隠すつもりですか」

手強い。言葉に詰まっていると、大森がよろよろとやってきた。自販機に手をつき、大げさに溜め息をついている。

「またフォースから電話があって……。親睦会にうちの新人たちを連れてこいって」

「ええ？」頭がくらくらした。「何それ。断ったんだよね？」

「あの役員、スポーツ関連の青少年教育にも携わってるらしくて、若者と語らいたいそうです。桜宮さんは行くと言ってました。甘露寺くんも面白そうだから行くって」

「じゃあ、僕も行きます。来るなって言っても行きますから」グエンはそう言い、コーヒーごちそうさまです、と頭をさげて、制作部のオフィスの方へ戻っていった。

「種田さんはなんて？」

「悩んでましたけど、新人がいれば東山さんが無茶しないだろうとも言ってました」

「そう」結衣は溜め息をつく。うまくやると言ったのに、疑われたものだ。

本当にグエンを連れていっていいのだろうか。

頭が痛くなってきたところに、メールが来た。柊からだ。

『急ぎご相談したいことがあるので、今夜会えませんか』とある。運用部からもメールが届く。『錦上《きんじょう》製粉から緊急で提案要請ありました』とあった。

自分が構築を担当した取引先からだ。思わず髪をぐちゃぐちゃに掻《か》いた。管理職になってからというもの「急」という言葉を何度見ただろう。他の仕事も山積みで、フォースの再コンペの準備はまたもや晃太郎に押しつけることになりそうだった。


上海飯店の扉を開けると、種田柊がカウンター席で待っていた。ほとんど家から出ないせいか肌が白い。隣に座ると、「コンペどうなりました？」と気遣われた。

「なんというか、うまくいってんのか、いってないのか、わかんない。ビール！」

すぐに、王丹がジョッキを運んできた。海老《えび》チリを頼んだのだが、厨房《ちゅうぼう》には向かわず柊をじっと見ている。

「これが晃太郎の弟？　似てない」

「そう？　似てると思うけどな。笑った顔が子供みたいなとことか」

「コーニーって笑います？」柊が鼻白む。「実家では笑いませんよ。あれは現役最後の試合だったかな、野球の試合中、九回裏に悪い感じの目をして、ニヤッとしてるのは見たことあるけど」

それはアドレナリンに酔っている時だ。今でも納期が迫るとそういう目になる。でも結衣が言っているのはそれとは違う。結衣とくだらない話をしている時の晃太郎の顔だ。どう言ったら伝わるのだろうかと考えていると、

「結衣さん、晃太郎のこと考えるのもうやめな。私の弟見て癒《いや》されるといい。ワンズゥ！」

「弟？」

中国って全員一人っ子のはずでは、と考えている間に、青年が厨房から出てきた。驚くほど美形だった。細身だが胸板は厚く、足が長い。香港《ホンコン》映画のアクション俳優みたいだと見蕩《みと》れながら、ビールを飲むと、ふわっと麦の香りがした。

「劉王子《ラウワンズゥ》」と、王丹は宙に漢字を書く。「私とは腹違いだから名字違うの」

王丹の過去は色々と複雑だ。なぜ腹違いなのか、気にはなったが、本人の前で訊くわけにもいかない。

「王子だなんて、凄《すご》い、ぴったりの名前だね。中国では多いの？」と尋ねてみると、

「は、は、は、は」と、劉王子は美しい顔を歪めて、わざとらしく笑った。

「いわゆるキラキラネームというやつですよ。しつこく呼ぶのは姐姐《ジェジェ》だけ。僕は嫌なので、イーサン・ラウとイングリッシュネームで名乗ってます。母が重度のアニメファンだったせいです。ま、そんな環境で育ったおかげで日本語は姐姐よりうまいですが」

劉王子はなめらかに喋《しゃべ》りながら、ワイシャツの胸ポケットから名刺入れを出して、結衣に一枚渡す。ブラックシップスという会社名の横に蒸気船のロゴがある。

「上海でMAのツールを開発する会社を経営してます。といっても中国市場はすでに血で血を洗う戦いになってまして、日本市場への進出を進めているところです」

MAとはマーケティングオートメーションのことだ。デジタルマーケティングの煩《はん》雑《ざつ》な業務を自動化するシステムで、結衣の会社でもこれから力を入れていこうとしている分野だった。つまりは競合になるのか。少し酔いが醒《さ》めた。

「今回はリクルートのために来ました。日本企業で決定権を持つ人たちは、中国人をなかなか信用しません。なので、日本人の若者に入社してもらい、ブリッジの役割を果たしてもらいたいのです。仕事ができれば国籍も前職も問いません」

「前職も問わない……」柊がつぶやく。

「日本企業は同質の人間を好み、異質な人間は排除するでしょう。そして二度と再起の機会を与えない。もったいないことですが、私たちにとってはチャンスです」

一番にグエンを思い浮かべた。彼もこのままでは、よその国の企業に持って行かれてしまうのではないか。

「心配しなくても、結衣さんの部下には手を出しませんよ。あなたは姐姐の大事な人ですから」

劉王子はそう言ったが、柊は黒船のロゴを食い入るように見つめている。劉王子がテーブルを離れ、厨房に戻るのを見届けて、結衣は言った。

「柊くんならうちの会社の人事に喜んで推薦するよ。どうかな？」

「それは有り得ません」柊は驚いた顔になった。「過労で眠れなくなった僕に、寝なくても死なない、と言った兄と働くなんて」

「……そっか。そうだったね。無神経でごめん。柊くん、海外企業に興味あるのかなって思ったから焦《あせ》っちゃった」

先進国はどこも少子化に突き進んでいる。これからは仕事ができる若者は奪い合いになっていくのかもしれない。優秀な人材を抱えた企業だけが生き残るのだろう。

「結衣さんも、兄なんか忘れて次に行くべきです。泰斗くんなんかどうですか」

タイトって誰だっけと考え、来栖だと気づいた。飲みかけたビールにむせる。

「泰斗くん、僕と会うと結衣さんの話ばっかりですよ」

「どれだけ年離れてると思ってるの。前に冗談で温泉行くかって誘ったことあるけど、年上の女性はちょっとって、ぴしゃっと言われた」

「嬉《うれ》しい時は裏腹なことを言うのが、来栖泰斗じゃないですか」

「はい、この話はおしまい」結衣は馬鹿馬鹿《ばか》しくなった。「で、相談って何？」

柊は口を噤《つぐ》み、箸《はし》をつけずにいる搾菜《ザーサイ》を眺めていたが、暗い声で言った。

「父が先週、心臓のカテーテル手術をしまして……。動脈硬化だそうです。長年、仕事で睡眠不足だったせいで、ずっと血圧が高くて、医者はそのせいかもって」

「えっ」晃太郎の父とは何度か会ったことがある。「大丈夫なの？」

「予後があんまりよくないんです。他にも色んなとこの血管がやばいみたいで。でも兄と連絡がとれないんです。連休初めに実家に顔出して、その時、父と喧嘩《けんか》したらしくて。それ以降、連絡に一切応えないんです」

「喧嘩したんだ」なんだか親孝行な晃太郎らしくない。

「でも結衣さんの話なら聞くと思うんです。いまだに未練あるみたいだし」

「それはどうかな」胸の奥がチクリとする。「そういう話、私はもう信じないことにしたんだよね」

巧へは、ここへ来る前にメールを送った。やっぱり行けない、ごめん、と。

「でも、他でもない柊くんの頼みだし、言うだけ言ってみる」

柊は安堵《あんど》したようだ。話はフォースのことに戻った。例の役員の話になると、柊は前の職場の支店長を思い出したらしい。吐き気を催した顔になって言った。

「もし、今度何かされたら黙ってないで、スマホで録画してSNSで拡散するべきです。今のフォースなら簡単に潰せますよ」

若い子は過激なことを言う。結衣は「やりません」と首を横に振った。

「フォースが潰れたら目標額も達成できなくなる」

「後悔しますよ」柊の声が急に尖《とが》る。「僕はしてます。あの時、支店長を殺してやればよかったって」

支店長とは、柊が初めて入った会社の上司のことだ。新人だった柊に「お前はダメだ」と二年に亘《わた》って言い続け、駅のホームから飛び降りる寸前まで追いつめた。柊はかろうじて思いとどまり、会社を辞めたが、そのまま二年も自宅にひきこもることになった。

「その支店長は、今もその会社で働いてるの？」

結衣が尋ねると、柊は黙ってうなずき、目を拭《ぬぐ》った。

「いつかどこかで、あいつに会ってしまうかと思うと、社会に戻るのが怖いです」

あれから二年以上もたったのに、まだ苦しいのだ。この状態では再就職は当分無理だろうな。そう思うと、ビールの苦みが酸のように舌を刺した。


翌朝、フォースから大森にメールが来た。

『親睦会はうちの社内でやります』

終わったら仕事にすぐ戻りたいからというのが理由らしい。酒を飲む時すら社外に出ないとは徹底している。

「フォースの社内が会場なら、こちらが会計を持たずにすみますね」

大森は呑気《のんき》なことを言っていたが、休憩時間ですら走り続けている黒い侍ばかりのあの会社で、何時間も過ごすかと思うと憂鬱《ゆううつ》だった。

他の取引先からフォースに直接向かった結衣は、社屋の前でメンバーを待った。中に入りたくないな。今頃になってそう思っていると、やって来た来栖に肩を叩かれた。

「結衣さん。あの、これ見つけちゃって」

スマートフォンを差し出すその顔は暗い。画面には、業界の噂《うわさ》が書かれたネットの掲示板が表示されていた。「これ桜宮さんでは？」と見せられたのは、ベイシックに関するトピックだった。

「昨年度末に辞めたSは会社クラッシャー」と書いてある。

「複数の男性に気があるフリをしていさかいを起こさせ、組織を崩壊に導く女性のことを言ってるんだと思います」と、来栖が説明する。「サークルを崩壊させるのがサークルクラッシャー。会社を崩壊させるのが……」

会社クラッシャーということか。

「ベイシックを辞めたのは枕営業《まくら》してたのがバレてトラブったからだとも書いてあります」

「枕営業って」結衣は顔をしかめる。「さすがにそんなことはしていないでしょ」

そこへ晃太郎が来た。来栖から同じ話を聞かされて、うんざりした顔になる。

「単なる噂だろ？　それより、なんだよ、そのネクタイ。ああ、いい、俺が直す」

晃太郎に喉元《のどもと》を締め上げられながら、「肝心なのはこの先です」と来栖は苦しそうにスマートフォンを掲げた。晃太郎に解放されると、来栖は桜宮のフェイスブックを開いて、彼女の投稿を二人に見せてくれる。

コメント欄に、フォースの社員たちが「可愛《かわ》い」などと書きこんでいる。桜宮も

「嬉しい♡」と応えていた。かなり頻繁にやりとりしているようだ。これだけでは枕営業とは言えないが――一触即発という感じではある。性的搾取に応じそうだと見る人もいるかもしれない。

結衣は来栖のスマートフォンを手に取らせてもらい、画面をスクロールして桜宮の過去の投稿を見た。フォースの社員とのやりとりはベイシック時代から続いているようだ。

「種田さんがやれって言ったの？」

「言うわけないだろ。俺が指示したのはこの前のコンペに同席することだけだ」

「結衣さん」

来栖に袖《そで》を引かれた。大森に連れられ、新人たちがやって来るのが見えた。

「諭《さと》してる時間はない」晃太郎が首を横に振った。「後で俺が言って聞かせる」

「でも、釘《くぎ》だけは刺しておかないと」

結衣は新人たちにロビーに入るように促し、一番うしろの桜宮に「ちょっといい？」と声をかけた。

「今夜は桜宮さんは前に出ないでいいよ。今日は私が前に出る。無理してニコニコとかもしなくていいからね」

桜宮は少し黙った後、唇をきゅっと結んだ。「無理してやってるわけじゃ……」

どういう意味だ。会社クラッシャー、という言葉が頭の隅に残っている。

「それに」桜宮の目が泳ぐ。「東山さんは前に出ないほうが。あの人たちに本当に嫌われてますから」

その言葉が結衣の耳の奥まで入りこんで脳を突き刺した。

「好かれているのは私です。仕事ができない可愛い女なんです」

「桜宮、お前……」

晃太郎も叱責《しっせき》する言葉が見つからないらしい。

小さく会釈《えしゃく》すると、桜宮は二人の間をすり抜け、ロビーに入っていった。

「仕事はちゃんと教えてるって言ってたよね」

「お前こそ」晃太郎ははねかえすように言う。「いつから結衣さんなんて呼ばせてんだ」

「何の話？　来栖くんのこと？　柊くんの呼び方がうつっただけでしょ」

「あいつだって男だ。甘やかして勘違いさせんな。ちゃんとけじめつけさせろ」

こんなことで揉《も》めている場合ではない。でも、二人とも緊張していて、心がささくれだっている。

「そろそろ受付しないと、間に合いません」

大森に呼ばれ、結衣は心にわだかまりを抱えたまま、晃太郎に続いてロビーに入った。

会場はフォースの地下、奥深くにある多目的室だった。普段は朝礼や社内サークルである柔道部の練習に使われる場所らしい。

一面の畳敷きで、ケータリングの和食の膳《ぜん》が並んでいる。白い壁には墨絵が描かれていた。力強く打たれた沢山の黒い点の中に蛇のようにのたくった線が引かれている。

「これ、現代アート風ですけど、松ですよね」グエンがぽつりと言うのが聞こえた。

「日本人は松が好きですよね」

結衣も黒い松を眺めた。松は不老長寿の象徴だ。古いものがより長く生きる。そんな世を願って描かれる植物だ。

結衣たちが到着してすぐに、フォースの社員たちが大勢でやって来た。

サムライトリオの他に、サイト運用の現場社員たちも来ている。その中には「研究員」の顔もある。入社したばかりと見える新人の一群もいた。彼らの向かいに、甘露寺、桜宮、グエンも座った。

しかし、「ダイナソー」だけがいない。正式な異動はまだのはずだが、外されたのだろうか。

「東山さんはここ」大森が指したのは奥の膳だった。誰の隣かわかって身をすくませていると、隣に寄ってきた晃太郎が囁《ささや》いた。

「俺も隣にいる。いざとなったらフォローするから、安心しろ」

その言葉で心が定まった。ここへ来ると言ったのは自分だ。今日はこの男を盾にはしない。小さく深呼吸する。

（スマイル、スマイル）

相手は腐っても会社の役員。穏やかに話せばわからない人ではないはずだ。

襖《ふすま》が開き、黒い侍たちは一斉に立ち上がる。結衣も立つと、例の役員が入ってきた。フォースの広報担当役員。結衣を嫌っているという男だ。

初めて近くで見て、思ったより若い、と結衣は思った。鍛えているせいだろうか。シャツの下の肉体は厚く、高そうなスーツがよく似合っている。日焼けした顔には皺《しわ》もあるが、時代劇で主役を張れそうな華やかさがある。

「皆かしこまっちゃって。始めててよかったのに」

上着を脱ぎながら笑う顔は人懐《なつ》っこく、コンペの場で差別的なことを言っていたのと同一人物とは思えなかった。

晃太郎に肘鉄《ひじてつ》を食らい、結衣ははっとする。前に進み出て、役員の前で膝《ひざ》をつく。

「お初にお目にかかります。私は制作部でサブマネジャーをしております――」

あそう、と自己紹介を遮って役員はあぐらをかく。結衣を見ようともしない。差し出した名刺は膳の上に放られた。

「彩奈ぁ！」という大声が響く。「何でそんな隅にいるの。あーっわかった。可愛いから追いやられたんだ。醜いよな、女の嫉妬《しっと》って。ほら来いって」

桜宮はすぐに立ちあがり、「お酌しまあす！」と役員の前まで来る。彼女がビールを注ぎ終わるのを、結衣は畳に膝をついたまま待った。

「では乾杯を」と再び言いかけると、「お前やれ、乾杯のスピーチ」役員はサムライトリオの方に顎《あご》をしゃくった。

はいっ、と飛び上がるように「トランス」が立ち、快活な笑顔でグラスをかかげた。

「ええ、常時臨戦態勢の成果か、一般人からの苦情の嵐《あらし》、ついに乗り越えました！これでサムライソウルを国民全員に着せるという崇高な目的にむかって全速力で走れます！」

「体鍛えりゃ、仕事の速度も上がる。どんなに働いても疲れなくなるしな。ＧＤＰ、どんどん上げてこうぜ」役員が大声で笑う。

「ネットヒーローズさんからも良い提案を期待しています。……忠義を尽くせ！」

無事スピーチを終え、「トランス」は座った。小さく息をついているその姿を見て、
結衣は胸が苦しくなった。緊張しているのはフォースの社員たちもなのだ。

「そういやあ、裏切者が今度、左遷《させん》になるなあ。何だっけ、あいつの名前？」

役員が言った。誰も答えない。「のうきん」も「マウンティング」も口を噤んでいる。

「なんだなんだ、辛気くさいな。彩奈、俺の隣来いよ。ここ」

「ハイ！」と移動した桜宮は座ろうとしてよろけた。その細い腰に役員は手を回し、
自分の膝の上に「危ないって」と座らせた。桜宮は「びっくりした」と微笑んでいる。

結衣は晃太郎をふりむく。止めるかどうか迷っているようだが動かない。逆らうことをためらっている。

「あの！」結衣は声を出した。そして「お注ぎします」とビール瓶を持った。

「年増《としま》のコンパニオンなんか誰が呼んだの」役員は膝の上の桜宮に言う。

あくまで無視するつもりなのだ。結衣がどう出るか試しているのかもしれない。

「ささ、飲みましょう」結衣は膳に置かれた役員のグラスの上に、わざと瓶を高々と

掲げてビールを注ぐ。甘露寺の真似だ。

「スーツにかかる！」と役員は腰を浮かせ、桜宮を横へのけて後ろへ下がった。

桜宮が解放されたのを見届けてから結衣は頭を下げた。

「すみません。クライアントにお酌をする機会があまりないものですから、慣れておりませんで……」

結衣の無言の抗議に気づいたらしい。「トランス」が反応した。気まずそうな顔で役員に言っている。

「今日は親睦会ですから。コンパニオンとかいう言葉はちょっと」

結衣は体から力を抜く。うしろで青ざめているだろう晃太郎に背中で伝える。大丈夫。逆らったりはしない。和やかにいく。でも桜宮への性的搾取《さくしゅ》もさせない。

ビールもうまく注げない女に毒気を抜かれたのか、役員は「まあ、いいよ」と表情を和らげた。

「三十過ぎた女の管理職なんて、どんな鬼ババかと思ってたけど、よく見ると若いんだ」

好奇心むきだしの目で結衣を眺め、「可愛いじゃない」と笑う。

「男の世界でのふるまい方を知らないだけか。俺が育ててやるよ」

どういう意味だ。そう思っていると、うしろで晃太郎が立ち上がる気配がした。役員の前に敏捷《びんしょう》な動きでやってくると、正座して言う。

「先だってのコンペ、弊社を残していただき、ありがとうございます」

「ああ、お前、野球やってたんだよな。甲子園は行った？　どこの高校よ」

「いえ、お耳に入れるようなレベルの学校では……」

晃太郎はあくまで下手に出ている。

「可哀想《かわいそう》にな。甲子園に行けたかどうかで男の順位が決まるよな。その顔はピッチャーだろ？　強情そうな顔だもんな。でもまあ人間には生まれつき上下があるからさ」

役員は膳を脇《わき》にのけて前に出ると、晃太郎の腕や肩をするすると触り始めた。

ぞわり、と結衣のうなじの毛が逆立つ。なぜそう遠慮なく人の体に触るのだ。

「なかなか、いいじゃん。俺なんか四十までクラブチームにも入ってたんだぜ。元プロの選手とマウンドで戦ったこともある。お前もどっか入れよ」

「肩を壊してからは投球練習もしてません。ランニングぐらいしか」

「あっそ。じゃ、うちの下請けになったらさ、ここのジムで走りゃいいじゃん」

視界の端で、大森がほっとした顔になる。さすが晃太郎、気に入られたのだ。結衣が低姿勢なのも効いたのだろう。あとは再コンペでよい提案をするだけだ。

役員は部下に視線を向け、「おい」と合図した。「マウンティング」が強《こわ》ばった顔で膝をついたまま晃太郎に躙《にじ》り寄り、何か耳打ちした。

何だろう。胸騒ぎがした。「マウンティング」が結衣を見ないようにしているのも気にかかる。

すぐに晃太郎が結衣のそばに寄って来た。

「再コンペに組みこんでほしい要件があるそうだ。ベイシックには伝達済みで、酒が回る前にうちにも伝えたいと。ここはうるさいから、廊下に出て話してくる。……結衣」

声を抑えて、晃太郎は言う。

「すぐ帰ってくる。それまで俺を信じて絶対に逆らうなよ」

晃太郎が「マウンティング」と出ていくと、「始めろ」と役員がくつろいだ声で言った。

何が始まるのだろう、と思っていると、フォースの新人社員の一人が立った。ウェアを脱ぎ、上半身裸になる。広間の隅でグエンが目を見開いている。

結衣も愕然《がくぜん》とした。

昔のサラリーマンは宴席でよく裸になっていたと聞いたことがある。でも大昔の話だと思っていた。まだやっている会社があるのか。

「宴会で新人の身体測定するのがうちの伝統なの。お、随分筋肉ついてきたじゃん」

「僕の父は会社で死にました。僕も会社を枕に死ぬ覚悟です！」

もしかして。うなじの毛がまた逆立つ。……この子、回鍋肉《ホイコーロー》のおじさんの。

役員は「それでこそサムライだ」と充《み》ちたりた表情で言う。続いて何人かが裸になった。筋肉のつきかたが美しいと触られている社員もいた。

「おい」気づいた時、役員の目は広間の隅の華奢《きゃしゃ》な若者に向けられていた。「お前も脱げ」

指名された来栖の頬がひくりと動いた。目だけを動かし、この人たち正気ですか、という視線を結衣に投げてくる。

「彼はうちの社員です」結衣は中腰になって声をあげる。

「うちと仕事したいんだろ？　だったらそっちの新人も俺が教育してやるよ」

「でも、彼はもう二年目で——」と言って、しまった、と気づいた。

「じゃ、そっちが新人？」案の定、役員の指は異国の青年に向く。「そこのアジア人」

グエンの顔が固まっている。こんなことをさせるわけにいかない。でも、役員に逆らわずに、どうやってやめさせたらいいのだろう。焦って考えをめぐらしていると、

「いやはや、これぞクールなジャパンの宴会ですな」

小柄でぷっくりした男が立ち上がった。まずい、と思った。このタイミングで、甘露寺はまずい。

「ここは、わたくしが余興などして、ホットにいたしましょう」

「いいから、座って」結衣は言ったが、席が遠すぎて届かない。

甘露寺は胸をふくらませ、朗々とした声で何か歌い出した。誰もが知っている歌詞とメロディ……。「蛍の光」だった。閉店間際《まぎわ》の店でよく流れる曲だからか、場は冷えきっていく。

「やめろ」と大森が言ったが、甘露寺は酔いしれたように三番まで歌う。

おひらきに向かうような空気が漂い始めた時、役員が「おい、ポンコツ」と怒鳴った。

「お前も新人だろ？　下手な歌は止《や》めて、こっち来て脱げよ。……ほら、ぬーげ、ぬーげ」と手を叩《たた》いている。「男のくせに脱げないのか。お前、女か？」

甘露寺は「オホホ」と言ったが、手拍子の数が増えていくと、余裕綽々《しゃくしゃく》の顔から笑みが失われていく。脱げ、脱げ、と手が叩かれるたびに、甘露寺が殴られているように結衣には見えた。彼はグエンをかばったのだ。結衣の代わりに守ったのだ。

「もうそのへんで」と結衣は言ったが、嵐のような手拍子に声はかき消される。すぐ帰ってくる、と晃太郎は言っていた。俺を信じて絶対に逆らうなと。でも――。

結衣の体の中で火花が散った。

あっという間に火は燃え上がり、心の内側を爛《ただ》れさせていった。

させない、と思った。桜宮にも、来栖にも、グエンにも、甘露寺にも、こんなくだらないことはさせない。

気づいた時には、結衣は立ち上がっていた。役員の正面に進み出る。

「脱ぎます」喉から火のような言葉が出た。「代わりに、私が脱ぎます」

逆らわずに、新人たちを守る方法はそれしか思いつかなかった。

「へえ、度胸あるじゃん」役員の顔に笑みが浮かぶ。「ま、脱ぐのは十八番《おはこ》か、アンタは」

意味がわからない。手拍子もやみ、静まり返っている。

「あの左遷された奴《やつ》な、あいつは俺の右腕だったんだ。それを、アンタが枕使って裏切らせたんだろ。正直に言えよ」役員の顔はまじめだった。「あいつと寝たんだろ?」

言葉が出ない。どこからそんな発想が湧《わ》くのだろう。

「あの人の忠義のおかげで」かろうじて言った。「あなたは謝罪会見を免れたのでは？」

「謝罪する必要あるの」役員は眉《まゆ》をひそめる。「何も悪いことしてないのに」

「世界に進出されたいのですよね。でしたら、性差別なんて時代遅れなことは――」

「差別じゃないって。現実的な役割分担だって」

役員は落ち着き払っている。

「アンタ、夢見てんだよ。女には男と同じことはできない。そろそろわかんなきゃ。大人なんだから」

こういう顔を昔見た。小学校の教諭だ。幼い子供たちに道徳を教え諭す時の聖なる表情だ。

「接待はな」役員は今度は部下に向かって言う。「昔から抱かせろ飲ませろ握らせろっつってな。そうやって日本の会社員は仕事をとってきたんだ。俺だって若い頃は広告代理店にいたけどさ、朝も昼も夜も待機して、クライアントがやれって言ったことは全部やってきた。それが男の戦いだ。アンタできないだろ？　フォースにも女は入ってきたけど、ほとんど辞めちゃうの。男のスピードと持久力についてこられないんだよ」

役員は立ちあがると、結衣の方に一歩踏み出した。すぐ目の前に迫ってくる。

「アンタ、残業しないんだってな」

役員は結衣の真似《まね》のつもりなのだろう、おちょぼ口になって「定時で帰りまーす」と言って、おかしそうに噴き出している。それでわかった。ターゲットは最初から自分だったのだ。晃太郎は居合わせないようおびき出されたに違いない。

逆らえば酷い目に遭う。見せしめに辱《はずかし》められる。それが、この会社の落とし前のつけ方なのだ。

「そんなぬるい女、よく雇うよな。アンタの会社の社長、雑誌で見たことあるよ。裁量労働制は非効率だとかなんとか講釈垂れてたけど、気が弱そうで、女々しい感じの奴でさ、オタクっぽいっていうの？　ま、ITやってる奴なんかみんなそうか」

灰原は実際気が弱い。でも、社員を裸にはしない。社員に過酷な労働をさせないためにプレッシャーで吐きながら戦ってくれている。

こんな封建時代をひきずっているような男に侮辱されるいわれはない。

「現実がわかったら、二度と来るな。男並みに働けないなら、せめてこっちで人材不足に貢献しろ」

役員は太い腕を伸ばしてきた。結衣の腹を優しげな手つきで触り、冗談めかして言う。

「定時はもう終わってるぞ。腰掛け会社員」

役員の肩越しに白い壁が見えた。黒い点で描かれた松が視界いっぱいに広がっている。

「あまりと言えばあまり」唇が動いて、声が勝手に出た。「おのれ、押田陽義《おしだはるよし》」

それは役員の名前だった。来る前に、大森に名刺を見せてもらい、頭に入れてあったのだ。親睦《しんぼく》を深めるために。共にいい仕事をするために。

でも、そんなことは結衣の頭からふっとんでいた。

「来栖くん」とふりかえると、「撮ってます、脱げ脱げのあたりから」と返ってきた。

さすが今の若者だ。彼らの手には常にIT技術の結晶が握られている。

結衣は腕時計を外して畳の上に落とした。そして上着に手をかけた。

「さすがにまずいです」と「のうきん」が言った。「こんなことしてる動画を公開されたら、今度こそうちの会社は――」

「こんなことってなんだ？　おい、何だ、言ってみろ」

「のうきん」は黙った。上着を脱ぎながら、結衣は回鍋肉のおじさんの長男を見た。呆然《ぼうぜん》としている。「トランス」も「マウンティング」も泣きそうだ。

でもみな何も言わない。おかしいと思っているはずなのに、何も言えない。

何がサムライだ。結衣はシャツのボタンを外し始める。

「え、まさか本当にやるの？」押田は冗談めかして言う。「俺は女にまで脱げとは言ってない。枕営業なら二人きりの時にしてくれよ」

でも結衣は止めない。どんな火でも今投げ込めば、この会社は燃え尽きる。

忠臣蔵の浅野内匠頭はなぜあんなに短慮だったのだろうと思っていた。あと一日、たった一日を、なぜ耐えきれなかったのかと。でも、ようやくわかった。

シャツを脱ぎ、タンクトップ姿になる。ここで耐えたら自分が自分でなくなってしまう。

「俺を誰だと思ってんだ。下請けの女が告発なんてできるわけがないんだから。なあ！」

部下たちに訴える押田を見据えて結衣は言った。

「一緒に働く人にもっと敬意を持ってください」

グエンが自分を見ている。その強いまなざしを結衣は感じていた。

「私は東山結衣と言います。あなたとは違う働き方をしているし、男でもないけれど、私も日本の会社員です」

あと一枚、脱げば終わりだ。タンクトップを臍《へそ》のあたりまでまくった時だった。ふいに思い出した。ヒアリングの場で、フォースに見せた体脂肪表のことを。

あれは、晃太郎と婚約していた頃、家電量販店で測ったものだ。二十八パーセントという数字を見て晃太郎は「ビールの飲み過ぎだって」と笑っていた。しかし、その日の夜行った居酒屋で、結衣が「ダイエットする」と烏龍茶《ウーロン》ばかり注文しているのを見て、悪かったと思ったのだろう。おそらくかなり頑張って甘い言葉を吐いたのだ。

何もするな、結衣はそのままでいい、と。

どうして今になってそんなことを思いだすのだろう。最後の最後で躊躇《ため》らって、結衣は目を動かした。

押田の後ろに桜宮がいる。その口が微笑しているのを目がとらえた。

額の傷跡が激しく痛む。何がおかしい？ 胸が灼《や》けつく。これはあなたを守るための戦いでもあるのだ。それなのに、何がおかしいの？

熱に浮かされたようにタンクトップの裾《すそ》を握る手に力を入れた。まくろうとした瞬間、強い力で肩を摑《つか》まれた。そのまま畳の上に組み伏される。パリンと何かが割れる音がした。

「何やってんだ、馬鹿！」

自分の上着を結衣の背中にかぶせて、晃太郎は怒鳴った。

盾が戻ってきた。安堵した空気がフォースの社員たちの間に流れる。

「そいつさ」押田はホッとしたような顔で結衣を指さす。「うちをまた炎上させたいんだってよ」

晃太郎は来栖が撮影していることに気づき「やめろ！」と叱責する。

「離して」結衣はもがいた。ここで終わらせるわけにいかない。「離して、種田さん」

しかし、晃太郎の力は圧倒的だ。押さえつけられながら言われる。

「なぜ俺を信じなかった」

「なんだなんだ、こそこそ喋って。お前も、その女とできてんのか」

結衣の肩にかけた晃太郎の指に力がこもった。

「いえ」と返す声に感情はなかった。

押田は膳からグラスをとってビールを飲み干し、「ま、ないか」と爽快《そうかい》な顔になる。

「そんな女、俺も抱けないわ。さっき触ったら腹出てたし」

それを聞いたら力が抜けた。抵抗を止めた結衣を解放し、晃太郎は手をつく。

「部下の不始末をお詫《わ》びします」額が畳につくほど頭を垂れて言う。「代わりに私が、一気飲みでも、裸になるのでも、何でもしますので、どうか、今日のところは」

「まあいい」押田は満足そうに言う。「でもその女は何とかしとけよ。わかってんな」

数秒、晃太郎は動かなかった。ハイ、と言うだろうと思っていた結衣は、ゆっくり上げられたその顔を見て胸をつかれた。

見たことがない表情だった。目がすわっている。

「何だ、その目は」押田もたじろいでいる。

再び空気が凍る中、

「そこまで」

と声がした。「ダイナソー」が入ってくる。続いて入ってきたのは「研究員」だ。彼が「ダイナソー」を呼んだのだろう。晃太郎を引き戻してくれたのも彼かもしれない。

「誰だ、お前？」

押田はわざとらしく言ったが、「ダイナソー」は上司を無視して、結衣の前で膝を折った。

「告発だけは、ご勘弁を」絞り出すような声だった。「……炎上事件以来、みんな何週間もまともに家に帰らせてもらえていない。家族にも会えていない。普通の精神状態じゃないんです。この会社では人が人でなくなっている」

「おい、お前、下請けに頭なんか下げんなよ。新人たちの前で情けない」

「上だの下だの、もうたくさんだ！」

恐竜が咆哮《ほうこう》した。

「あなたはスポーツで男の順位が決まると常々言っているが、その論理で言えば、跪《ひざまず》くのはあなたの方です。そこの種田くんは甲子園で準決勝まで行っている。でもそんなこと、ビジネスの場では何の意味もない。意味などないんです」

押田の目が晃太郎に向いた。「種田」とつぶやいている。「種田？」

「来年、私の娘が就職します」

恐竜のギョロリとした目が、結衣を向き、それから桜宮の方へ移った。

「もうやめましょう、こんな酷《ひど》いことは。上辺《うわべ》だけでも従おうとした私が間違っていた。もっと早くあなたに変革を迫るべきだった」

「ダイナソー」が差し出したのは退職願だった。覚悟を決めた声で彼は言った。

「人に上下はないんです。あると教えこまれているだけなんだ。あなたも部下達も」

広間に動揺が広がっていく。フォースの社員たちはみな心細そうな顔をしていた。

晃太郎の歩みは速い。ついていくのがやっとだった。竹橋駅の入口の前で止まると、彼は来栖に動画を見せろと言った。そして、自分が不在中の出来事を確認すると、何も言わずに削除した。

「なんで消すんですか」来栖が声をあげる。「結衣さんはこれを公開する覚悟で――」

「覚悟って何だ。今までの努力を無にする覚悟か？」

晃太郎がすわったままの目を向けたのは、来栖ではなく結衣だった。

「でも」と結衣は言ったが、その後が続かなかった。

「こんなことよくある。お前が知らなかっただけだ。だから逆らうなと言ったんだ。お前も耐えてみせると言った。言ったよな？　それなのになぜ――」

「こんなことよくある？　ありませんよ！」来栖がまた言う。「あんな酷いことされて、逆らうなって言う方がおかしくないですか？　そこまでして目標額達成したいですか？」

「女の後ろに隠れてけしかけるだけの男は黙ってろ」

「力がなければ男じゃない、ですか。種田さんはやっぱりあっち側の人なんですね」

「違う！」

晃太郎の声が生暖かい春の夜の空気を震わせる。

「じゃあ、何で結衣さんを責めるんですか。あの役員じゃなく。種田さんが一番腹立ってるのは自分にでしょ。元婚約者を守れなかったから。まだ未練タラタラなんでしょう。職場の人間みんな気づいてますよ」

そうだったんだ、という声が、後ろにいた新人たちから漏れる。彼らは初めて知らされたのだ、二人の過去を。

「ああそうか。悪いのは俺か」

怒りを含んだ晃太郎の声がそう言い、すわった目が再び結衣に向けられる。

「そうだな。そうかもしれない。私情を持ちこまなかったかと言ったら嘘《うそ》になる。でもそれが間違いだった。東山さんの意見を尊重しようなんて思わなきゃよかった」

結衣は目をそらした。かつて江戸城があった場所に顔を向ける。空には月が出ていた。

「この際、お前らにも言っておく」

晃太郎の声が遠のく。部下たちの方を向いたらしい。

「役員会で裁量労働制の導入が検討されている」

「えっ」来栖が素《す》っ頓狂《とんきょう》な声を出した。

「その流れに抗《あらが》うため、定時で帰る管理職の盾になれ、と俺は上から命じられた。だから彼女の分の残業を引き受けてきた。パワハラにだって耐えてきた。でも、東山さんは俺を信じない。何をしたって信じようとしない。その結果がこのザマだ。先方の心証は最悪。再コンペにも参加させてもらえるかどうか。でも俺はあきらめないからな。目標額は必ず達成する。何としてもコンペに参加して勝つ。働きやすい職場なんてもう知るか……。桜宮、お前は二度と勝手なことをするな。陰でフォースと接触するのもやめろ」

「私は、ただ──」桜宮の目に涙が盛り上がった。両手で口を覆《おお》い、黙りこむ。

「明日から全員、一分一秒も休まず、死ぬ気で働け」

そう念を押してから、晃太郎は一人、竹橋駅への階段を降りていった。みんなの視線が自分に集まっていることに気づき、結衣は笑顔を作った。

「いやあ、えらい怒ってたね」

そう言って、腕時計を見る。さっきの騒動の間に誰かが踏んだのだろう。ガラスにヒビが入っている。「もう遅いし、ひとまず今日は帰ろうか」

静かな解散だった。甘露寺すら黙って去った。最後に残ったのはグエンだった。

「御社では働けません」そう言う唇は震えていた。「フォースだけならまだしも、種田さんまであんな風になってしまっては、とても」

「……そっか」結衣はうなずいた。引き止めることなどできない。大丈夫だよ、と言う気力もうなかった。それだけのものをグエンは見たのだ。

「不甲斐《ふがい》なくてごめんね」と結衣は言った。「グエンくんはグエンくんのままでいい、なんて言ったくせに、私はあなたを守ることすらできなかった」

グエンは「いえ……」とつぶやき、「では失礼します」と一礼した。

その時、竹橋駅の階段を地下から上ってくる男の姿が目の端に映った。そのシルエットをよく知っている気がして、ピントを合わせると、通勤用のリュックを背負った吾妻だった。驚きつつ、どうしたの、と尋ねると、息を切らしながら彼は言った。

「帰りの電車で、来栖のメール見てさ。接待の写真、フォースの新人が裸になってるの、添付されてたから！」

グエンが驚いたように目を見開く。

「もしや、心配して来てくれたんですか」

「その、なんだ、心配っていうか、昨日は色々言っちゃったから。いや、俺なりにグエンのこと思って言ったつもりだったんだけど。でも甘露寺がＡＩにはじかれなかったって聞いて、少し安心したからかな。俺の言い方も悪かったかなって、思えてきて」

吾妻は汗みずくだった。シャツの袖で顔を拭ってから言う。

「お前、おかしいことはおかしいって言うだろ。そういう奴は日本じゃ苛《いじ》められるんだよ。そういうの、俺いっぱい見てきた。しかもグエンは外国人で目立つだろ」

「それで、日本の会社員になれと、アドバイスしてくださったと」

グエンは嬉しそうではなかった。吾妻もそれに気づいたのか気まずそうに言う。

「アホなこと言ってるよな。でも、俺は他にお前を守る方法がわかんなくて」

と、手に握ったスマートフォンを見る。

「俺、この写真みたいに裸にされたこともある。前の会社で。嫌だって言えなかった。会社ってそういうもんだってあきらめて、言うこと聞くしかなくて」

こんなことよくある。お前が知らなかっただけだ。晃太郎が先ほど放った言葉が生々しくよみがえる。グエンも目を伏せた。「でもさ」と吾妻は続けて言った。

「グエンも同じことさせられるかもと思ったら、それはダメだって思って。だから来たんだけど、でも俺なんか来ても、どうにもならないよな。何言ってんだろ、俺」

そんな吾妻を、グエンはしばらく眺めていたが、手の甲で目を拭った。

「何でこの国に来たのか、って吾妻さんは言ってましたね」

胸に息を入れ、声が震えるのを抑えながら、グエンは言った。

「忠臣蔵の中で私が一番好きなエピソードは田村邸のくだりです。松の廊下事件の後、大罪人となった浅野の世話を仰《おお》せつかった田村右京大夫建顕《たつあき》は、彼を哀れと思い、浅野家の家臣を自邸の庭に引き入れ、切腹前に会わせてやるんです。……お咎《とが》め覚悟で」

吾妻は「え、何の話？」とグエンと結衣を交互に見ている。

「このくだりは創作と言われています。でも、松の廊下事件という陰惨な事件の後に、この話を創《つく》って加えた日本人の心に私は感じ入ってしまうのです。たとえ上には逆らうことができなくても、武士道を貫こうとした男に手を差し伸べてやりたいと思う。そんな優しさが、日本人にはあると信じて、私はこの国に来たのです。大学院の学費を稼ぐためにコンビニでバイトまでして――」

「えっ、コンビニ」

吾妻が目を丸くする。

「俺もコンビニでバイトしてたんだ。なかなか正社員になれなかった頃にさ。それ早く言えって！　なんだ俺たち似てんじゃん」

吾妻は一気に親近感を抱いたらしい。もじもじした様子で、

「……飯でも行く？　行こうぜ」

と誘っている。グエンは驚いていたが、あわてて「ハイ」と言った。そして、「と、

とりあえず行ってきます」と結衣に頭を下げ、吾妻と歩いていく。

二人の背中を結衣は見送る。

吾妻に助けられたのだろうか。よくわからない。短い間にあまりに色々なことが起きたので、頭がうまく働かない。

結衣は平川門を見つめた。ここは侍の法に背いた罪人を運び出すための不浄門だったと言う。

晃太郎に強く摑まれた肩がまだ痛かった。あの時、最後まで脱いでいたら、会社や同僚まで巻きこんでいたかもしれない。止められてよかったのだ。

頭ではそう理解できる。

でも、心の火はおさまらない。激しい憎しみが自分の体を支配している。

今まで思っていた。いくら理不尽な長時間労働を強いられ、愚弄《ぐろう》されたからといって、私は職場で刀を抜いたりはしない、と。

自分ならもっとうまくおさめられる。そう思っていた。

でも――。

何度も聞いて覚えてしまった松の廊下の台詞《せりふ》を結衣はつぶやく。

「五万三千石、家をも身をも顧みず上野介を討つは、将軍家のご威光と役職を笠《かさ》に着て私利私欲に走る人非人を斬《き》るためじゃ。その手を放して、討たせてくだされ、梶川殿」

あの時、浅野内匠頭の心が結衣の心に重なった。

自分を大事にしろと同僚たちに言ってきたのに、あの時の結衣はただ怒りに駆られていた。あの役員を袋だたきにしたいという欲望に支配されてしまった。自分の身がどうなろうとも構わないと思った。

力が抜け、結衣は道にしゃがみこんだ。

(その結果、私は晃太郎の信頼を失ったんだ)

自分を守ってくれようとした男を結衣は信じなかった。あれほど〝向こう側〟へ行かせたくなかった男を、他でもない自分の手で送り返したのだ。

結衣を止めようとして、肩に食いこんできた指は火のように熱かった。あんなに怒っている姿を初めて見た。結衣はしばらく地面を見つめたまま踞《うずくま》っていた。どのくらいそうしていただろう。スマートフォンが振動した。画面を見ると、メールが来ていた。

差出人は灰原忍。ネットヒーローズ株式会社代表取締役社長だ。

『今夜フォースで起きたことについて話したい。月曜九時に社長室に来るように』

はあ、と息をついて結衣は立ち上がった。誰が報告したのかなどということを考える力はもうなかった。

自分のしたことを説明しに行かなければならない。

顔を上げて夜空を見た。松の廊下事件が起きた夜も、同じように輝いていたであろう月を見ているうちに、ふいに視界がぼやけた。

泣くな。管理職なんだから。泣くなんて権利はもうない。

結衣は立ち上がった。そして、竹橋駅へ向かう階段を地下へ降り始めた。

第四章　ディストピアの住人

抜いた刀で吉良に斬《き》りつける。頰を流れるのは涙ではなく返り血だ。もう一度、斬りつける。でも、浅野殿は乱心したのじゃ、と叫ぶ老侍を討つことはできない。吉良は生きている。お咎《とが》めもなく、この社会で生き続けている。

土曜の朝、結衣はベッドから起き上がれなかった。食欲もない。日曜もそのまま眠り続けた。

目を瞑《つむ》るたび同じ夢を見た。吉良に斬りかかる夢だ。でも何度斬りつけても、かすり傷さえつけられない。腰掛け会社員、と奴《やつ》は笑っている。そのたび考える。

自分の何がいけなかったのだろう。炎上を鎮《しず》める方法を提案したことか。あのウェブＣＭを批判したことか。それとも、どんな日も定時で帰ると決めたことか。

こんなことよくある、と晃太郎は言った。お前が知らなかっただけだ、と。

だったら……。月曜の朝六時半、目を開けると同時に結衣は心の底から思った。

会社には行きたくない。もう、二度と。

これはまずい、と思った。もう一日、ずる休みして、心が癒《い》えるのを待った方がいい。

その時、スマートフォンのアラームが鳴った。ああ、と息が漏れる。これだけは休めないのだった。履歴から番号を探してかける。

「おはよう、甘露寺くん、もう朝だよ。……おーい、起きてる？」

電話の向こうから、うむっ、と言う声が聞こえた。しばらく反応を待っていると寝息が聞こえた。

「立って、カーテン開けて」

いつもの癖で自分も起き上がった。ベッドに座ったまま窓のカーテンを開けると、夏の気配のする日射《ひざ》しが顔に注がれた。白い雲がゆっくり動いている。

「今日は空が青いよ。高気圧の日は爽快《そうかい》だね」

「師匠は他愛ないですなあ」寝ぼけ声の甘露寺の鼻息がうるさい。「わたくしはこの週末、アーティストの孤独について考えておりました。やはり『蛍の光』は一般大衆には斬新《ざんしん》すぎたかもしれませぬ」

「それは脇《わき》に置いて、とりあえず顔洗って。今日は私が講師の研修もあるよ」

会社に行かなければ。体をシーツから引き剝《は》がす。一階に降りると母が驚いた顔をした。

「体調はもういいの？」と朝食を出してくれたが、結衣が半分残したのを見て、また言う。

「もしかして昇進鬱《うつ》？　管理職はストレスが多いからなりやすいって、テレビでやってたわよ」

「ふん、そんな軟弱な奴に、管理職が務まるか」

父が海苔《のり》でご飯を丸めとりながら説教を始める。

「大石内蔵助だってな、主君が切腹させられたと知った時は寝込みたくもなったろうよ。だが、大石は城代。主君の代わりに城を預かる身だ。怒りも悲しみもぐっと飲みこんで、家臣たちを鎮め、お家再興のために……」

「ごちそうさま」と、台所に皿を運ぶと、今日も予定のない父がついてきた。

「ならぬ堪忍《かんにん》、するが堪忍。それが管理職というものだ」

「お父さんは堪忍できてなかった。家庭にストレス吐き出してたじゃん」と、ふりかえると、すぐそばに父のゴルフ焼けした顔があった。「近づかないで！」と思わず叫んでしまう。

父は傷ついた顔で「お前、金曜の夜から様子が変だな」と一歩下がった。

「なんでもない。……それより、お兄ちゃんにそろそろ謝らないと絶縁されるよ」

「ふん、ありゃ、嫁に洗脳されてるな。小さい頃はあんなに可愛《かわい》かったのに、女の尻《しり》に敷かれて情けない」

「お義姉《ねえ》さんのせいなの？」思わず声が尖《とが》った。「お父さんのせいでしょ。子供を怒鳴るなって、ちゃんと言ったお兄ちゃんは偉いよ」

結衣も新人を守ろうと立ち向かった。その行為自体は間違っていなかったのだ。そう自分に必死に言い聞かせる。

「しかしな、あんなきつい言い方をされたら、年寄りは傷つくんだ」

「どうしてそっちが傷つくの。怒鳴られた方はもっと怖かったよ。相手は三歳の子供だよ」

「もう少し、こう、年長者の気持ちを尊重した言い方ってものがあるだろ」

「尊重？」自分の声が乾いている。「こっちは殺したいとすら思ったのに？」

父が黙り、しまった、と思った。「……いや、お父さんのことじゃない。仕事の話」

「例の取引先か。うまくいってたんじゃないのか？　晃太郎くんは何て言ってるんだ」

「晃太郎は、私のことなんか顔も見たくないと思う」

「おい、何でそんなことになった。まさかお前、取引先に刀を抜いたんじゃないだろうな？　だめだぞ。会社ではそんなこと絶対に許されない」

答えずに自室に戻った。いつもの癖で腕時計を着ける。

これを就職祝いにくれた時、父は言った。今は不況だが日本は経済大国だ。日本企業は世界中で尊敬されている。お前もその一員になるのだからしっかりやれと。

メイドインジャパンの時計のガラスに入ったヒビを結衣は眺めた。

今日休んだら二度と出られなくなる。そう思った。


エレベーターを降り、オフィスの入り口でカードをかざし、出勤時刻を記録すると、管理部に寄った。月曜なので、例のブツを渡そうとしたのだが、石黒はまだ出張中だった。溜《た》め息をついて、フロアの最奥にある社長室に向かう。扉が開いていたので、挨拶《あいさつ》をして入った。

社長室は狭い。四畳しかない。作りつけの棚には技術書の他に、哲学書や、IT起業家の伝記、小型のドローンなども突っ込まれている。インドア派の灰原らしい。部屋の隅にぞんざいに置かれたゴルフバッグだけが、昔ながらの会社員の匂《にお》いを放っていた。

ノートPCのキーボードを叩《たた》いて「よし、メール送信」と言い、顔を上げた灰原は、目頭を揉《も》んでから、世間話でもするような軽い調子で話し始めた。

「金曜は大変だったね。僕は接待って嫌いだけど、改めて嫌だと思った」

「親睦《しんぼく》会です」

「事実上の接待だろ。違うの？」

言い返せなかった。結衣は尋ねる。

「誰が報告したんですか、あんなに早く」

灰原はノートPCをこちらへ向けた。フォースでの宴席の様子を撮影した動画が映し出されていた。

報告したのは来栖か。

晃太郎にスマートフォンを渡す前にクラウドに保存してあったのかもしれない。解散した後、それを灰原宛《あて》に送ったのだろう。

「この状況を社長とシェアしたく、って送られてきた。今の若い人は誰とでもシェアするよね。君みたいにゴルフ場まで直訴に来る必要もない」

「監督不行き届きですみません」と結衣が言うと、灰原は小さく溜め息をついた。

「ま、おかげで、君に感想を伝えられる。……いささか短慮だったね、東山さん」

君は間違っていない、とは言ってもらえないのか。灰原ならそう言ってくれるものと心のどこかで思っていた。

「怒りを抑えられなかったことは反省してます」

殊勝な言葉を言えたのはそこまでだった。「でも」と続けようとした結衣を、灰原は目で制して「軽くディスカッションしようか」と言った。

「怒りをコントロールできなければ管理職は務まらないよ」

「だったら、降格させてください。私は管理職に向いてないと思います」

「僕だって社長には向いてない。辞められるもんなら辞めたいよ。だから、そんな愚痴は僕の前では言うな」灰原はまた目頭を揉んだ。「時間がない。答えなさい。なぜ怒りを抑えられなかった？」

結衣は考えた。桜宮にセクハラをされたことか。新人たちを嬲《なぶ》られたからか。女だと侮《あなど》られたことか。いや、どれも卑劣だったけれど、違う。自分の心を見つめて結衣は言った。

「会社員の一分《いちぶん》を侮辱されたから、だと思います」

あの役員、押田は結衣に言った。腰掛け会社員、と。あれで抑えがきかなくなったのだ。

「なぜ侮辱されたと思う」灰原は机の上で指をパタパタ動かしている。

「私が彼らに従わないから。向こうの働き方に合わせないからです」

「まあ、それもあるかもしれないけど、なぜ合わせろと強制されるのか、その根っこにあるものについて考えてみよう」

灰原はモニターに映る押田の顔を見つめて「僕が思うに」と言った。

「フォースの裁量労働制は揺らいでる。だから、君の存在に脅威を感じてるんだ」

「脅威」結衣も静止したままの押田の顔を見た。「私が？」

「人は相手を攻撃する時、無意識に自分が攻撃されたくない場所を狙《ねら》うものだ。この役員は僕のことを気が弱いと言った。たぶん、僕以上に気弱なんだろう。人一倍他者の評価を気にするタイプだ。部下の心が自分から離れ始めてることにも気づいている」

結衣は少し考えて言った。「なぜそうだとわかるんですか」

「僕もそうだったから」と、灰原は棚に飾られた創業時の写真に目を向けた。

「この会社を裁量労働制にしていた頃、僕は仕事への愛さえあれば、どんな困難も乗りきれると思ってた。自分にしかできない仕事をしてる自負もあった。だから、こんな非効率なことが続くなら辞める、とある新人に言われた時、僕はショックだった。なんて酷《ひど》いことを言うんだろう、こいつには愛社精神がないのかと」

初めて聞く話だった。石黒からも聞いたことがない。

「僕は彼の上司に彼を再教育しろと命じた。彼のために言ったつもりだった。当時、会社の時価総額は鰻《うなぎ》登りで誰も僕に逆らえなかった。再教育の名のもと、二十歳の若者に膨大なタスクが課せられた。自分たちが我慢していることを我慢しなかった新人の労働時間など、誰も管理しようとしなかった。悪いことに、その新人はめっぽう辛抱強くて、一人で全《すべ》てのタスクを処理してしまった。……今日も休みだろ。出張じゃない。検査入院だ。春の健診の数値が悪かったから」

「グロの……石黒さんのことですね」

結衣は上着のポケットを触った。スティックシュガーがカサリと音を立てる。

「でも、石黒さんは、今は社長の働き方改革を支持しています」

灰原は小さく笑って、「そうやって、僕にプレッシャーをかけてるんだよ」と言った。

「あれ以来、僕は自分を信じていない。心の弱い人間だ。いつかまた同じことをやるんじゃないかと怖いんだ。だから、ちょうどあの頃、面接にやって来て、まだ働いたともないくせに、定時で帰る会社を作りたい、と言ってのけた君を雇ったんだ」

そう話す灰原の顔には重圧に耐える苦しさが浮かんでいる。

「君のような面倒な社員がいる限り、僕はこう考えざるを得なくなる。定時後の時間は社員のものだ。そして、彼らの権利を守るために頭を使わなければならない。どうすれば最も効率よく利益を出すことができるか」

そう言って灰原は目を上げた。

「でも、それをうちの役員たちに言っても通じない。いまだに創業時の感覚のままでいる。裁量労働制にするからには社員に裁量を与えなければならないが、そんな器量は彼らにはない。気候も地殻も大変動してるこの時代に、上にさえ立てば安泰だと信じているんだ」

しかめっ面《つら》の灰原の視線を追って壁を見た結衣は異変に気づいた。

「あれ、日本史年表がない。……ここにありましたよね？」

「あんなの捨てたよ」

「えっ、いつ？」

「あの動画を見てたら、日本なんて狭い国の歴史に学ぶのが馬鹿馬鹿《ばか》しくなったんだ」

「じゃ、じゃあ、今度は何に学ぶんですか？　世界史ですか」

「いや、もっと大きいスケールで考えなければ、この混迷の時代では生き残れない。地球生命の歴史に学ぶことにしようと思っている。今朝から、なぜ恐竜が滅んだのかって本を読んでる」

「恐竜」と結衣はつぶやく。それは、例の動画に映っていた「ダイナソー」の顔に影響されていやしないだろうか。

「巨大隕石《いんせき》が落ちた後も、哺乳類《ほにゅうるい》は残った。小さくて弱いがゆえに、次世代を大切に守る生き方を選択した彼らは、大量絶滅イベントを生き残った。最初は百分の一だったものが、十分の一になり、世界を支配したんだ」

いったい何の話をしているのだと結衣がわからなくなった時、

「ゲームチェンジは必ず起きる」

灰原は自分を鼓舞するように言った。

「社員を大切にできた者だけが生き残るんだ」

つまりは、役員の多くが裁量労働制導入派だということか。それでも、これからいくらでもひっくり返せる、ということを、この気弱な社長は信じたいのだろうか。

その時、ノートPCからメールの着信音がピコンと鳴った。緊急の内容なのか、灰原はすばやく目を通し、眉間《みけん》に皺《しわ》を寄せた。そして「東山さん」と言った。

「定時に帰る会社を作りたいという志は変わっていないか？」

結衣は少し逡巡《しゅんじゅん》した後、「……はい」と言った。押田にだけは負けたくない。

「なら」灰原は何か考えこみながら言った。「フォースは種田くんに任せて君は外れろ」

「え──」

「これは社長命令だ。今は自重して傷を癒せ」

「私は傷ついてません。大丈夫です」

「そんなはずはないだろう」

「大丈夫です」と、結衣は主張した。「今外れたくありません」

「通常だったらこんな案件、辞退しろと言うところだけど、僕が役員会で勝つには君たちのチームの実績が必要だ。非管理職の残業時間月二十時間以内で目標額達成という実績がどうしても欲しい」

「だったらなおさら、種田さんだけに負荷をかけるわけにいきません。グロみたいに倒れてもいいって言うんですか？」

「倒れそうなのは君の方だ」

「だから私は大丈夫だと――」

「これはグロが君を守るために立てた戦略だ。種田くんはベテランで管理職経験も長い。あの男なら耐えうるとグロは言った」

耐えようとするだろう。あの男なら。結衣が黙ると、灰原が言った。

「自分の直属の上司を君は信じられないのか」

結衣は正直に「はい」と言った。「また止められなくなったらと思うと怖いです」

灰原は「怖いか」と苦笑した。

「あの福永清次の会社で、人命よりも命令遂行の方が大事だと育てられた男だからね。……信じられないのも無理はない。僕も彼の入社面接の時、尋ねたんだ。君は何のために働いてるのか、と」

そう言って、灰原は例の動画を再生した。多目的室に飛びこんできた晃太郎が、結衣に覆《おお》いかぶさるように、むきだしになった肩に自分の上着をかけているところが映し出される。

「彼は結構な時間考えてたけど、わからないです、と言った」

「わからない？」結衣は眉《まゆ》をひそめる。「それで社長は何て」

「何て言ったかなあ。でも、僕も驚いたんだ。職務経歴書も完璧《かんぺき》で、頭もよくて、甲子園にも行った。そんな男が、何のために働いてるかわからないのかって。でもね」

動画の中で、何でもします、と頭を下げる晃太郎を見て、灰原は言った。

「この動画を見た時ばかりは、彼を雇ってよかった、と思った。君から見たら古い体育会系気質の男かもしれない。でもそのおかげで、場はおさまり、君は守られた。こんなことができる社員はうちの会社にはいなかった。少なくとも僕にはできない」

「でも、侮辱したのは向こうなのに、こんな、頭なんか下げて――」

「さっき営業から報告があった。フォースが再コンペに予定通り参加してくれと言ってきたと。役員が種田をいたく気にいったそうだ。また会いたいって」

晃太郎の体を我が物顔で触っていた押田を思い出し、会わせたくない、と思った。

「僕は彼を信じてみようと思う。君が信じなかったとしても、君を守るにはそれしかない。さ、話は終わりだ。次は種田くんと話をする」

「……入ってもいいですか」

ふりむくと、開いたままの扉の外に、半袖《はんそで》の白シャツを着た晃太郎が立っていた。いつからそこにいたのだろう。頭を下げて入ってきた晃太郎は、結衣の顔を見ようともしなかった。

制作部のオフィスに入り、ノートPCを開いていると、賤ヶ岳がやって来た。

「東山、金曜は大変だったらしいね。そんなとこすまないんだけど、今度は下の子が熱で。来たばっかなのにまた帰んなきゃ」

「了解」うなずいた結衣の肩に、ごめん、と賤ヶ岳の手が置かれた。「もう一件、あんたに頼むことがある。……加藤《かとう》、今日も遅れるって。何となく調子が悪いって」

「またですか？」

「頼んだ」と手を合わせ、賤ヶ岳は早退していく。

加藤一馬《かずま》、二十二歳。このチームの新人の一人だ。野沢同様、賤ヶ岳の下につかせている。メールの文章は丁寧。身だしなみも整い、机の上も整理されている。入社試験の点はそこそこで、研修の課題もそつなくこなす。極めて無難なタイプだ。

しかし、遅刻が多い。まだ有給がないので欠勤扱いになってしまうというのも問題なのだが、気になるのはそれだけではない。

(なんていうか、生きる力ってものが感じられないんだよな)

六月に入れば受注した案件の構築作業が始まる。それまでに九時から十八時の間フルパワーで働けるようになってもらわなければ困るのだが。どうしたもんかなと考えながら、

「そろそろ会議室のプロジェクタ繋《つな》いできて」

結衣は後ろにいるはずの甘露寺をふりかえった。いない。どこにいる。見回していると、「僕が繋ぎますよ」と言ってグエンが来てくれた。

「その前に……僕はもうしばらくこの国に留まろうと思います。この会社のインターンも続けます」

「そっか」結衣はグエンに向き直った。「そう言ってくれて嬉《うれ》しい。でも本当にいいの？」

「この国で働くことが怖くないと言ったらウソになります」

グエンは真面目《まじめ》な顔で言う。

「でも、この国には大石内蔵助もいるはずですから」

「大石内蔵助」その名前に結衣は思い入れがない。映画も、三波春夫の歌謡曲も、松の廊下のくだりで止まっている。大石が出てくるのはその後なのだ。

「大石は赤穂藩の筆頭家老です。平時は凡庸な人物で、昼行灯《ひるあんどん》とも渾名《あだな》されていたそうですよ」

気が軽くなったのか、グエンは解説を始める。

「ですが、主君が切腹させられたことを知った大石は立ち上がります。籠城《ろうじょう》して幕府と戦うといきりたつ家臣たちを宥《なだ》め、城を平和裏に明け渡し、恭順していると見せかけておいて、吉良を討つ計画を水面下で進めるのです。まさにスーパー管理職。……東山さんなら二十一世紀の大石内蔵助になれます」

「そんな凄《すご》い人になれるわけないでしょ。グエンくんだって見てたじゃない。私は恭順してるふりなんかできない。冷静さを失って怒ってしまっただけ」

その結果、フォースの案件から外されることになってしまった。

グエンにプロジェクタを繋いでもらい、予定通り研修は始まった。野沢は熱心にメモをとり、グエンは積極的に質問をしてくれたが、甘露寺のまぶたは重く垂れている。

(時間がなくて、準備不足なのが伝わってるのかもしれない)

桜宮も上の空だった。こちらは、晃太郎に叱《しか》られたのを引きずっているのだろうか。

しばらくして、加藤が入ってきて座った。スクリーンに投影されたスライドをぼんやりと見ている。

研修を終えると、結衣は出て行こうとする加藤を「体調はどう?」と呼び止めた。

「病院は行ったのかな。お医者さんは何て言ってた?」

「病院には行ってないです。朝だるかっただけなので」

「もしかして会社に来るのが辛《つら》い？　会社が契約してるカウンセラーさんもいるよ。相談してみる？」

「別に辛くはないです。大丈夫です」

「だったら言うけど、はっきりした理由もなく遅刻してると評価が下がるよ。希望の配属先にも行けなくなっちゃうよ」

「別に希望なんてないです。じゃあ、賤ヶ岳さんからふられてる仕事あるんで」

加藤は会釈《えしゃく》して自席に戻っていく。手応《てごた》えがなくて不安になる。野沢の方がまだ反応があった。

「新人教育でお悩みですかな」

横から話しかけられて、見ると甘露寺がいた。

「うん、まあ、悩んではいますけど」

特に君に、という言葉が喉《のど》まで出かかる。

「加藤氏は、ズバリSNS疲れですぞ」

甘露寺はスマートフォンで〈眠り男〉というツイッターアカウントを見せた。

「これは裏アカですな。今さっき、トイレで『蛍の光』で検索していて発見しました」

「仕事中にそんなことしてるの、君は」

「昨夜は加藤氏、かなりカッカしてたようです。金曜の親睦会の顚末《てんまつ》を、わたくしが新人全員にラインでシェアしたからかもしれませぬ」

ほんとに今の若者は何でもシェアするな、と思いながら、〈眠り男〉のタイムラインに目をやる。『クライアントに逆らうのは馬鹿がやること』という投稿が一番に目に入った。

これを加藤が投稿したのか。結衣はストレートにショックを受けた。押田に必死に立ち向かったつもりだった。でも、新人からはこんな風に見えるのか。

その他も、『俺は保身、保身』とか『就職には成功した。あとはうまくやるだけ』とか書いてある。『宴会芸で蛍の光はない』という最新の投稿がされたのは午前三時だった。

「燕雀安《えんじゃくいずく》んぞ鴻鵠《こうこく》の志を知らんや。大衆はとかくイノベーターを認めないものですな」

甘露寺が結衣の肩をぽんと叩いて、会議室を出ていく。

入れ替わりで、人事の女性が入ってきた。「ああ、東山さん」と無表情で言う。「東山さんの昇格の手続き資料を持ってきました。午後までに提出してくださいね」

結衣は顔をしかめる。「昇格ってどういうことですか？」

「メールしました」と言われ、スマートフォンを操る。つい三分前に人事からメールが来ていた。

「数日前に人事に匿名《とくめい》の告発メールが届きまして。送ってきたのはおそらく今年入社の社員の誰かでしょうが――フォースから就業時間外に性的搾取《さくしゅ》されている新人がいる、とそのメールには書かれていました。そのことが人事で問題に」

顔が強《こわ》ばる。口が勝手に動く。

「それ、もしかして桜宮さん……」

「ええ。外に漏れれば採用活動に悪影響を及ぼしますので調査しましたが、SNSでの接触の他、証拠は見つからず、やむなく今日の九時に本人を呼んで、聞き取り調査をしました」

「まさか一線は越えてないですよね」

越えないでいてくれ、と祈る思いで尋ねる。

「はい、あくまでSNS上でのつきあいに留まっているようです。でも、金曜の親睦会に彼女を連れて行ったそうですね。そこで彼女はコンパニオンのような役割を果たしたとか」

否定はできなかった。

「でも、なんていうか、コンパニオン役はフォースに強制されたというよりは——」

「本人もそれは否定しました。では上司に命じられたのかと尋ねましたら、そうだ、と」

「えっ」大きな声が出る。なぜそんなことを言うのだ。

「とり急ぎ社長に中間報告を上げ、九時三十分より種田さんと面談予定とのことでしたので、真偽を確かめてもらいました」

結衣と話している最中に灰原が見ていたのは、人事とのメールだったのか。

「種田さんは認めたそうです。全て自分の指示だと」

「認めた——」

頭が混乱する。なぜだ。晃太郎は、コンペに同席させたこと以外は自分の指示ではないと言っていた。

「こういうことがあった以上、桜宮さんを別チームに移すことも検討したのですが、本人がこのまま留《とど》まりたいと言うので認めます」

と、人事の女性は続ける。

「ただ、社長からのトップダウンで、暫定《ざんてい》的にではありますが、種田さんはサブマネジャーに降格。東山さんをマネジャー代理に繰り上げることに決定しました」

「マネジャー、代理？」

頭がさらに混乱する。フォースは種田くんに任せろ、と灰原は言っていた。なのになぜ降格させるのか。方針を変えたのだろうか。

「社長は、まだ会社にいますか」

「深圳《しんせん》に出張に行かれました。東山さんとは話がついているとおっしゃって」

なら、方針は変わらないままか。いったいどういうことだ。

「そのファイルにはマネジメント研修の資料が入っています」人事の女性はどんどん話を進める。「それと、種田さんが出ていた衛生委員会、全社横断的プロジェクト推進委員会、それからＣＳＲ活動委員会の資料も入ってます」

晃太郎はそんなものにも出ていたのか。結衣が知らないということは、業務時間外に行われていたのだろうか。

「社長は、東山さんを昇格後も定時退社させるようにと、私に命じられました。たしかに採用活動の側面からも、そのイメージが崩れると困ります。いい機会ですので、この際、委員会はすべて業務時間内に行うよう、通達します」

「他の管理職の人に合わせてもらうってことですか？　それって私への反発とか出ま

せんか」

「出るでしょうね。部下を毎日定時で帰すのは無理だ、いっそ裁量労働制にしてしまったらいいのに、という意見が管理職からも多く出ていますから。頭を使って残業を減らせ、と重圧をかけられるのは、もはや時短ハラスメントだと言う人も」

「でも、裁量労働制になったら、もっと頭を使わなければいけないし、労務管理も今より神経を使ってやることになるのでは？」

朝に灰原から聞いた話――膨大なタスクに潰された若い頃の石黒のことを思う。

「そんなことまで、誰も真剣に考えていませんよ。どうせ社長が固定時間制度を守るだろうとみんな高をくくっているのです。ただ文句を言いたいだけでしょう。でも」

人事の女性は口籠《くちご》もった。会議室の扉を開けながら、再び口を開く。

「私は十年前の、人の心がなかった頃の灰原さんを知ってますから。定時という鎖であの人を縛れなくなるのは少し怖いです。ですから、あなたたちのチームには目標を達成してほしい。社長を役員会で勝たせていただきたいんです」

――俺はあのヘタレを――灰原忍を勝たせたい。

石黒もそう言っていた。あの管理の鬼もまた灰原を縛っておきたいのだろう。他でもない灰原自身も言っていた。僕は自分を信じていないと。

一人になると、倦怠感《けんたい》に襲われ、会議室の椅子《いす》にへたりこんだ。

管理職を辞めたい。そう思っていたのに、また昇格してしまった。

「マネジャー代理」

新しい役職名で呼ばれて顔を上げると、いつの間にか晃太郎がいた。ノートＰＣをテーブルに置いている。

「何で」と結衣は問う。「桜宮さんのしたこと、どうして自分の指示だなんて言ったの？」

「今から緊急ミーティング。降格人事の件をメンバーに通達します。説明はその時に」

まるで上司に言うような、他人行儀な口調だった。すぐに会議室にチーム全員が集まってきた。桜宮が最後におずおずと入ってきて扉の側の椅子にちょこんと座った。

晃太郎が降格させられたことを知ると、メンバーたちはどよめいた。

「俺が空気を和らげてくれと桜宮に指示したのは最初のコンペの時だけだ」

晃太郎はその点だけはきっちり主張したが、

「しかし、その後も同じことをやり続けろという無言の圧力をかけなかったかと言われれば、かけたかもしれない」と桜宮の訴えをほとんど認めている。

誰も驚いていない。この男ならやりかねないとみんな思っているらしい。

ただ一人だけ、驚いていたのは桜宮だった。「降格」とつぶやいている。

「桜宮さん、本当にこのチームに留まるのでいいの？」結衣は念のため尋ねる。

「私はそうしたいです」桜宮は顔を赤らめて恐縮している。「種田さんから圧力を感じたことはないかって、人事の人に詰め寄られて、嘘《うそ》はつけないと思って、ハイって言ってしまっただけなんです。あの、まさかこんな大事《おおごと》になるなんて」

やっぱり何かが変だ。そもそも改善指示もせずに、いきなり降格は厳しすぎる。考えこんでいる結衣に、晃太郎が言った。

「桜宮さんは、これからはまた東山さんが見てください。これは人事の指示です」

「よろしくお願いします」と、緊張した面持ちの桜宮に言われ、釈然としないまま結衣がうなずくと、会議室の扉が開き、来栖が入ってきた。

「俺が呼びました。フォーメーションの変更を彼にも伝えたいので」

晃太郎に顎《あご》で椅子を指し示され、来栖は警戒心いっぱいの顔で座ったが、

「東山さんには全案件の現場から外れてもらいます」

と晃太郎が言うと、その目が見開かれた。結衣も驚いた。

「フォースの案件だけじゃなくて、全て？」

「慣れないマネジメント業務に加えて、現場まで仕切っていたら残業になります。現場は俺が。東山さんは定時に帰るというイメージをどうぞ大事に守ってください」

　突き放すような言い方だ。結衣ばかり昇格して不満なので、面当てをしているようだと周囲には映っただろう。でも結衣には少しずつ裏の事情が見えてきた。

　これもグロが立てた戦略の一つなのではないか。桜宮の件はおそらく口実だ。この件がなくても、結衣は現場から徹底的に遠ざけられる予定だったのだろう。

「フォースの案件、本当に結衣さんなしですか」来栖はまだこだわっている。

「そうだ」晃太郎の声は冷たい。「誰かさんが社長と動画をシェアした結果そうなった」

「僕は、社長は結衣さんを援護射撃するものと思ってました」

「社長自ら、まだ受注してもいないクライアントに怒鳴りこんで、あの役員を成敗してくれるとでも思ってたのか。動画をシェアしただけで？　随分と楽な戦いだな」

　来栖が視線を向けてきたが、結衣は首を横に振った。こればかりは晃太郎が正しい。

「他のメンバーも甘い考えは捨てろ。俺がサブマネになった以上は、死ぬ気でやってもらう。降格させられた以上、ＭＶＰを獲《と》るのはもう無理だが、ベストチーム賞はまだあきらめてないからな」

晃太郎は〝向こう側〟に行ったフリをしているのではないか。結衣に他人行儀に接するのは、フォースの案件からできるだけ遠ざけておくためではないだろうか。そう思いたかった。でも――。

吾妻が結衣を見ている。言いたいことはわかる。晃太郎の目にまた悪い火が見える。本当に味方を欺《あざむ》いているだけだろうか。全員死ぬ気で働いてもらう。そうこの男は言っていた。

「他人《ひと》ごとみたいに聞いてんなよ」晃太郎は新人たちを見回している。「チームのパフォーマンスを限界まで高めるには底辺を引き上げるしかない。明日から新人全員に即戦力になってもらう」

「明日から？　でも、戦力になってもらうのは六月からのはずじゃ」と結衣は言う。

「再コンペの準備に加えて、他の案件ももう回り始めてるんだぞ。他のチームと足並みを揃《そろ》えてたら全ての案件が焦《こ》げつく。明日から新人全員に俺がタスクを与えていく。各教育係はフォローすること。それから加藤、遅刻は二度とするな」

うつむいていた加藤が目を上げ、慌《あわ》てて言う。「あ、でも、今日は体調不良で」

「会社は学校じゃない。戦う気がないなら辞めろ」

加藤は頰を打たれたような顔になった。

「以上、終わり」晃太郎は立ち上がった。結衣がこのチームの長になったはずだが、最初から最後まで仕切られている。キャリアが違うのだ。

「もう一つ」と晃太郎は結衣を見た。

「午後イチでフォースに謝罪に行きます。再コンペまでに先方の心証をできるだけ回復しておきたいので。早ければ早いほどいい」

あの人非人に晃太郎がまた頭を下げるのか。それだけは嫌だと思った。

「私も行く」

「ダメだ」晃太郎が即座に言う。「東山さんは二度と来なくていいです」

「でも私がやらかしたことです。会社員としてけじめをつけさせて。私が頭を下げるのが一番、話が早い。そうでしょう？」

言い返そうとした晃太郎を「目標額達成のためです」と結衣は押し切った。

「その後のことは、種田さんに全て任せる。今度こそ約束します」

自分の落とし前は自分でつける。それがせめてもの結衣の抵抗だった。

でも、黒い兜《かぶと》のロゴマークが輝く社屋の前に立つと、足が動かなくなった。晃太郎に、「止《や》めておきますか」と言われ、結衣は「大丈夫」と答えて深呼吸した。

ロビーにはすでに「トランス」が待ち構えていた。晃太郎が深々と頭を下げる。

「お忙しい中、お時間をいただき、恐縮です」

「いえ、こちらこそ、ご足労いただいて」と、「トランス」は弱々しく笑った。来館証を貰《もら》うために晃太郎が受付に向かうと、彼は結衣に小さな紙袋を差し出した。

「おかげさまで炎上がおさまりまして、この週末、妻と息子と奈良にある僕の実家に行ったんです。ほんと久しぶりの休日でした。それで、これを東山さんに」

紙袋を覗《のぞ》くと、和三盆の菓子の小箱が見えた。「私に？」と尋ねると、気まずそうにうなずき、「しまって、しまって」と囁《ささや》いてくる。晃太郎には内緒にしたいらしい。

「嬉しいです。えっと」彼の名前を急いで記憶から引っ張り出す。「竹中さん」

「実は、東山さんたちがオリエンに来られた辺りの記憶があまりないんです。ストレスが凄くて普通の状態じゃなかった。きっと失礼があったと思います。すみません」

竹中は恥じ入るように言った。

通されたのは、壁にたくさんのトロフィーや楯《たて》が並べられた応接室だった。社内の運動サークルが獲ってきたものらしい。

種田家の二階の廊下にもああいうものが沢山あったなと結衣が思い返していると、

「お、来たか」押田が入ってきた。「待ってたよ、種田」

その声を聞くだけで全身が強ばる。

「再びコンペに加えていただけるとのこと。寛大なご配慮、ありがとうございます」

晃太郎が言った。とうとうこの時が来た、と結衣は押田の日焼けした顔をまっすぐ見る。

「金曜は、お酒の席とはいえ、私の未熟さで」

そこで言葉に詰まった。押田の後ろに、「のうきん」がいた。心配そうに結衣を見ている。あの人の名前はたしか、吉川だ。

「下請けの分際で、ご無礼を働いたこと、深くお詫《わ》びいたします」

結衣が言い終え、頭を下げると、押田の顔中にデレデレとした笑みが広がった。

「可愛いな、怯《おび》えちゃって。なあ？」

部下たちを見回し、結衣の顔を覗きこむ。

「いいって。俺、ああいうのすぐ忘れちゃうタイプ。だけど、あんな酒癖悪いんじゃ嫁には行けないぜ」

「そういうのは、最近はセクハラなので」吉川がひきつった笑みを作って言う。

「わーってるって。最近は何でもセクハラだもんな。告発されたら怖い怖い。もはや逆セクハラされてる気分」

「それでは」と、晃太郎が大きめの声で言う。「本日はこれにて失礼いたします」

「待ってよ。思い出したんだよ。これこれ」

押田はローテーブルから古い雑誌を取ってきて、晃太郎の目の前に広げる。

「十四年前、六大学野球を沸かせた種田選手の記事。よく取ってあっただろ？」

晃太郎の頬がひくりと動いた。鋭い目を記事の見出しに向けている。

〈不屈の魂見せた種田完投。監督「自己犠牲の精神、これぞ日本男児」と語る〉

見出しの下の写真を見て、結衣は息を飲む。大学生の頃の晃太郎を見るのは初めてだ。種田家の廊下に飾られていたのは高校までの写真だった。

「な、この前の親睦会の最後に、お前が見せた顔と同じだ」

精悍《せいかん》な顔だち。でも頬や顎の骨には柊に似た繊細な線も残っている。でも、学生とは思えない、ぞっとするほど大人びたまなざしをしている。

「俺、この試合、球場で見てたんだぜ」

すっかり親しげな態度で押田は結衣に自慢する。

「替えのピッチャーが休場してて、途中から肩が痛そうな顔してたんだよな。でも種田は降板せず、痛みに耐えてマウンドに立ち続けた。最後なんか球場全体が種田を応援してて、物凄い空気だった。ほんと感動したよ」

感動、という言葉に、結衣は違和感を覚えた。学生にそんな無理をさせて大人が感動する。なんとなく、うすら寒い気持ちになる。

「お前はこっち側の人間だ」押田は感じ入っている。「サムライの魂を持ってる」

会話は和やかに進み、三十分ほどで晃太郎と結衣は応接室を辞した。

「東山さん、本当に外れてしまうんですか」と、ふたりをロビーに案内しながら、不安そうに言ったのは「マウンティング」こと、榊原《さかきばら》だ。応えたのは晃太郎だった。

「こちらに伺うことはありませんが、サポートはしてもらいます」

「せめて再コンペだけでも来てもらうわけにいきませんか。社内には押田に意見できる者がいないのです。スポーツ界に太いパイプがあり、声も大きく……。あっ、でも、悪い人ではないんです。機嫌がいい時は部下にも優しい。東山さんって本当は押田のタイプですし、女性では一番のお気に入りになる可能性も」

「いいえ」晃太郎が強く言う。「また不始末があるといけませんから」

晃太郎が来館証を返しに行くと、「あいつも押田の犬に成り下がったか」と榊原がつぶやいた。

「ほんと強い者に対しては平身低頭だな」

結衣にこっそり悪口を言うということは、よほど仲が険悪に見えたのかもしれない。

「ベイシックの風間って営業も同じだよ。このジムも頻繁に利用して、うちも裁量労働制になればいいのになんて、お追従《ついしょう》ばかり。炎上したウェブCMだって、ベンダーの立場から反対してくれとあれほど頼んだのに、押田さんに逆らえば契約更新してもらえませんって言い張って」

「そこまで押田さんに反感をお持ちなら、社内から反対されてはいかがですか」

「下っ端《ぱ》の俺らが意見を言おうものなら、広報部長の二の舞だよ。広報部長は実績あるし、その気になれば転職もできるから、あんな強気に出られる。でも俺らは無理だ。お前らを雇うような会社は、うち以外にはないって押田に毎日のように言われてる」

そう言ってから、榊原は暗い目になる。

「実は俺、妻と離婚協議中で娘の親権もとられそうなんです。俺が家に帰らないから、これじゃ家族でいる意味ないって。そういう奴《やつ》、この会社には沢山います」

フォースを出ると、向こうから「研究員」が歩いてくるのが見えた。出先から帰ってきたところらしい。結衣を見て「あ」と口を開ける。晃太郎は「失礼します」と会釈だけして足を速める。すれ違ってから、結衣に「勝手に接触するなよ」と釘《くぎ》を刺す。言われなくても話す気はない。

接待の夜、「研究員」は、晃太郎と「ダイナソー」を呼んできてくれた。でも、自分では戦わなかった。矢面に立とうとはしなかった。他のフォースの社員も同じだ。誰も自分では戦わない。他人にばかり戦わせようとする。

晃太郎だけに頭を下げさせたくない。その一念だけでここに来た。

でも、今は早く離れたい。二度とここに来たくない。体が重く、息が苦しい。

「俺はここから歩いて有楽町に行く」

そう言われ、結衣は立ち止まった。いつの間にか竹橋駅に来ていた。

「……そうだ、晃太郎に大事なことを言い忘れてた」

柊からの伝言を伝えると、晃太郎は結衣から視線を外した。話をしたくない時にやる仕草だ。

「ごめん。こんな時に。でも、何でお父さんのお見舞いに行かないの？　せめて連絡くらいしてあげたらどうかな。柊くん、心配してたよ」

「部下のプライベートには関与しない。明日のマネジメント研修でそう習うと思いますよ」

また突き放された。胸が強ばっていく。結衣は思わず言った。

「努力を無にしかけたこと、また色々と押しつけてること、悪いと思ってる。でも、お願い、晃太郎。今まで通りに話して。……私を一人にしないで」

晃太郎は少し黙った。そして、しばらくして、「『晃太郎』はやめてください」と言った。

「部下を下の名前で呼ぶなと言ったのは、東山さんですよ」

そう言って、晃太郎は歩き去った。


食欲がなくても食べなければ。無理矢理ご飯粒を飲みこもうとしている結衣の向かいで、朝のワイドショーを見ていた父が「暗いニュースばっかだな！」と憤然としている。

「ニュースは暗いものでしょ」と言うと、最後のご飯粒が喉にひっかかる。

家を出て、電車に揺られて会社に着くと、加藤が自席で仕事をしていた。

加藤は晃太郎に叱られてから一度も遅刻していない。やっぱり自分が甘かったのか、と敗北感を覚える。

フォースに謝罪に赴いてから、九日が経《た》った。

マネジャー職の業務量は結衣の予想をはるかに越えていた。研修と委員会を梯子《はしご》し、予算や進捗《しんちょく》の管理をするだけで定時が来てしまう。現場を外れていてもこれだ。あっという間に時間が過ぎてしまう。

しかし、他のメンバーたちにとっては、

「種田さんの圧政が始まってから、まだ九日しか経ってない」

という絶望の方が強いらしい。

晃太郎は宣言した通り、人事に交渉して、新人のOJTを前倒しで始めた。OJT。正式名称をオン・ザ・ジョブ・トレーニング。新人を現場の実務に就かせ、即戦力として鍛えあげる企業内教育手法だ。新人が必ず通る道ではあるが、

「いきなり、炎上企業のコンペのアシスタントをさせられるなんて災難ですね」

運用部のデータを持ってきた来栖は、グエンを気の毒そうに見ている。

キーボードに載せたグエンの指が震えているのは、昨日、作った資料に晃太郎からダメ出しされたことを気にしているのだろう。

それでも、開始三日で即戦力と化したグエンはまだいい。

「グエンに頼めばもっと早かったな」と晃太郎に言われた吾妻の方がむしろ悲愴《ひそう》な顔をしている。

野沢も何とかこなしているが、晃太郎に数字の間違いを指摘され、「給料もらえる仕事じゃない」と言われ、賤ヶ岳に泣きついたらしい。

晃太郎は残業しろとは言わない。「新人は残業ゼロ」という人事通達に逆らいはし

ない。でも「期限を守れ」という圧はかける。

仕事に慣れていない新人たちは息をつく暇もない。間に合わない、と泣きそうな新人たちをPCからひき剝《は》がして定時で帰らせるのは、結衣の仕事だった。

誰も文句は言えない。当の晃太郎が誰よりも働いているからだ。

一時間刻みで社外での打ち合わせを詰めこみ、合間を縫って帰社。部下たちの仕事を検分し、呼びつけて問題を指摘し、進捗の遅れを取り戻す。いつ自宅に帰っているのかわからない。机の下のランニングシューズの位置が変わっているから、毎晩走ってはいるらしい。

「土日は休めそう?」打ち合わせから戻ったところを捕まえて、結衣は尋ねた。

「一人当たりのパフォーマンスがこんなに低い状況で?」

それが答えだった。自席に戻ると、やりとりを聞いていたらしい桜宮が寄ってきた。

「ごめんなさい。私が仕事できないから、皆さんに皺寄せが行ってしまって」

本人の言う通り、改めて指導してみると、桜宮は本当に仕事ができなかった。

仕事に集中できないのかミスが多い。その上、誤りを指摘されると萎縮《いしゅく》してますますミスが増える。男性にばかり頼ってきたツケなのではと思えてならない。それでも、

「焦《あせ》らないでやればできるよ。少しずつでもいいから確実にやっていこう。作った資

料、種田さんに見せる前に私がチェックするから持ってきて」と結衣は励ましてきた。ただ、今はあと五分でレクリエーション委員会が始まってしまう。定時に帰る結衣のために十三時から始まるのだ。遅れるわけにいかない。資料を印刷しようとしてもたついている桜宮をじりじりしながら見つめていると、「僕が見ましょうか」たまたま来ていた来栖が言った。「これから遅めの昼休みなんです」

「助かるけど、どうなんだろう。他部署の二年目にそんなことさせていいのかな」

案の定、後ろから「俺が見る」という声が飛んでくる。晃太郎は椅子を回し、結衣の前に立つ桜宮の方を半分だけ向く。「作った資料をメールで送れ」

桜宮は「は、はい」と焦った表情でＰＣを操作している。晃太郎は来栖に視線を向ける。

「他人の世話焼く暇あったら、自分のスキルをもっと上げて来い。俺が二年目の頃は、昼なんか食わずに仕事を覚えてた」

「それは定時で帰れないような会社での話でしょう」来栖が敵愾心《てきがいしん》を露《あら》わにする。

「ここもじきにそうなる。こんな進捗じゃ目標額達成なんかできないからな。そしたら、仕事の遅い奴には昼休み自体なくなるかもな」

役員会で裁量労働制の導入が検討されている。その事実を思い出したのか、来栖は黙った。

「昼休みはとらなきゃダメです。たとえどんなに忙しくても」

そう晃太郎に言ってから、結衣は来栖に言った。

「ありがとう。でもこっちのことは心配せずにちゃんと休んで」

そのくらいしか言えないのがもどかしい。他の部下たちにもマネジャー代理とは名ばかりだ、と思われているんだろうな、と気弱になり、つい加藤の裏アカウントを見てしまう。

『どうせ裁量労働制になるに決まってる。今からうまく手を抜く方法を探して保身すべし』

投稿されたのは数分前。席にいる加藤を見た。手を抜こうとしていたのか。さすがに見過ごすわけにいかず、委員会に遅刻するのを覚悟で歩み寄り、後ろから話しかけた。

「ツイッター見たよ」

加藤の肩がびくりと震え、怯えたような目が結衣に向く。

「ごめんね。加藤くんのアカウント知ってるんだ。私に対する意見も見た」

ちょっと出ようか、と彼を連れて、廊下の奥に移動した。自販機の前で、何を飲みたいか尋ね、加藤が希望したコーラを買って渡す。

「SNSで何を言おうと自由。でも、見られたくなかったら鍵《かぎ》かけなきゃ。発信していればいつか本人に届くものだよ。うちはそういう危機管理のコンサルもしてる会社だって知ってた？」

加藤は黙っている。コーラの缶のタブも開けないままだ。結衣は尋ねる。

「どうして、保身ばっかりなの？　加藤くんまだ若いし、可能性いっぱいあるのに」

加藤の目は結衣のひび割れた時計を見ている。「可能性なんかないです」

え、と結衣は言った。「何でそう思うの？」

「一緒に暮らしている父が言うんです。この国はもう終わりだって、毎朝のように」

「……何でそんな悲観的なの。加藤くんのお父さんまだ働いてるんでしょ」

「いえ、僕は年いってから生まれた子なので、父は定年退職して一日中家にいます」

あ、と結衣はのけぞった。

「もしや、お父さん、仕事人間だった？　会社以外に友達いない系？」

「そうです。とにかくやることがないので、スマホで、トランプ大統領とか中国の脅威とか調べまくって、帰ってきた僕に延々話します。世の中はどんどん悪くなってるって。聞かないと、無視するな、と荒れて」

「わかりすぎて嫌だ」実家にも同じような男がいる。よその家もそうなのか。

「でも父の言うことも一理あります。この国は何もかも終わってます。東山さんも告発なんてしなくてよかったですよ。この国ではセクハラやパワハラは被害者のほうがリンチに遭うものですから。日本にいられなくなるところでしたよ」

加藤の淡々とした言葉が、結衣の胸を鋭く突き刺した。

「まあでも、仕方ないですよ。僕らが生きているのはもはやディストピア。全てが終わりに向かってる。希望なんか持たない方が身のためです」

落ち着いて話をしたほうがいいのではないか。でも委員会は既に始まっている。気が焦って、「手を抜いてるって種田さんにはすぐバレるよ」としか言えなかった。

急いでノートPCを取りに自席に戻る途中、晃太郎に行く手を阻《はば》まれた。

「甘露寺はどこに？」と尋ねるその男は、重そうなファイルを右肩に載せている。

「甘露寺くん？　えっと、どこかな？　タスクやるように言っておいたんだけど」

「ここは保育園じゃない。六月から新人の人件費が各案件のコストに載ります。生産性がゼロでは全体の不利益になる。そろそろ潮時じゃないですか」

「潮時って」

「見切りをつけるべきだと言ってるんです。東山さんが言えないなら俺が人事に——」

「と、とりあえず、委員会に行きたい。これ以上遅れたら、また風当たり強くなる」

「じゃあ、フォースのコンペが終わるまでには結論を」と晃太郎は去った。

コンペは来週の月曜だ。今日は水曜だから、あと二営業日しかない。

とりあえずは委員会だ。どこの会議室だっけ、とスマートフォンを開くとメッセージが届いていた。王丹からだ。『今日こそは店に来い』とあった。

結局委員会には十五分遅刻し、結衣は冷たい視線を浴びた。

ビールを一口飲むと、「もう、マネジャー代理、いや」結衣はテーブルに突っ伏した。

「スケジュールに勝手にどんどん会議入れられるの。今日なんか一日に六回よ？」

「日本人は会議が好きだから」餃子《ギョーザ》好きなおじさんがなぜか嬉しそうに言う。

「レクリエーション委員会に一時間も出たけど、結局、社内懇談会に何やるか決まらなかった」

「誰も終わらせようとしないんだよな。わかるわかる。がはは」

「結衣さん、おかわりは？」王丹がやってきた。「早く飲んで、次、注文して」

結衣はジョッキを見た。ビールが半分以上残っている。何とかもう一口飲んでテーブルに置くと、王丹は封筒を差し出した。

「ワンズゥから。迷ったけど、やはり渡す」

「何？」と見上げると、「読めばわかる」と王丹は空の盆を持って厨房《ちゅうぼう》へ引っ込む。

封筒を開けると英語の書面が出てきた。英語は苦手だ。読んでもわからない。首を傾《かし》げていると横から奪われた。

「ヘッドハンティングの条件提示じゃないか」餃子好きのおじさんが老眼鏡をかける。

「ああいや、俺、実は北米駐在長くてさ。言ってなかった？　商社だからさ。今は子会社にいるけどな。……ふうん、ブラックシップスっていう中国のベンチャーに結衣ちゃんを迎えたいってさ」

「私？　柊くんじゃなくて？　若者を探してるって言ってたのに」

「結衣ちゃんだってまだ若者よ。それに、そこそこのキャリアがなきゃ、ヘッドハンティングはされない。なるほど、マーケティングオートメーションツールを日本に売りたいと。今や中国はIT大国だもんな」

「まさか、中国がIT大国だなんて」辛いもの好きのおじさんが薄笑いする。「パクリ大国だろ？」

「いやいや、その認識自体がもう古いんだって。ふむふむ、日本のウェブ業界に強い日本人が欲しいと。年収は今の倍出すって」

目を丸くした結衣を見て、おじさんは「バブリーだねえ」と笑う。

封筒には、もう一枚、日本語で書かれた紙があった。メールアドレスの下に、

『直接、お話しできなくてすみません。ぜひ一度、上海を見に来てください』

この前は何も言っていなかったのに。そう思っていると、王丹が水を運んできた。

「結衣さんはこの国を出た方がいい。そんなに傷ついてまで仕事することない」

「私は傷ついてなんかいません。さては、これ、王丹が頼んだんでしょ。前に来た時、フォースのこと愚痴ったから、同情して」

「同情して何が悪い。あなた、また酷《ひど》い目に遭ったでしょ。結衣さんがビール飲めないなんて余程よ。それに料理も頼まない。周りの日本人、なぜ助けない」

王丹の瞳《ひとみ》が濡《ぬ》れていた。上海で死んだという幼なじみを思いだしているのかもしれない。

「ご飯は家で食べてます。金欠だから節約してるだけです。さ、帰るかな」

残ったビールを無理に飲み干すと、結衣は立ち上がった。劉王子からの封筒を返そ

うとしたが、王丹は受け取らなかった。仕方なく鞄《かばん》に入れて店を出た。

ただいま、と実家の玄関の戸を開けるや否《いな》や、姿を見せた父が開口一番に言った。

「お父さん、あれから考えてみたんだけど、山科《やましな》の別れじゃないかと思うんだ」

「いきなり何。ヤマシナって何」靴を脱ぎながら言う。

「山科を知らんのか。赤穂藩が取り潰《つぶ》しに遭った後、大石内蔵助が居を構えたところだ」

「もう忠臣蔵の話は止《や》めてってば」

「晃太郎くんと険悪なままでいいのか。お父さんが思うに、彼はお前のことを思ってだな」

「険悪なままでも、仕事はうまくいってますから、ご心配なく」

ご飯は、と出てきた母に「外で食べた」と告げて、階段に足をかけた時だった。

「いらないいなら連絡してちょうだいよ！」

ふりかえると、母が睨《にら》んでいる。父がそれを見て、ふんと笑う。

「宗介があれきり連絡してこないから、イライラしてるんだ」

「私の老後はどうなるの！」母は手に持った健康雑誌で壁を叩《たた》く。「お湯も沸かせない夫と、出戻りの娘のおさんどんで終わるの？　こんな人生もういや」

「お母さんまで、いきなり何よ。私は土日に掃除も買い物も手伝ってるでしょ。何もしてないのはお父さんじゃない。私よりも暇なくせに」

母を宥めるつもりだったが、最後の一言を聞くと、父の眉《まゆ》がはね上がった。

「暇じゃない」とむきになって言う。「まだ観《み》てない忠臣蔵もある。世界情勢のニュースもチェックしなきゃいけない。トランプは横暴だし、中国は自己中心的だし、俺は毎日神経すり減らしてんだ！　なのに、お前はのほほんと定時退社して親に説教か」

「そんな、のほほんとなんかしてません。私は私なりに戦って――」

「ふん、ちょっとパワハラされただけで食事も喉を通らないくせに。そんな軟弱な女が管理職なんか務めてるんだから、日本はいよいよ終わりだな！」

それを聞いて、ずっと張りつめていた糸がぷつりと切れた。

「あ、もういい。……もういい、もういい！」

結衣は叫んだ。

「私、出て行く」

「だめよ、お父さんと二人は嫌」と母が言い、「まず俺の話を聞け」と父が言う。

王丹の言う通りだ。結衣のことを本気で心配してくれる人などこの国にはいないのだ。

　これからも戦ってくださいとか、定時で帰る管理職さんはいいですねとか、みんな言いたい放題だ。でも誰も矢面には絶対に立たない。

父親ですら味方ではない。娘がパワハラを受けても一緒に怒ってさえくれないのだ。

「私、上海に行く」

「上海なんか行ってどうする。偽物《にせもの》のブランドバッグでも買ってくるのか」

「この国を出て、もう戻ってこない」

「なんだと」

　そのまま二階に駆け上がる。父と母が階段の下から、何か言っているのを無視して、鞄から封筒を出し、劉王子にメールを送った。電光石火で返事が来た。

『金曜の十三時にいらしてください。ホテルはこちらで予約します』

　明後日だ。スマートフォンを操作し、会社のオンラインシステムで有給申請をする。金曜は会議が五つ入っているが知ったことではない。どうせ自分がいなくても成立する議題ばかりだ。残り少ない預金のことを一瞬思ったが、不安を振り切って、まだ残席があった航空券をカードで買った。

日本にいられなくなるところでしたよ、と加藤は言っていた。上等だ、こっちから出てってやる。結衣は押し入れを開け、衣裳《いしょう》ケースのどこかに入れたパスポートを探した。


翌朝は早めに出社し、スーツケースを更衣室に置いた。自分の不在中の新人たちのケアを賤ヶ岳に頼むメールを書いていると、晃太郎がこちらも見ずに問いかけてきた。

「金曜、有給申請してましたが、俺もその日、朝から羽鳥総研の撮影で不在です」

「撮影って、どこ行くの」と尋ねたが、晃太郎は作業に集中している。結衣は声を大きめにして尋ねた。「月曜日のフォースのコンペの準備はどうなってますか」

「終わりました」

と応《こた》える顎にはうっすら髭《ひげ》が生えている。昨日も帰っていないらしい。

「有給中でも甘露寺のモーニングコールはやってください。俺はやりませんから」

そう言って、シェーバーを持って廊下へ出ていく。九時から外回りに出るらしい。さすがに気が咎《とが》めた。もし転職することになれば、何もかもあの男に押しつけたまま逃げることになる。

「見に行くだけだから」と言い訳を口にしていると、

「有給とって、わざわざ上海まで転職活動ですか」

後ろから言われた。ふりかえると、来栖が結衣を睨みつけていた。慌てて人差し指を口に当て、細っこい背中を押して廊下に連れ出す。「何で知ってるの」

「柊くんです。まさかって思ったけど、スーツケース持って出勤してくるの見て」

来栖の瞳には怒りが滲《にじ》んでいる。

「色々あって辛《つら》いのはわかります。でも、僕の将来に責任があるって、結衣さん、言ってくれたじゃないですか。あれは嘘だったんですか？」

「たしかに言った。でも」来栖に嘘はつけない。「ごめん」

来栖は激情を堪《こら》えるように唇を結び、「僕は許さない」と震える声で言った。

「必ず帰ってきてください。お弁当作って、この会社で、ずっと待ってますから！」

そう叫ぶと、身を翻《ひるがえ》し走っていく。何なんだ、いきなり感情的になって、とクラクラしながら戻ろうとすると、オフィスの入り口に加藤がいた。心臓がはね上がる。

「上海、行くんですか」

「聞いてたの？」

「まあ、出ていきたくなって当然ですよね。この国にいてもこの先いいことなんかないですしね」

加藤は気力なく歩き去っていく。彼とは結局きちんと向かい合えなかった。そのまま置いていくことに罪悪感が湧《わ》く。小さく溜《た》め息をついてから、柊に電話をかけた。まず、晃太郎の説得に失敗したことを謝る。忙しすぎて報告しそびれていたのだ。

「そうだと思ってました。うちの父はとりあえず小康状態。今は自宅療養中です」

「そっか。少し安心した。……で、何で知ってたの。ヘッドハンティングのこと」

「この前の劉さんを見ていて、これは結衣さん狙《ねら》いだなと。やはり思った通りでしたね」

さては来栖に仮説を与えて鎌《かま》をかけたのか。日毎《ごと》に諜報《ちょうほう》活動に長《た》けていく種田家の次男は「心配しなくても兄には言いませんよ」と言った。

「でも来栖くんには言ったでしょ。すごい責められたよ」

「彼は結衣さんのために仕事してるから。彼の恋心、わかってあげてください」

「恋心、なのかな」結衣はさっきの来栖の感情的な顔を思い出しながら言った。「あれは上司マジックって奴じゃないのかな」

若いうちは上司に褒められたいものだ。その気持ちを恋心と錯覚してしまうことはよくある。もしそうなら少し突き放したほうがいいのかもしれない。

始業時間までまだ少しある。結衣は更衣室に戻るために歩き始めた。上司で思い出した。最後にあの変態に渡さなければならないものがあった。

「何、じろじろ見てんだよ」

と言いながら、石黒は非常階段に現れた。会うのは久しぶりだ。検査入院の後、一日戻ってきて、すぐに本物の出張に行ってしまったからだ。

「さては俺に惚《ほ》れたな？」

「いやー、上司マジック、私はまったくかからなかったなあと思って」

何の話だよ、と菱形《ひしがた》の目をした管理の鬼は結衣の隣に腰を下ろす。

「このクソ忙しい時に、何の用だ」

「来週はバタバタするから、いつもの奴、渡しとこうと思って。で、検査の結果は？」

「まあまあ」石黒はそれ以上答えない。「見たぜ、例の動画。入院中だっつうのにシノブっちが何も言わずに送りつけてきてよ。あいつ、相当、頭来てるぜ」

「あの役員に気弱だとかオタクだとか言われたからでしょ」

「馬鹿《ばか》、違うわ」石黒は珍しく真面目《まじめ》に言った。「お前が傷つくのをまた止められなかったからだよ。あいつなりにお前を矢面に立たせてることに責任感じてんだろ」

「あのね、みんなそう言うけど、私は別に傷ついてないから」

そう言いかけた時、石黒が「無理すんなって」とわざとらしく結衣のお腹《なか》にパンチしようとしてきた。全身が粟《あわ》立ち、「止めて！」と身を引いた。壁に背中がぶつかる。

「ほらな、大丈夫じゃねえだろ。男性不信の塊だ」

「……ごめん」自分でもわけがわからなかった。石黒相手にここまで怯えるなんて。

「自分の傷の深さを見くびるなよ」

石黒の口調が上司然とし、それから、「なあ、ユイユイ」といつもの悪友のような言い方に戻った。

「シノブっちだけじゃない。俺だってあの動画を見た夜は、血圧上がって眠れなかったぜ。あれ見て腸《はらわた》が煮えくりかえらない奴は人間としてまともじゃねえ」

それを聞いて少し泣きたくなった。同時に、押田ではなく自分に怒りをぶつけてきた晃太郎のことを思う。あの男はやはりまともではないのだろうか。

「だが、俺にできることは限られてる。お前をマネジャー代理に祭りあげて現場から外した。あとは種田頼みだ」

石黒が信じているあの男は本当に頼りになるのか。そこをどうしても信じきれない。最後まで信じることができなかった。結衣は立ち上がる。

「もう始業だ。行かなくちゃ。じゃ、これ、用法用量を守ってお使いくださいね」

どさっと紙袋を置く。大量のスティックシュガーを見て石黒は顔を上げた。

「お前、明日有給とってたな。どこ行くのか知らねえが、逃げたら許さんぞ」

勘だけは異様にいい管理の鬼から逃げるように、結衣は制作部に戻り、仕事に没頭する。

晃太郎はなかなか戻らなかった。十八時十五分まで待っても帰社しない。

止めてもらいたいんだろうか。そんな考えが浮かんだ。馬鹿だな、私も。スーツケースを引いて会社を出た。その晩は羽田近くのビジネスホテルに泊まり、翌朝、飛行機に乗った。窓の外に雪をうっすら残した富士山を見ながら、結衣はつぶやいた。

さよなら、日本。


そして、上海。本当に来てしまった。

虹橋《ホンチャオ》空港に降り立った結衣が見たのは、空港内に設けられたワークステーションと、そこに座ってノートPCを叩く身なりのいいビジネスマンたちだった。

十年前に旅行に来た時とは様子が違うな、というのが第一印象だった。猥雑《わいざつ》な空気や大声で話す人々が消え去っている。市街地まで乗った地下鉄の乗客たちの服装も洗練されている。間違って六本木に来てしまったのではないかと思ったほどだ。試しにツイッターを開いてみると繋《つな》がらない。やっぱり、本当に、中国だ。

わずか三十分で市街地に着き、駅から出ると、目の前の道路を電気自動車が通りすぎていく。東京より進んでいる。タクシーに乗ると、運転席の前にスマートフォンがくくりつけてあった。運転手の声を読み取りルート表示が出て、スピーディーに発車する。何もかもが速くて快適だ。

十三時にホテルに迎えが来ることになっている。現代アートが飾られたロビーでチェックインし、部屋に荷物を置いてホテルを出た。目の前には、このホテルの他にも雲の上まで伸びる超高層ビルが幾つも生えている。とてつもないパワーを感じた。

いつの間にこの国はここまで発展したのだろう。劉の会社が日本に来たら、うちは勝てるだろうか。

（いや、忘れよう。日本のことは、全部）

心に鋭い痛みが走る。あの男は今頃、東京で打ち合わせでもしているだろう。

いや、もう考えてはだめだ。過去のことは思い出さずに、未来に進もう、と前を向いた時だった。

ホテルの前を行き交う沢山の観光客の中に、見覚えのあるスーツを着たサラリーマンが立ちつくしていた。結衣を見て驚いた顔をしている。うなじの毛が逆立つ。

（何で、ここに）

結衣が前に進もうとするたび、あの男——種田晃太郎はいつも、これ以上ないほど最悪なタイミングで現れ、行く手を塞《ふさ》ぐ。呆然《ぼうぜん》としている結衣の視界に、

「你好《ニーハオ》！」

と、小柄な男が飛びこんできた。

「いやはや、ここまでうまくいくとは！」満足げに腕を組んでいる。

晃太郎に駆け寄って、尋ねたかった。何でここにいるのか、と。でも管理職として、そして教育係として、先にしなければならない質問がある。

「甘露寺くん。仕事はどうしたの」

「これが仕事なんかしていられますか！」自称大型ルーキーはじれったそうに言う。

晃太郎が苦虫を嚙《か》み潰したような顔で歩み寄ってくる。

「俺もさっきそこで甘露寺に会った。あと五分で東山さんが現れるから待てって言われて。何言ってんだこいつ、と思ったけど、本当に来るとは」

「ご説明いたしましょう」甘露寺がテレビ番組のナレーターのように良い声で言う。

「種田氏は、羽鳥総研の上海ブランチのオフィス撮影のため、こちらに。先ほど向か

いのホテルのラウンジで打ち合わせして、終わったところであります。そして師匠は――」

言わないで、と結衣は思った。しかし、甘露寺を止める術《すべ》はない。

「王丹氏の弟君、劉王子氏が経営する会社から誘われ、これから面接」

「面接？」晃太郎の目が泳ぐ。「お前が？　今から？」

「面接じゃない。見に来ただけ」

と言い訳すると、晃太郎が上を向いた。雲上まで伸びるビルを愕然《がくぜん》と眺めている。

「パークハイアットなんかに泊まってるのか。そんな金、どこから」

「宿泊費は劉氏持ち。一泊十五万円のパークスイートです」甘露寺が言う。

そんなにするのか。やけに広いと思った。今さら冷や汗が出る。

「オファー受けるって言ってるようなもんじゃねえか。しかも何でお前が知ってんだ」

「お二人とも毎日バッタバタですからな。スマートフォンにスケジュール表示させたままで席を外したり、ホテルの予約票を印刷したまま放ってあったり。セキュリティが甘い甘い」

「その好奇心を何で仕事に生かせないんだろう」

結衣は思わずつぶやいてしまう。

「師匠はわたくしを信じるとおっしゃってくださった」甘露寺はうつむく。「しかし種田氏のことは信じられないでいるそうな。わたくしばかりが師匠の寵愛《ちょうあい》を得てしまい、種田氏をぐれさせてしまったこと、申し訳なく思っていたのです」

「誰もぐれてなんかない」と晃太郎が言ったが、

「しかし、これで、心が軽くなりましたぞ！」

甘露寺は聞いていない。背伸びして、晃太郎と結衣の肩を摑《つか》んで近づけると、

「オホホ、ここからは若くない人だけでごゆっくり」

と言うと、鞄から観光ガイドを出し、忙《せわ》しくめくっている。

「あ、わたくし、ホテル取ってませんので、今夜は種田氏の部屋に参ります」

「いやだ、来るな」と言う晃太郎に手を振り、甘露寺は「観光観光」と走っていく。

置いていかないでほしいと思った。仲人《なこうど》役が消えてしまい、ふたりとも黙りこんだ。

「上海で撮影だなんて聞いてない」結衣が言った。

「急に決まったんだ。それに俺は言いました。出張申請書も上げてます」

覚えていない。流れ作業で承認してしまったのだろう。

「本当か？」晃太郎がつぶやいた。「本当に誘われてるのか」

「だから、オフィスを見に来ただけ」まだそんな言い訳をしてしまう。

「煙草《たばこ》吸いたい」晃太郎は口を押さえた。「結衣とつきあう前に止《や》めてたけど、すっごい吸いたい。本当に誘われてるのか？　上海まで来たってことは……結衣も本気なのか？　やばい吐きたい」

無理もない。社長命令で身を削って守ってきたご本尊が逃げようとしているのだ。

目の前の道路に黒塗りのＢＭＷが停まった。

扉が開き、長い足をもてあますようにして劉王子が降り立った。

「ようこそ！」両手をひろげて近づいてくる。「上海はいかがですか」

結衣は慌《あわ》てて笑顔を作った。

「正直びっくりした。空港で指紋をスキャニングされて、ザ・監視社会って感じはしたけど、でも日本より色んなことが進んでるんだね。十年前とは全然違う」

「これが新しい中国です」劉は誇らしげに言う。「おや、そちらはお目付役ですか」

敵愾心たっぷりの顔で、晃太郎は「種田です」と名刺を出した。

「姐姐《ジェジェ》から聞いて知ってますよ。悪口ばっかりですけどね、ははは。あ、僕はイーサン・ラウと言います。どうです、あなたも我が社を見に来ては？」

「いいんですか」晃太郎が驚いた顔になる。

「どうぞ、遠慮なさらず」劉は余裕たっぷりに車を指し示す。

三人とも後部座席に乗り、車は走り出した。「紅旗《ホンチー》だ」と、まだ気分が悪そうな晃太郎が右隣から囁《ささや》く。わからずにいると、いらだたしげに窓の外の車を指す。

「中国国産の高級車。一台一億円」

「いちおく」と目を丸くした結衣に、劉が左隣で笑って言った。「私もいつか買います」

ブラックシップスは、ITベンチャーが軒を連ねるビルのワンフロアにあった。広さはネットヒーローズとほぼ同じ。違うのはガラス張りの個室オフィスが並んでいることだ。中国だから赤を多く使った内装かと思っていたが、壁もファニチャーも真っ白だ。

「すごい、素敵」結衣は感嘆の声を上げる。「あ、キッチンもある」

「昼はコックが来てランチを作ります。私が作ることもありますよ。料理が好きなので」案内しながら劉は言う。「日本企業の機微をよく知っている結衣さんが営業部に入ってくだされば私たちも心強い。日本語に堪能《たんのう》なスタッフもいますが、英語は再学習していただきます」

「もう入社が決まったような口ぶりですね」晃太郎が牽制《けんせい》するように言った。

その時だった。奥の個室から、三十代半ばくらいの男が飛び出してきた。不穏な空気を察して、晃太郎が結衣の前に一歩出る。しかし劉は動じない。男は劉を見つけると、中国語で何か嘆願を始めたが、すぐに警備員が二名現れた。

暴れ出した男の両脇《わき》を摑み、外へ連れ出していく。

「あの人、社員なの？」結衣が尋ねると、劉は「ええ、さっきまでは」と言った。

「パワーハラスメントの証拠を彼の部下が提出したので解雇しました」

「解雇」さすがに驚いて、結衣は言った。「パワハラをしただけで、即日？」

「訴訟リスクを会社に持ちこむような愚か者《アスホール》は我が社に要らない。ですから、うちでは上の者の首ほどよく飛びますよ。そうだ、いいタイミングでオフィスが空いたじゃないですか。結衣さんが入ればいい。東方明珠も見える良い部屋です」

結衣は返答もできない。これがこの国のスタンダードなのだろうかと思っていると、

「中国の企業にも色々あります」と劉が言った。

「私はアメリカの大学で教育を受け、シリコンバレーでインターンとして働きました。ですから、社風はあちらのホワイトカラー・エグゼンプションに近いかもしれません。中国の労働法でいうところの不定時労働制。日本だと裁量労働制ですかね」

別の個室から若い黒髪の美女が出てきた。廊下から段ボール箱を運び入れている。

「彼女の上司も昨日だったかな、解雇しました。一見、従順に見える彼女にタスクを押しつけているうちにスキルを全て盗まれ――いや、吸収され」

劉は自分の喉《のど》に手を当てかき切る。

「不要になった。どうです。夢があるでしょう。中国は女性役員も多いですよ」

結衣たちがいることに気づいて、黒髪の美女は笑みを浮かべた。目元に入った黒いアイラインは目尻《めじり》で上へはねていた。強烈な光がその目には浮かんでいる。

「私に対しても、社員は対等に労務交渉してきます」劉が悪戯《いたずら》っぽく言った。

たしかに小気味良い。夢があると言えなくもない。でも――。

ネットヒーローズの社員たちのことを思い出す。たとえば、運用部に行った三谷のように真面目さが取り柄の人は、ここでは負け組になってしまうのではないだろうか。

「日本の企業は無能な者に優しいですよね」

結衣の考えを見透かしたように劉が言った。

「だから古き悪しき者《あ》がいつまでものさばるのです。違いますか？」

フォースのことを思った。差別的なウェブ広告で炎上し、企業イメージを危機に晒《さら》しても上層部は安泰だ。むしろ会社の危機を救った優秀な社員が左遷《させん》される。

「大丈夫、結衣さんはこの会社に向いてますよ」と、劉が言った。「いくら姐姐の頼みであっても、そうでなければお誘いしません。あなたはこちら側にいるべき人間だ。初めてお会いした時、そう感じました。理屈ではなく、直感で」

「いや、どうだろう。無理じゃないかな。ねえ？」

訊《き》いてみたが、晃太郎は答えずに考えこんでいる。

「うちの会社なら定時で帰れます。中国人は合理性を愛しますから、成果さえ出せば一日三時間の出社でも誰も文句を言いません。ま、考えてみてください」

ビルを出ると、結衣は思い切り背伸びをした。たった一時間の滞在だったが、カルチャーショックの連続で疲れた。「この後は？」と晃太郎に訊く。

「十五時から、また撮影がある。撮影の後は、向こうと晩飯食う約束がある」

「……じゃあ、ここでお別れだ。これが世に言う、上海の別れ、なんてね」

山科の別れのシーンは観ていない。でも、冗談でも言わないと場が保《も》たなかった。

「夜遅い時間に、会えないか」難しい顔で晃太郎が言った。「二人だけで」

腹の底が焼けるように熱くなる。会ってはいけない。忘れなければいけないのに。

「わかった。メッセージくれたら行く」と、結衣は答えた。

「俺がそっちのホテルに行く。それから、その時計、そのままだとガラスが割れて文字盤が壊れる。ずっと気になってた。それ踏んだの、俺だから」

「犯人は晃太郎さんでしたか。別にいいよ。こっちでお店探して直すから」

「それまで使える奴《やつ》、調達してきて、夜に渡す」

次の予定が迫っているのか、晃太郎は早口で言い、止めたタクシーに乗って去った。

夜に会ってどうするのか。今さら後悔がこみ上げてくる。

劉の会社で働く自信などとてもない。このタイミングで帰るぞと迫られたら、何も考えずに従ってしまいそうで怖かった。

結局、晃太郎がホテルのロビーにやって来たのは深夜一時だった。

「甘露寺が寝なくて、でも寝かさないとついてくるから」と疲れた顔をしている。取引先との食事を終え、自分のホテルに一旦《いったん》戻って、ロビーで捕まったらしい。

「あいつ、なぜか汗かかないんだよな」と言う晃太郎の額には汗が滲んでいる。「何でかって訊いたら、いきなり俺の前で脱ぎ出して——。いや、あいつの話はいいか。もう遅いし、上のバー、行こう。たしか二時までやってたよな」

「二人で会って何がしたかったの？」

結衣が尋ねると、晃太郎は「え、何、警戒してんの？」と心外そうな顔になった。

「別にお前の部屋に行くとかじゃないから。話以外、何もしないから」

「じゃあ外で」結衣は青島《チンタオ》ビールの缶を二つ出した。「バー覗《のぞ》いてみたけど音楽うるさかった。全てが若者向けなんだね。経済の中心が若い人で、なんか羨《うらや》ましいな」

ああ、と晃太郎はうなずき、顔をそむけた。そのまま二人で歩いて、座れるところが見つかると、晃太郎は真っ白い箱を差し出した。「時計」とぶっきらぼうに言う。

「えー、アップルウォッチ？　高くなかった？　これ着けてるとギークっぽくないかな」

「心拍数アプリ付いてるんだ。運動時の心拍数を計測してワークアウトに生かせる」

熱心に説明しているが、そんな機能を結衣が使うとでも思っているのだろうか。

晃太郎はしばらく黙った。そして、意を決したようにビールをあおった。

「野球やってた頃のことを話したいと思って」

結衣は驚いた。今まで一度もしなかった話だ。なぜ急に、と思っているうちに、

「甲子園の準決勝で負けた時、これで野球をやめられると思った」

と、晃太郎は話し始める。

「やめられると思ったって、好きでやってたんじゃないの？　野球」

「野球をやらせたがったのは父親だ。俺はよく泣く子供で、いつも叱《しか》られてた。鍛えたいと思ったらしい。近所で一番厳しいリトルリーグに入れられた。コーチはとにか

く怒鳴る人で、やめたいって何度も頼んだけど、毎週ひきずっていかれた。男が一度始めたことを投げ出すな。そんなんじゃお前の一生台無しになるぞって」

「晃太郎がやりたいって言ったわけじゃないのに?」

「母親にも泣きついたけど無駄だった。保険の外交員やってて気は強かったけど、父親の意向には反対しない。チームの裏方にも積極的に参加してたくらいで」

街灯に照らされた晃太郎の額には汗が浮かんでいる。

「俺は運動神経が良かったし」と、話す横顔は少し辛そうだった。「みんなに期待されて、結局、高校まで野球漬けだ。楽しくなかったわけじゃない。いい思い出も沢山ある。でも、俺は心のどっかでやらされてるって意識があった。本当に野球が好きな他の友達と違って、俺は投げ出したら一生台無しになるって恐怖が原動力だった。だから甲子園で負けた時はほっとした。これでもう無理をしないですむと思った」

結衣はずっと前に聞いた柊の話を思い出していた。種田家の父は晃太郎が試合に負けると口をきかなかったという。それは暴力の一種ではなかったのか。

「でも、父親は大学野球に行けと言った。あきらめずにプロをめざせと。聞かずにやめておけばよかった。結衣がテニス部を三日でやめたみたいに。だけど俺は、父親に褒められたかった。仕事のストレスで母親に不機嫌に当たる父親に笑ってほしかったんだ」

それを聞いて、結衣は思わず目の前に立つ煌《きら》めく超高層ビルを見上げた。同じだ。ネクタイを締めた父の足に抱きつき、幼い頃の結衣も同じことを願っていた。強くて大きい者に愛されなければ、存在意義がなくなりそうで怖かった。

「俺の行った大学の野球チームでは、試合に負けた時にやらされるトレーニングがあった。チーム全員がタイムをクリアするまで家に帰れない。そういうメニューだ」

「……それって」結衣は少し考えて言った。「何か変」

「そうだ。遅い奴が一人でもいれば、走る回数は増える。しかし、走れば走るほど疲れるからタイムは落ちる。つまりは倒れるまで終わらないってことだ」

「おかしいって思わなかった？」

「思った。みんなも思ってただろう。けど、誰も監督に逆らえない。そのうちメニューをうまくこなす方に集中するようになった。その方が楽だから。でも、一度、倒れた後輩が起き上がらないことがあって……。俺は四年でキャプテンだったから、つい焦《あせ》って監督に声をかけた。これ、まずいんじゃないですかって。幸いその後輩は大事には至らなかったが、それが始まりだった」

「始まりって、何の」

「監督は俺を無視するようになった。反逆心あり、と思ったらしい。すごく焦った。試合に出られなかったらプロ入りはできない。いつ出なくていいと言われるか不安で、だから最後の試合の前日、一年で水を飲んだ奴を、俺は殴って退部させた」

「えっ」結衣は息を飲んだ。「ごめん、話が急すぎて。何で殴るの」

「一年生はどんなに暑くても水を飲んじゃいけない決まりだった。そいつはその日のうちにやめた。俺と同じくピッチャーで、センスがあって、俺よりよほどプロに行けそうな奴だった」

「水を飲んだから殴るって、晃太郎がそんなことするとは思えないんだけど」

「監督に呼ばれたんだ。一ヶ月ぶりに話しかけられて緊張している俺に、監督は言った。あの水を飲んだ奴、何とかしとけよ、わかってるなって」

それは、と結衣は動悸《どうき》がした。接待の夜、押田が晃太郎に投げかけた言葉と同じだ。

「殴れって指示されたわけじゃない。だけど俺にとって、何とかしとけって言葉は、そういう意味だった。中学でも、高校でも、先輩たちは言うことを聞かない奴を殴った。当時はもう体罰はいけないって風潮だったけど、陰ではまだガンガンやってた。逆らえば殴られる。それが当たり前の世界で俺は育った」

晃太郎はそこで苦しそうに息を吐いた。

「それでも殴るつもりなんてなかったんだ。説教だけして、わからせましたって報告するつもりだった。なのに、あいつは言った。こんな非効率的な練習に耐えてもたいした選手にはなれない。種田先輩のようにはなりたくないって。気づいたら体が反射的に動いてた」

結衣は言葉もなかった。

「その事件は隠蔽《いんぺい》された。だが、俺は思った。もう野球をやる資格はない。だから、肩は限界だったけど、翌日の試合では一人で投げた。せめてチームのために尽くしたかった」

「晃太郎一人の責任なの？　その監督の責任は？」

「監督はそこまでやれとは命じてないと言ったそうだ。それは事実だ」晃太郎の声が強《こわ》ばる。「俺が自分を止められなかったんだ」

ふいに、目の前にいる男が大学生の若者に見えた。

「全部失った俺を拾ってくれたのが、ゼミのＯＢだった福永さんだ」

そして、残業手当も、ろくな新人教育システムもない会社で、ひたすら命令に従うようになったのか。死ぬ気で働け、とそれだけを教えられて。

「最後の試合、九回裏から、肩の痛みが消えたんだ」まだ大学生に見える晃太郎は微笑《ほほえ》んでいた。「監督は降板を許さなかった。球場も一丸となって俺を応援した。痛みに耐えるためにアドレナリンが放出されたんだろう。死ぬほど気持ちよかった」

熱いものがこみ上げてくる。手で顔を覆《おお》うのも間に合わない。涙が頬を伝った。

「何で、結衣が泣くの」晃太郎は狼狽《ろうばい》している。

「ずっと考えてた」声が震えて、うまく喋《しゃべ》れない。「何で、晃太郎は、理不尽な命令にもひたすら従うんだろうって。何で、晃太郎は、私より仕事を選んだのかって。何百回も、何千回も考えた。なのに私、何も、わかってなかった」

「今まで誰にも言えなかった。特に結衣には、俺は年上だし、男だし、言えなかった。悪いのは全部俺だ」

「悪くない」結衣は嗚咽《おえつ》の下から言った。「その、試合の前の日に、私が一緒にいればば」

そこから先は言葉にならない。何とか涙をおさめようとする結衣の肩に、晃太郎が手を伸ばし、しかし躊躇《ためら》って引っ込めるのが見えた。しばらくして晃太郎は言った。

「あの親睦《しんぼく》会の夜、俺はお前を守れなかった。社長には守ったと言われたが、違う。肝心な時にいなかった。動画を見た後も混乱して、結衣に怒りをぶつけた。後輩を殴った時と一緒だ。押田に逆らったお前を正しいと言ってやれなかった。むしろ心の針はフォースの方に大きく振れた。こんなことよくある。耐えられない方が悪いんだと」

　フリではなかったのだ。やはり晃太郎は〝向こう側〟にいたのか、と結衣はたまらなくなる。

「福永さんの会社を辞める時も、星印工場の案件の時も、俺は何度も変わろうとした。でもダメだった。ここに」と、晃太郎は胸を強く叩く。「プログラミングされてるからだ。逆らったら酷い目に遭うと。その結果、俺はまたお前を傷つけた」

「私は傷ついてなんかない」

「じゃあ、何で上海に来た！」

　晃太郎が声を荒らげる。答えられなかった。晃太郎の視線は結衣の額の傷に向く。

「結衣が今まで何のために戦ってきたか、俺が一番よく知ってる。そのお前をあそこまで愚弄《ぐろう》したあの男を、俺は、本当は殺したいと思ってる」

　激しい口調で言って、晃太郎は青島ビールの缶をゆっくりと握り潰した。

「毎晩走りながらその方法ばかり考えてる。でもきっとこれからも逆らえない。この体も、心も、自由にならない。だから、結衣、お前は劉の会社に行け」

「それ、本気で言ってるの」

「ハードそうな会社だが、王丹の弟ならきっと結衣を悪いようにしない。うちの会社のことは忘れろ。お前は自分のことだけ考えろ」

「でも、もし本当に裁量労働制になったら、甘露寺くんや、野沢さんや――」

「日本に戻ったら結衣はまた矢面に立たされる。繰り返しああいう目に遭って、何にも逆らえなくなる。俺みたいに。それだけはダメだ。後のことは俺が何とかする」

二度と会えなくてもいいの？とは言えなかった。結衣は黙っていた。

結衣をホテルまで送ると、晃太郎は、「じゃあ」と言って去った。

初めて出会った博多でも同じだった。一晩中、道ばたでビールを片手に馬鹿話をして、じゃあ、と軽い口調で言って二人は別れたのだ。次の日、もう一度会いたい、と思った結衣が勇気を振り絞り、東京に戻った晃太郎を訪ねたことから二人の日々が始まった。

でも、今夜は違う。晃太郎はここで決別しようとしている。今度こそ、本当に。

スイートルームのベッドは高級すぎた。枕《まくら》の反発が強すぎて、眠れずにスマートフォンを引き寄せ、ツイッターが読めることに気づいた。どうやら高級ホテルでは制限がかからず読めるらしい。

〈眠り男〉のアカウントを覗く。

『俺の上司は中国へ行った。もう戻って来ないかも。まあ、それが正解だ』

相変わらず無気力だ、とタイムラインを閉じようとした時だった。『悔しい』という投稿が追加された。『何で、この国は終わりだなんて言うんだよ』と投稿は続く。

『俺は終わりたくなんかない。まだ始まってもいないのに、終わりたくなんかない』

発信していればいつか本人に届く。結衣はあのディストピアの住人にそう言った。

結衣はベッドから出て窓のそばに座った。

眠らずに光り続ける上海の夜景は東京と似ている。どこまでも続いて果てがない。でも前者はこれから始まる。後者は終わる。あきらめようとする人もいる。

自分もあきらめかけていた。古い秩序に逆らうのに疲れ、よその国まで逃げてきた。でも、だったら、なぜ毎晩、あんな夢を見るのか。吉良に斬《き》りかかる夢を。

（悔しいんだ、私も）

結衣は窓に手を当てる。子供の頃、大人はみんな言っていた。中国は遅れた国だと。でも、今はどうだ。世界の下請けとして働くうちに、したたかに技術を吸収し、今や世界の中心になろうとしている。昼間見た黒髪の美女のように、下克上を成し遂げてしまうかもしれない。

日本はきっと負けたのだ。狭い島の中で上下を争っているうちに追い越されてしまった。

そのことがただ悔しかった。でも――。

中国、働き方、とスマートフォンで検索してみる。「過労死」という言葉が出てきた。「年間六十万人」とある。高すぎる上昇志向が原因と言われているとも書かれている。

劉王子は聞こえの良いことしか言わなかった。でも、都合のいいユートピアはどこにもない。

若者が抱える苦しみはどの国もきっと一緒だ。

結衣はアマゾンプライムを開き、長谷川一夫主演の『忠臣蔵』を再生する。

浅野内匠頭の切腹を知らせる早駕籠《はやかご》が江戸から着き、赤穂城は騒然となる。あまりに不公平なお裁きだ、城を枕に死ぬ、と暴発寸前の家臣たちを鎮《しず》めたのは誰あろう、赤穂城城代にして、昼行灯《ひるあんどん》と渾名《あだな》される人物、大石内蔵助だった。

幕府に城を明け渡した大石は、京都の山科に居を構え、遊興にふける。赤穂浪士たちは「もはや仇討《かたきう》ちの意思がないのでは」と疑う。さらに大石は、妻のりくに離縁を言い渡し、周囲から非難を浴びる。しかし、長年連れ添ったりくは気づく。

遊興三昧《ざんまい》は敵側の間諜を欺くため。吉良を確実に討つため。旦那様《だんな》は仇討ちをなさるのだ、と察したりくは、足手まといになるまいと子供たちを連れて実家へと去る。

これが世に言う、山科の別れ。武士の妻の鑑《かがみ》の物語だ。でも――。

(私は二十一世紀の女だ)

晃太郎は結衣に逃げろと言った。

十三年も心の奥に封印してきた話を打ち明けてまで結衣を守ろうとしている。

あの男を残してひとりで逃げることはできない。

それに、結衣が作りたいと思っていたのは、自分だけが定時で帰る会社ではない。一人一人は弱くとも、チームになれば成果を出せる。誰でも定時で帰れる。たとえ成長がゆっくりの社員であっても安心して働ける。自分の居場所を見つけられる。

そんな、誰も死なないですむ会社だ。

どうせ苛烈《かれつ》な戦いをしなければならないのなら、そのために戦いたい。

『御社を見せていただいたこと感謝します』

結衣は劉王子にメッセージを打った。

『ですが、私は今の会社に留まります』

返事はすぐ来た。

『会社への忠義心ですか。あるいは愛国心ですか』

さあ、どうだろう。しばらく考えてから、結衣は返信した。

『初めて本気で好きになった人を忘れられないタイプなんだと思います』

『HAHAHA』

笑顔の絵文字がついた返信が来た。でも、それに続く文言は油断ならなかった。

『パークハイアットの宿泊費は高くつきますよ。いつか必ず貸しを返していただきますから』

観光のためにもう一泊、と送りかけていたメッセージを結衣は急いで削除した。

自分で他のホテルを予約して、結局、上海には日曜の夜までいた。

月曜日、羽田五時着のピーチ・アビエーションの飛行機から降りた結衣は、八時五十八分に会社に着いた。エレベーターに飛びこむと、去年ベストチーム賞を獲《と》ったチームのサブマネジャーが結衣を見て、目を丸くする。

「上海の会社に引き抜かれたんじゃ？　もう来ないんじゃないかって噂《うわさ》を聞きましたよ」

「いやいや、私にはやっぱり定時のない会社は合わないみたいです。あ、これ、お土産です」

中国語が書かれたビニール袋から烏龍茶《ウーロン》味のポッキーを渡し、スーツケースを引いて歩いていると、運用部のオフィスから来栖が出てきた。

「おはよう」と足を止めずに挨拶《あいさつ》する。

「戻ってきたんですか」来栖は唖然《あぜん》としている。

「うん、戻ってきた」と言い残し、制作部のオフィスに入った。

自席に行く前に、結衣は新人が何人かいるブースに入った。

「ただいま、加藤くん」と声をかけると、〈眠り男〉ははじかれたように顔を上げた。

「東山さん、あれっ、何で、ここに」

「あなたとちゃんと話をしていなかったなと思って」

手始めに、このディストピアの住人にちゃんと生きてもらわなければならない。

「あなたのお父さんの言う通り、この国は終わるのかもしれない。新しい中国を私も見てきたけど、完璧《かんぺき》に負けちゃってる。惨敗《ざんぱい》もいいとこだったよ。でも、あなたが終わるわけじゃない」

半ば自分に言い聞かせながら、結衣は言葉に力をこめる。

「まだ若いんだから、その気になれば、できないことなんかないんだよ」

加藤の目が泳ぐ。彼にかけられた呪《のろ》いは強いらしい。「でも父が言うには」

「お父さんは仕事辞めてガックリ来てるだけだよ。そんな人の話に引きずられちゃだめ」

「でも」と、まだ口籠《くちごも》っている加藤の机に手をつき、

「あなたの上司は帰ってきた」と結衣は強く言った。

「これで一つ、悲観的な未来予測が外れました。これからもどんどん外れる。トランプさんのことも、中国の脅威も、明るい気持ちで毎日仕事してれば、そのうちいい方に転ぶって」

転びますかね、とグエンがつぶやくのが聞こえたが、結衣は構わず言った。

「あなたの未来は希望であふれてる。その気になれば新しい日本だって作れる。お父さんにはできないことが、あなたにはできる」

「だったら僕は」加藤が突如、顔を上げて猛然と言った。「日本経済を復活させたい」

結衣は微笑んだ。どんな国の若者にも未来を夢見る権利がある。

「よし、復活させよう。そのためには、まず加藤くんに即戦力になってほしい」

結衣は新人たちを見回して「みんなにも心配かけました」と言った。

「でも、私の傷はもう癒《い》えました。本場の上海料理食べて、東方明珠登って、写真館

で中国の王族の衣装着て写真撮ったんだ。いやあ、遊んだなあ。ハイ、これお土産ね」

桜宮が「配ります」と来たが、すぐに顔を強ばらせる。

ふりかえると、晃太郎がいた。愕然とした顔で結衣を見ている。

「おはよう、種田さん」結衣は上海でガラスを直した腕時計に目をやる。「十時にフォースでコンペでしょう。私も準備するから、早く髭《ひげ》剃《そ》ってきて」

「何で帰ってきた」

晃太郎の顔には怒っているような、でもどこか安心したような表情が浮かんでいる。

「勝つためです。さくっとコンペに勝って、定時で帰る生活を守りましょう。あ、桜宮さん、お土産は共用机に置くから大丈夫だよ」

新人たちがお土産に群がった隙《すき》に、晃太郎がそばまで寄ってきた。小声で言う。

「俺がした話を聞いてなかったのか」

「聞いてた。でも帰ってきちゃった。やっぱり悔しくて。私はこの国で自分の働き方を貫きたい」

「馬鹿言うな。フォースから結衣を外せと、社長からも言われてる」

「この際、命令は無視します。この会社の定時を守ることを第一義と考えます」

「強がるのはやめろ」晃太郎は声をひそめる。「そんな簡単に傷が癒えるわけない」

「癒えたと言ったら癒えたんです」結衣は微笑んでみせた。「さあ、これ以上、あなたに口答えはさせない。種田さんが偉そうにしてたから忘れてたけど、上司は私ですよ」

その言葉に晃太郎が怯《ひる》んだ。「でも、どうやって」と、鋭く囁いてくる。

「それは今から考える」

ただ一つだけ、考えている策がある。この男の命を守る方法だ。新人ブースの前に置いたスーツケースを結衣は見た。アップル社製の白い箱がその中に入っている。

「今からって、お前、あと一時間でコンペだぞ」

「福永さんと戦った時もギリギリまでどうやって説得するか思いつかなかった。でもどうにかなったでしょ。今回も何とかなる」

強いストレスを覚えたのか、晃太郎は腕を掻《か》いている。それを見て、結衣ははっとした。「しまった」と小さく叫ぶ。重大なミスを犯してしまった。

「どうした？」晃太郎が顔を険しくする。

「甘露寺くんにモーニングコールするの忘れた。一日も休まずやってきたのに」

「そんなこと、今、最もどうでもいいわ！」晃太郎が怒鳴った。

今年度に入って最大の声量だった。オホホ、とどこかから笑い声が聞こえた気がした。

第五章　会社クラッシャー

　更衣室のロッカーから、急に打ち合わせが入った時のために置いてあるスーツを引っぱり出す。着替えて戻ると、晃太郎がネクタイを締めながら、「来栖は？」と結衣に問いかけた。

「もういます」

　ショルダーバッグを斜めにかけ、来栖が寄ってきた。結衣に小声で話しかけてくる。

「金曜日は色んな人に訊《き》かれました。東山さんは辞めちゃうのか、あの東山さんが逃げるってことは、いよいようちの会社から定時がなくなるのかって、急に怖くなったみたいです。種田さんも上海にいたから、連れ戻せないのかってメールを送った人もいたみたいです」

　そうだったのか。晃太郎はそんなことは一言も言わなかった。定時で帰る会社を守るため、結衣が再び矢面に立たされることを、この男は危惧《きぐ》していたのだろう。結衣にもわかっていた。だから一度は逃げたのだ。

大石内蔵助も同じではなかったか。遊興三昧《ざんまい》で敵の間諜《かんちょう》を欺《あざむ》いたというのは後世の人間の考えたストーリーだ。平時は凡庸な人物だったと伝えられ、ついた渾名《あだな》は昼行灯《ひるあんどん》。そんな人が進んで仇討《かたきう》ちのリーダーになるだろうか。本当はただ逃げたのではないか、と結衣には思えてならない。

しかし、大石は江戸に戻ってきた。リーダーになるということはすなわち、江戸幕府への反逆者になることとわかっていながら、吉良邸に討ち入るための策を練った。

（どうして、そんな役割を引き受けたんだろう、大石さんは）

三百年以上も前の武士の本音などわからない。でも自分も戻ってきてしまった。

「正直に言うね」結衣は過度な期待を寄せる若者に言った。「見に行くだけだとか言い訳したけど、本当は逃げたの。あなたのことも新人のことも何もかも投げ出して逃げられるものなら逃げたかった」

「え……」来栖の顔から笑みが失われる。

「逃げなかったのは種田さんの方だった。後のことは俺が何とかするから王丹の弟の会社に行けって言われた。お前は自分のことだけ考えろって」

「じゃ、まさか、種田さんのために戻ってきたんですか。フォースの言いなりの人のために？」

「来栖くんが思ってるほど、大人は強くない。上に逆らうのは誰だって怖い」

二十四時間、戦えますか。そう歌うサラリーマンたちのストレスを浴びて、晃太郎も結衣も育ってきた。同じ苦しみを背負って生きてきたのだ。

「元彼に甘いってだけじゃないですか。結衣さんのそういうとこ、失望します。下に降りてますね」

来栖は結衣に背を向けて、廊下に出て行く。溜《た》め息をつきながら、結衣は鞄《かばん》に筆記用具を放りこむ。定時で帰る管理職は完全無欠じゃなきゃダメなのか。

「男のくせに」と、後ろで声がした。ふわりと花の香りがする。

ふりむくと、バインダーを抱きしめた桜宮が来栖の背中を見ていた。

「何が、男のくせに、なの？」

「だって会社は男のものでしょう。東山さんじゃなくて、来栖さんの方がもっと頑張らなきゃいけないのに」

結衣は言葉に詰まった。会社は男のもの。まるで父のようなことを言う。

「会社は働いている人みんなのものだよ。来栖くんはまだ二年目で、だから元教育係の私に頼ってくる。それだけのこと」

「でも女性管理職なんて所詮《しょせん》、お飾りですよね。会社の宣伝になるってだけで……」

なぜだろう。この若い後輩と一緒にいると、これまで積み上げてきたものが無になってしまう気がする。

「今回のコンペに私は連れて行ってもらえないんですか」桜宮は話を変える。

「あのね」結衣はつい強く言った。「あなたが性的搾取《さくしゅ》を強制されたって言ったから、種田さんは降格させられたんだよ。そんなことがあったのに、連れて行けるわけないでしょ」

「それは人事の人に詰め寄られて認めてしまっただけです。そんな私を種田さんはかばってくれました。責任を取ってくれた。だからコンペに勝ってほしいんです」

この子は、目の前の男性に可愛《かわい》がられるためだけに生きているのだろうか。咎《とが》められれば男性のせいにして逃げる。ほとぼりが冷めればまた男性に媚《こ》びる。

「私が上司でいる限り、あなたに接待はさせない。それよりちゃんと仕事ができるようになってください」

制作部のオフィスを出て、エレベーターに乗りながら、言い方が悪かったかな、と胸が塞《ふさ》がった。あれではあなたは仕事ができないと言ったようなものだ。

エレベーターを降りると、「遅い」と待ちかまえていた晃太郎が気ぜわしそうに言った。

「ごめん、桜宮さんがコンペに行きたいって言ってきたものだから断ってた」

「来てもらったら助かっただろうけど、まあ問題になった後だからな。断るしかないな」

「助かった？　降格までさせられたのに、随分と頼りにしてるんですね」

「仕事はできないけど、あいつはあいつなりに頑張ってる」

心が揺れる。晃太郎も本音では仕事ができない女の方が好きなのだろうか。

ビルの外には来栖が待っていた。晃太郎と並んで出てきた結衣を責めるような目で見ると、先に歩き始める。

東西線は空《す》いていた。席に座ると、今日のプレゼン資料を受け取って目を通した。

「さすが」結衣は大きくうなずく。「さすが種田さん。完璧ですね」

オリンピックに向けた広報戦略のストーリーを、体育会系の男性の気持ちに添うように細部までぬかりなく仕上げて来ている。これはフォースの社員の心に強く訴えるだろう。

晃太郎を避けるためか来栖は向かいの座席に座っている。その隣に結衣は移動した。

「見せて、運用プラン」

来栖は晃太郎をちらりと見てから、資料を出した。

「フォースは面倒な取引先ですから、常駐社員一人あたりの予算を高めに設定してあります。高いレベルで対応できる人材を確保しないとって、三谷さんと相談して」

「なら安心だね。よくできてる。私は二年目でこんなの作れなかった」

補足説明をした方がいい箇所を指摘して資料を返すと、来栖は溜め息をついた。

「種田さんに言うみたいに、完璧とは言ってくれないんですね」

「そりゃ、キャリアが違うもの。あっちは十三年もやってるんだよ」

「僕が種田さんみたいに働けるようになったら、もっと評価してもらえますか」

胸を衝《つ》かれる。評価するよと軽々しくは言えなかった。

晃太郎は強い者に好かれなければ生き延びて来られなかったのだ。その結果、命を懸けて働くようになった。そんな人生の真似《まね》をしてほしくない。たとえ、どんなに仕事ができるようになったとしても。

何と答えたらいいものか悩んでいるうちに、電車は竹橋駅に着いた。

地上への階段を上っていると、晃太郎が隣にやってきて「策は」と小声で尋ねた。

「まだ考えられてない。来栖くんや桜宮さんに対応してたから、それどころじゃなくて」

「じゃ、コンペは予定通りに進めます。充分勝てるように作ってある」

だから来なくていいって言ったのに、とつぶやいて晃太郎は早足で階段を上っていく。

フォースの社屋の兜《かぶと》のロゴマークを見上げると、額の傷跡がこれまでより強く痛んだ。

「無理すんなよ」晃太郎がふりむいて囁《ささや》く。

「そちらこそフォース側に取り込まれないようにしてくださいね」

強気で返したものの、ロビーに一歩入り、「忠義を尽くせ！」のシャウトを聞くと、もうダメだった。晃太郎が来館証を取りに行くやいなや、結衣はロビー奥のトイレに駆けこんだ。

個室に入り、口を手で覆《おお》う。やっぱり無理だ。帰りたい。

上海にいる間は何を食べても美味《おい》しかった。でも羽田空港に着いて、灰色のスーツをまとった人の群れを見た瞬間、また胃が重くなった。それからずっと重いままだ。

早く戻らなければと焦《あせ》っていると、ヒールの足音が幾つもなだれこんできた。

「また接待かあ」甘ったるい声がする。「どうしよ。新しく服買うよね？」

「清楚《せいそ》だけど頼みこんだらやらせてくれそうな服でしょ？　風間さんが言ってる奴《やつ》」

風間という名前に聞き覚えがあった。ベイシックの営業の新人たちか。そこにいられたら出づらい。腕時計に目をやった時、

「彩奈を見習えってか？」

と新人の一人が言ったので、結衣ははっとした。桜宮のことだ。

「もう辞めたのに、風間さんの中では、まだ桜宮さんがナンバーワンなんだよね」

どういうことだ。風間のことを尋ねた時、桜宮は「よく知らない」と答えていた。

「でもネットヒーローズに行ったじゃん。新人は絶対に定時に帰れるって噂《うわさ》の」

「それ絶対嘘《うそ》。騙《だま》されるなって風間さん言ってた。リクルートのための方便だって」

結衣は眉《まゆ》をひそめる。騙されるな？

「風間さんいつも言ってるもんね。呼び出されたら土日も出てくるのが社会人だって」

そんなことを言われているのか。思い切って個室の扉を開けた。メイクを直していた彼女たちは、結衣の勢いに驚いたのか振り向く。その顔を見回しながら急いで言った。

「ネットヒーローズで桜宮さんの上司をしている、東山って言います」

もう時間がない。目を丸くする彼女たちに名刺をトランプのように配る。

「うちは本当に定時で帰れるんだよ。そういう会社も世の中にはあるんだってこと覚えておいて」

一人が名刺に目を落とし、「そんなの嘘でしょう」とつぶやく。

「嘘じゃないよ。第二新卒の募集もしてるから、興味があったら連絡して」

それだけ言いおいて、トイレから出ようとした時だった。

「あの!」と、声をかけられた。「桜宮さんはまたフォースの接待に出てくるんですか」

素直さの結晶のような瞳《ひとみ》で見つめられ、結衣は首を横に振った。

「出さない。一度だけ出てもらったけど、あんな酷《ひど》いこと、もう二度とさせない」

「でも、私たちが接待しなきゃ、ここの案件は獲《と》れないって風間さんが」

「うちの会社はそんなことさせない。それでもコンペに勝ってみせる」

扉を押し開け、外に出た。社会に出たばかりの新人たちに風間はどんな教育をしているのか。はらわたが煮えくりかえる思いのまま、晃太郎たちのところに戻ると、営業の大森が来ていた。

「ベイシックのコンペ、私たちの前だったの?」

「さっき営業が出ていきました。あれがたぶん風間ですね。……どうしたんです、怖い顔して」

フォースの担当者はまだのようだ。結衣はさっきトイレで聞いたやりとりを話した。

「清楚だけど頼みこんだらやらせてくれそうな服って、発想がキモい」

来栖が顔をしかめる。風間の指示だと彼女たちは言っていた。そんな男に桜宮も育てられたのだろうか。

「しかし」大森が声をひそめる。「風間さんと親しいこと黙ってた桜宮さんも怪しくないっすか。会社クラッシャーって噂もあるし、相手に気に入られるためなら情報も流しそう」

「あくまで噂でしょ」と言ったものの、なぜ嘘をついたのかは気になる。

「それより！　うちは接待しないなんてベイシックに言ったのか？」晃太郎が不機嫌そうに言う。

「だって、そんな上司おかしいって言ってやりたくて、つい」

「よその新人の心配してる場合か？　その情報、確実に風間に行くぞ」

「それでも、定時に帰れる会社もあるんだよって伝えたかった」

晃太郎は黙った。そんな会社があるわけないと、この男も昔は信じていなかった。

それでも福永の会社を辞めて石黒のヘッドハンティングに応じたのは、結衣がしつこく言い続けたからだろう。うちの会社なら定時で帰れる、と。

稼ぎ頭を失って会社経営がうまくいかなくなった福永は、晃太郎を追うようにしてこの会社にやってきて、また過労死寸前まで働かせようとした。その福永に晃太郎は言った。

――心の底では、結衣に止めてほしいと思ってる。

ベイシックの新人たちもそう思っているかもしれない。誰かに止めてほしいと。結衣は言った。

「誰かが言わなきゃ。そんな上司はおかしいよって」

「でも、うちが接待しないって知ったら、むこうは余計にガンガン接待してきますよ」

「このコンペに勝てなかったら、うちの定時だってなくなるかもしれないんですよ、結衣さん」

大森と来栖にまで諭されて、「わかってますって」と結衣は言った。

「考えりゃいいんでしょ。接待なんかしなくても勝てる方法を。会社員生活も今年で十一年目。プレゼンが終わる頃までには、もっと高度な戦略を考えついてみせます」

「前にもそんなタンカきって返り討ちに遭ってましたよね」大森がつぶやく。

そこでフォースの担当者が来た。「東山さん、来てくださったんですか！」と安堵《あんど》した顔で近づいてくる竹中を見て、

「策なんか考えつかなくても、プレゼンだけで勝ってみせる」

自分を奮い立たせるように晃太郎が言い、熱い視線を来栖に注いだ。「絶対勝つぞ、いいな」

来栖が気圧《けお》されたようにうなずく。一同は立ち上がった。

定時後の時間は社員のものだ。灰原は結衣にそう言った。

二度と人の心を失うまいとする社長の決意のもとに生まれた「定時」に結衣は守られてきた。入社してからずっと自分を大事にしながら働き、成長することを許されてきた。

頭を使え、とも灰原は言った。考えなければ。

ベイシックのように下手に出れば、フォースの常時臨戦態勢に従わされる。何か問題が起きれば責任を押しつけられる。何とかして対等につきあう方法はないものか。

しかし、しかめ面《つら》でプレゼンを聞いている押田が視界に入ると、また胃が重くなる。

——アンタ、夢見てんだよ。女には男と同じことはできない。

脳から思考能力が奪われる。抗《あらが》おうとすると、腹を撫《な》でられた感触が蘇《よみがえ》る。あの時、即座に抵抗できなかった。またそうなるのではないかと怖い。

何か思いつく前に、晃太郎のプレゼンが終わり、来栖が交替した。運用プランを説明している。初めてのわりに堂々としたものだ。物怖《ものお》じしない性格が生きているようだった。

「弊社からのご提案はここまでです。何かご質問等ありませんか」

最後に晃太郎が言うと、押田がふっと表情を和らげて「どうよ？」と部下たちに尋ねた。

「ベイシックの提案よりもよくできていると思います」と、榊原。

大森が結衣の隣で小さくガッツポーズをする。しかし、吉川がすぐに尋ねてきた。

「MA、ええと、マーケティングオートメーションの導入も可能ですか」

「もちろんです。弊社が力を入れ始めている分野です」

「社内にエンジニアはいますか？」

「それは」晃太郎は詰まる。「外注という形になりますが問題はありません」

「ベイシックにはいるんですよ。MA専門のエンジニアが」と大森が結衣に囁く。

さっきのコンペで風間はそこを強調したのかもしれない。押田は難しい顔になる。

「あ、そう、外注なの。じゃあ、ベイシックの方がいいんじゃない？」

竹中と吉川は「どうでしょう」と押田の顔色を窺《うかが》っている。外注でも問題ないことは現場の社員ならわかっているはずだ。しかし、迂闊《うかつ》に意見をしたくないのだろう。

「まあいいや。あとはこっちで決めるから。今後の予定、伝えといて。俺、もう禁断症状」押田は煙草《たばこ》を吸うジェスチャーをする。「帰ってくるまで待っててよ」

そう言って出ていってしまう。その姿を見送ってから、竹中が言った。

「いま社長が出張中でして、承認が得られるのは最短でも今週土曜日。コンペの結果をお伝えできるのはそれ以降になります」

大森の顔が暗くなる。五日も待たせるのか。あんなにコンペを急《せ》かしておいて。

「土曜日でも結構ですので、決定しましたらご連絡ください」晃太郎が言った。

話が終わっても押田は帰ってこない。喫煙所が遠いんですよ、と吉川が苦笑いした。

そのまま十五分が経過した。結衣は「水飲んできてもいいですか」と尋ねた。サムライトリオは微妙な表情になる。

「押田が帰ってきた時には全員揃《そろ》っていないと……」

「あと少しだ。我慢しろよ」と晃太郎も睨《にら》んでくる。

「いや、行ってきます」結衣は構わず立った。「給水機、廊下にありましたよね」

自由に水も飲めないなんてあほらしい。会議室を出て廊下を歩く。結局何も変わっていない。殺したい、などと言っていた晃太郎も、さっきは押田の前で快活な笑みを見せていた。

上の者に従い、余暇もあきらめ、家族の元にも帰らず、サラリーマン人生を終える。それが会社員だと彼らが思っているのなら、これからもきっと変わらない。

給水機から水をくみ、空っぽの胃に流しこんで、紙コップを捨てた。

このままではコンペにも負ける。どうしたらいいだろう。

思案しながら会議室に戻ろうとした時だった。

「こんなとこでサボって。さすが腰掛け社員だな」

からかうように言う声がして、顔を上げた結衣は凍りついた。

押田だ。いつの間にか結衣に身を寄せるようにして立っている。

「そんなに怯《おび》えんなよ。シャイな男なの、俺は。だから苛《いじ》めちゃうってだけ」

体が動かない。「はい」と思わず相づちを打ってしまい、急いで続ける。「あの、MAの件ですが、信頼できる外注先がありまして、弊社とつきあいも長く――」

「俺が抱いてやるからさ」

押田が言った。「え？」と結衣は混乱する。聞き間違いだろうか。

「正直、二十代の女って何考えてるかわかんないだろ。心の底では舌出してるかもしんないしさ。アンタみたいに真剣に向かってきてくれるほうが燃えるんだよな」

冗談だろうか。そうなのだろう。こんな、会社という場所で、コンペという正式なビジネスの用件のためにやってきた外部の人間に、性的な話を持ちかける人間がいるはずがない。そう信じようとしたせいで逃げ遅れた。

「種田なんかよりも俺の方が強いし、ちゃんと可愛がってやるから」

太い腕が伸びてきて、日焼けした大きな手が、結衣の頭を胸に引き寄せた。

思考が停止する。何が起こったのかわからなかった。

ただ、男として現役であると示したいという強い意思が、その手つきから伝わってきた。

「コンペ通してやるから、ここの常駐に来い。そしたら毎日会えるだろ？」

押田は小さな子を諭すように言うと、結衣を解放し、会議室の方へ歩いていく。ちょうどその時、結衣の戻りが遅いことに痺《しび》れを切らしたらしき晃太郎が出てきた。押田が結衣の隣にいるのを見て、わずかに眉根を寄せている。

「おっ、種田。今度俺が面倒見てるリトルリーグに遊びに来い。投げるとこ見せてよ」

「いえ、私はもう野球は……」

彼らから目をそらし、結衣は乱れた髪を直した。押田が会議室に入っていくと、「何話してた？」晃太郎が探るようにこちらを見た。

「MAについて追加説明を」

声が震えそうになるのを必死に抑える。こんなことよくある。前に晃太郎に言われたその言葉を自分に言い聞かせる。これからもきっと逆らえないと言っていた晃太郎をこれ以上苦しめたくなかった。あんな男が少年たちに野球を教えているかと思うとぞっとするが負けてはならない。結衣は言った。

「投げるとこ見せてよ、って言ってたよね」と、晃太郎を見る。「接待をせずにベイシックよりも優位に立つ方法を見つけたかもしれない」

怪訝《けげん》な顔の晃太郎の脇《わき》を通り抜け、先に会議室に入る。できる限り明るい声を出した。

「突然ですが、皆さん、学生時代は何を？　やっぱり野球ですか」

「こいつら？」押田がすっかりくだけた調子で言う。「野球はあんまりいないよ」

「世代的に、Jリーグができたばっかだったので、僕はサッカー」と、竹中。

「じゃあ、野球をされるのは押田さんだけですか」

「いや、上の世代には野球経験者が多いです。部署間交流イベントでは草野球もやります」

後から会議室に入ってきた晃太郎が、何の話だ、という顔で見回している。

じゃあ、と結衣は言った。

「親善試合をしませんか。御社と弊社で」

「はあ？」晃太郎が大声を出す。「何言ってる。いや、弊社の社員にはとても無理です」

「でも、うちにはエースがおります。甲子園準決勝出場の種田が」

試合ならば対等に親睦《しんぼく》を深められる。それでいて、ベイシックの接待にも対抗できる。苦し紛れに思いついた案だったのだが、

「いや、いやいや」晃太郎は狼狽《ろうばい》している。「そんなのずっと昔の話だ。それに、うちの社員は社長以下インドア派ばっかで、ちょっと走っただけで息ぎれするような奴らしかいないだろ」

「そっちの人数足りないなら、うちから何人でも出しますよ」

フォースの社員たちは悪くないという顔をしている。押田も機嫌よく言う。

「いいじゃん。そうしよう。あ、俺と種田は別チームな。それぞれキャプテンで」

「はい！」と、吉川が力強くうなずく。「じゃあ、今週の日曜とかどうです？」

それでは遅い。コンペの結果が決まる前にやらなければ意味がない。

「親善試合といえども、会社的には業務になりますので、木曜か金曜の午前中はいかがですか？」

「平日ですか」吉川の顔が引きつる。下請けに日程を指定されることに違和感があるのだろう。

「俺は木曜がいいな」押田がデレデレした顔で結衣に加勢する。「うちは平日も土日もないから、いつでもオーケー。って言ってももう三日後か。よし、早くチーム組めよ」

はい、と言いながら、サムライトリオは晃太郎に冷めた目を向けている。

なぜそんな目をしていたのか、そのわけはロビーでわかった。晃太郎が来館証を返しに言っている間に、榊原が「あいつ、惨敗《ざんぱい》するだろうな」と囁いてきたのだ。

「え、でも、甲子園の順位は種田の方が上なんですよね？」

学生時代の成績。それがこの会社のヒエラルキーではなかったのか。

「そりゃ昔はね。でも、数年前までクラブチームで現役だった押田の敵じゃない。それに種田さんは三十五くらい？　選手としては若くないし、ブランクがありすぎる」
失敗だったのだろうか。黒い雲が胸にかかる。しかし、榊原は明るい声になってい
る。
「でも、それが狙《ねら》いでしょ。甲子園準決勝出場を叩《たた》きのめしたとなれば、押田の機嫌
はよくなる。ベイシックなんかより余程気に入られますよ」
結衣が押し黙ると、榊原は続けて言った。
「押田は試合中によく若い奴は水飲むなって言うけど、種田も同じタイプでしょう。
押田が何を望んでるか、一番よくわかってるはずだ。任せておけばいい」
上海で聞いた話が思い出されて口が嫌な感じに渇く。
「俺は大学で陸上やってたけどそこのコーチも水飲むなって言うやつでさ。だから隠
し水って言って、バケツに水溜めて裏に隠しとくの。錆《さび》の味して吐き気が凄《すご》いけど、
炎天下で体が熱くて、目眩《めまい》がして、頭も痛くてさ。飲まなきゃ死ぬから」
笑って話しているが、ぞっとするほど危険な状況だ。榊原は戻ってきた晃太郎にも
隠し水の話をしている。お前もやったか、と尋ねられて晃太郎は眉をひそめた。
「いえ、やりませんでした」
榊原は「やっぱりそうか」とニヤニヤする。でも、水を飲んだ一年生に晃太郎が何

をしたかを知っている結衣は笑えなかった。榊原は卑屈な笑みを浮かべる。

「今でも、俺たちは隠し水飲んでるみたいなもんだ。みんな陰ではダラダラしてる。常時臨戦態勢なんて実際できるはずない。でも、種田さんは違う。いつ電話しても出るし、無理な日程投げてもこなす。自己犠牲の精神に溢《あふ》れてる。さすが押田のお気に入りだ」

晃太郎は眉間《みけん》に皺を寄せたまま黙っている。八つ当たりだ。自分でもそう思ったのだろう。榊原はとってつけたように「投球、楽しみにしてます」と言い、社屋の奥へ戻っていく。

フォースの社屋から出ると、結衣は真っ先に「ごめん」と言った。

「野球のこと何も知らないくせに勝手な提案して」

「そうだな」晃太郎はやはり怒っている。「一言、相談くらいできないのか？」

そんな余裕はなかったのだ。あの時は。

「俺は次の打合わせに行く。制作部に野球できる奴が何人いるか調べといて」

足早に去る背中に向かって、ごめん、と結衣はまたつぶやいた。

「いい提案だと思いましたけどね」大森が言った。

だが、晃太郎が一方的に負ける姿を見たくて試合を提案したわけではない。対等になりたい。それればかりを考えて判断を誤ったのだ。

その時、スマートフォンが震えた。柊からだ。「先帰ってて」と来栖と大森に言う。一人になってから電話に出ると、柊が申し訳なさそうに言った。

「すみません、うちの母がどうしてもお話ししたいと」

「えっ、何でお母さん？」と言う間もなく、電話口の声が変わった。

「結衣ちゃん？ すまないんだけど、晃太郎に謝るように説得してくれないかしら。うちの主人、退院してから具合が良くないのよ。なのに、あの子、電話にも出ないの。お父さんと喧嘩《けんか》して以来、ずっと」

「それは知ってますが、そもそも、なぜ喧嘩を？」

「あの子、連休にふらっと帰ってきたのよ。その時言ったらしいの。なぜ俺に野球をやらせたのかって。コーチが怖いって泣いて訴えたのに、引きずって行っただろって」

連休中ということは、フォースのオリエンテーションの直後だ。久しぶりに古い体育会系の空気に触れ、子供の頃の感情が蘇ったのだろうか。

「でも、そんな昔の話、言われたってね。お父さんもびっくりして答えたらしいのよ。やりたいってお前が言ったんだ、だから応援してやったんだって」

「えっ」結衣は耳を疑う。「でも、晃太郎……さんは、ずっとやめたかったって言ってました」

「女の子に比べて、男の子って幼いの。すぐやめたいって言うものなの。そりゃ仕事で疲れてる時にビービー泣かれて手をあげたかもしれない。でも、それはお父さんの優しさ。愛情よ。男の子は強くなくちゃ」

「いや、でも、手をあげるのは暴力です。晃太郎さんが謝るのはおかしくないですか？」

「いつもあの子が折れて、それでうちは平和だったのよ。お父さんにとっては家族が全員揃うことが大事なの。長男が見舞いに来ないなんて病院でも恥ずかしかったって」

「だとしても、暴力をふるわれた方が謝るのは変です」

晃太郎にとっては過去の話ではないのだ。たとえ父親が忘れてしまったとしても。

「私は謝る必要ないと思います」と言って電話を切った。ひどい罪悪感に苛《さいな》まれる。

偉そうなことを言ったけれど、あの男にまた野球をやれと強いているのは他でもない自分なのだ。また晃太郎だけを犠牲にしてフォースの案件を獲ろうとしている。

会社に着き、制作部のオフィスに入ると、昼休みが終わりにさしかかっていた。

自席に戻ると、バンダナで包んだランチボックスが置いてあった。来栖が自分の分をくれたのだろう。蓋《ふた》を開くと今日もカラフルで美味しそうだったが、空腹を感じない。

「え、同じ部屋に泊まったんですか？」グエンの明るい声がする。

「甘露寺さんと種田さんが、一夜を共に？」

大げさにふらついているのは野沢だ。

「魔都上海、汗ばむ陽気、何も起きないはずもなく……！　ああっ、供給過多で死にそう」

結衣がモーニングコールを忘れたせいで重役出勤してきた自称大型ルーキーは、

「皆さん、これだけは言っておきましょう」

と言って目を瞑《つむ》り、胸に手を当てた。

「種田氏は二人きりになると優しかった。わたくしに布団《ふとん》をかけ直してくださったのです」

ぎゃー、と野沢が両手で顔を押さえている。

「朝は肩をトントンと叩いて起こされ、うっかり恋しそうになりましたぞ」

最悪な気分なのに口元が綻《ほころ》ぶ。甘露寺の言う通り、何だかんだで思いやりのある男なのだ。だからこそ父親のために野球を続けた。親善試合も引き受けようとしている。

「甘露寺くん」と、結衣は手招きした。「お弁当、半分食べる？」

「おお、キッチン・クルスのスペシャルランチではないですか！　まるっといただきます」

だし巻き卵、ミニトマト、ホウレンソウのおひたし、タラコおにぎり。明るい色のものばかり、すばやくついばまれ、残ったのは茶色いおかずばかりだった。それでも、甘露寺の勢いにつられて、結衣も少しは食べられた。和食を食べるのは久しぶりに感じた。

「美味しかった。ああ、来栖さんにこの感動を伝えたくてたまらない」

「あ、じゃ、これ返してきて。あと、これも。前回のお弁当のお返しだって伝えて」

甘露寺が楊枝《ようじ》を使いながら空のランチボックスと上海限定のスタバのマグを抱えて、運用部へ向かうのを見ていたら、少し涙が出た。こんなのどかな光景がいつまでも続けばいいのに。

「そろそろ仕事に戻るか。今日こそは種田さんに怒られないで帰りたいわ」

加藤がそうぼやきつつ、「やるぞ」と気合いを入れて自席に戻っていく。日本経済を復活させると宣言した勢いで、ディストピアから抜けだしつつあるようだ。

涙は見せられない。睫毛《まつげ》が目に入ったふりをしながら、チームの進捗表《しんちょく》を開く。

不在だった間に、新人たちのタスクがどれだけ消化されたかチェックする。金曜日に上海についてきた甘露寺は当然だがゼロ、だが……。目が留まった。

「ちゃんと即戦力になってる、だろ」背後から話しかけられた。賤ヶ岳の声だ。

「野沢さん、グエンくん、加藤くん、三人の進捗、いいですね」

でも何で、と言いかけて結衣は思い出した。上海に行く前の晃太郎の圧政を。

「種田さんの厳しいやり方、あんたは納得できないだろうけど、ああいうのも時には有効なんだよ」

「でも」納得しかねて結衣は言った。「恐怖で教育するっていうのは」

「よく言うよ。あの子らを恐怖のどん底に突き落としたのは、上海に逃げたあんただよ。みんな思ったはずだよ。あんたがいなくなったら、誰が種田さんを抑えてくれるんだって」

言い返せなかった。たしかにその通りだ。みんな不安だったろう。

「危機感がないと、人は本気で変わろうとしない」

賤ヶ岳が進捗表を眺めながら、腕組みをした。

「私はあんたより一年早く入社した。石黒とは同じチームだったけど、あいつが潰《つぶ》された時は正直な話、私も逃げなきゃヤバいかもって思った。でも思い留《とど》まったのはなぜだと思う？　社長があんたを入社させたからだよ」

賤ヶ岳は懐《なつ》かしそうに言った。

「あんたには驚いたよ。ろくに仕事もできないくせに、定時になると帰っちゃうんだもの。でも、そんな子を雇ったってことは、社長は本気でこの会社を変えるつもりだって思ったんだ」

「いや、あの、私、そこまで仕事できなくなかったです」

「私の研修で居眠りしてたじゃん。で、隣の石黒に頭叩かれて起こされてた」

それは覚えている。復帰した石黒は、二つ年上の後輩である結衣と並んで労働基準法を学ばされたのだ。「叩くのやめて」と結衣が抗議したのが最初の会話だった。

「十年かけてやっとモノになったあんたが、甘露寺くんをリクルートしてきた時、古参社員はみんな思っただろうよ。あの東山がどう育てるか見物だって」

「意地が悪いなあ。甘露寺くんのことだって、社長は何かの可能性を感じて雇ったのかもしれないのに」

「どうかな。社長が入社オッケーして大惨事になったこともある。福永もそうでしよ」

福永。その名を聞いて額の傷跡が疼《うず》く。

彼は今も会社を辞めていない。人事からは、メンタルの専門の病院に通院中だと聞いている。詐病《さびょう》だと疑う人もいたが、本当に病んでいたのではないかと結衣は思っている。

待っている、と結衣は福永に約束した。自分が出世して二度と同じことはさせないと誓った。今の惨《みじ》めな姿を見られたくない相手がいるとしたら、それは福永だ。

「やっぱり、女は仕事ができないんでしょうか」つい弱音を吐いた。

「あんたが仕事できなかったのは十年前の話でしょ。そんなこと気にするタマか？

馬耳東風で上に行きな」

上になんか行けるのだろうか。試合にも出られないのに。

賤ヶ岳が去ると、進捗表に目を戻した。一人だけ成長していない新人の名前を見つめて溜め息をつく。

「桜宮さん、木曜に頼んでおいた、国立印刷のサイトのテスト結果どうなった？」

はい、と可愛らしい声がして、桜宮が近くまでやってくる。

不在の晃太郎の椅子《いす》に座らせて、テスト結果のデータを見せてもらい、ミスを指摘していく。ミスは相変わらず多かったが、「前よりちょっとだけ少なくなったかな」と良いところを見つけて褒め、顔を上げると、桜宮は上の空だった。

膝《ひざ》の上のスマートフォンに何件か着信があるのに気をとられている。その画面に一瞬目を向けた時、「風」という文字が見えた気がして、結衣は思わず尋ねた。

「もしかして、ベイシックの風間さんと今でも連絡取ってる？」

桜宮は顔を強《こわ》ばらせて、スマートフォンを手で覆《おお》った。

「ごめん、急に。ベイシックの新人さんたちが、今日フォースにいてね。あなたと風間さんが仲良かったって、話してるの聞いちゃったものだから」

「仲が良かったなんて嘘です」

そう言われてしまうと、これ以上訊けない。巧から前の職場での様子を聞き出す手もあるな、と考えていると、桜宮は言った。

「東山さんは種田さんとうまくいかないですよね。上司と部下としても、男と女としても」

「えっ？」結衣は首を傾《かし》げた。「あの、桜宮さん、どうして今、そんな話」

「なぜそうなるか、わかるような気がします」

桜宮はうつむいた。心の奥がざらりとし、「どうわかるの」と、つい訊いた。

「私は風間さんと仲良くなんかしてません。裏で通じたりもしてないです」

そっか、と結衣はとりあえずうなずいたが、

「信じてないですよね」

そう言う桜宮の顔の半分にブースの仕切りの影が落ちていた。

「種田さんに対してもそうですよね。男の人を信じて、全《すべ》て任せるってことが、東山さんにはできない。可愛くない人。だからうまくいかないんです」

可愛くないという言葉に、額の傷跡が反応して痛んだ。痛みは、あの忌《い》まわしい手つきの感触まで連れてくる。俺が可愛がってやる。その声が耳の奥から聞こえてくる。

桜宮は悔しそうに唇を噛《か》んだ。そして言った。

「種田さんだって、東山さんのそばに、いつまでいてくれるかわかりませんよ」

思わずカッとなった。でも怒りは抑えなければ。結衣はデータのプリントアウトを返した。

「そうだね。ダメな女だと思う。でも、仕事は教えられる。集中できない理由があるなら教えて。理由がわからないなら一緒に考えよう」

桜宮はうつむき、ありがとうございます、と小さい声で言った。そのまま自席へ戻っていく。

ベテランのメンバーから上がってきた見積もりや報告書を承認し、いくつか急ぎのメールに返信している間に、十四時になる。うまく働かない頭を励ましながら数本電話をかけ、十五分で企画書を書いて、レクリエーション委員会に向かう。

会議室に入ると他の管理職たちのくつろいだ声がした。

「ココアって塩入れるとうまいの知ってた？　飲みたい人、手挙げて」

結衣より二年も先にマネジャーになった同期の男が、マグカップにお湯を注いでいる。小さく深呼吸して、彼の前まで行くと、結衣は机に企画書を置いた。

「この近くのお寿司《すし》屋さんでマグロの解体ショーをやってるの、知ってますか。電話したら出張もしてるって。総務はラウンジでやるなら許可するそうです。代案ある人いますか？」

この委員会が、マネジャー職の男性や、アシスタントとして参加するサブマネジャー職の女性の息抜きの場になっていることは、前回出た時からわかっていた。でも、

「代案ないなら決まりでいいですね。役割分担、五分で決めましょう」

結衣は意見を聞きながらホワイトボードに役割分担を書いていく。スマートフォンでそれを撮影し、「仕事に戻りましょうか」とふりかえると、委員会メンバーたちの困惑した顔が見えた。

「あの、私たちはもう少しまったりしていきます」

「でも東山さんは定時に帰らなきゃですものね。いいですよ、制作部に戻って」

言われるまま会議室を出たところで立ち止まる。以前にも、今みたいな空気を感じた。

新人研修で演習のチーフをやった時だ。制限時間を設けて生産性を上げようとした結衣は、同期たちに拒絶された。その話を聞いて、晃太郎は言っていた。自分の生産性には改善の余地があるということから、目をそらしていたい奴らの方がずっと多いのだと。

もう戻らないと。歩きだそうとした結衣の耳に、

「昔の男に仕事の肩代わりさせて出世したくせに」

委員会メンバーの男性たちの声が聞こえてきた。

「引き抜きの噂も嘘じゃねえ？　自分の価値を上げるために自分で流したとか」

「自称大型ルーキーと会社クラッシャー。いかにも東山が教育した新人て感じだよな」

「来栖くんを育てたのも東山さんですよ。嫉妬《しっと》とかやめませんか」

女性の声がした。しかし、もう一人の女性がそれに言い返す。

「来栖くんは東山さんが教育する前、私の下にいたけど、その時からできる子だった」

「そうだよ。女性管理職いないと体裁悪いから、たまたまあいつがなっただけだって」

男性の声が続き、その後はみんな無言になった。会議室には気まずい空気が流れているようだ。

結衣は早足で歩き始めた。どこかに帰りたい。安心できるどこかに。

制作部に戻ってみると、甘露寺は席を外していた。できない新人だって育ててみせる。意地になって見回していると、できる子の方がやってきた。来栖が怖い顔で寄ってくる。

「甘露寺さんのためにお弁当作ってるわけじゃないんですよ、僕は」

「ごめん、半分こしたらダメだった？　食欲なくて、全部食べる自信なかったから」

「毎朝モーニングコールしてるって本当ですか？」来栖は聞いていない。「毎朝、結衣さんの声で起こされてるってことですか、あいつは。僕はそんなことしてもらえなかったのに！」

そう吐き捨て、こちらに背を向けて、来栖は戻っていく。なぜ今なんだ。

あの若者は、いつも一番大変な時に駄々をこねる。

甘やかして育てたからなのか。それとも、やっぱり女は仕事ができないのか。落ち込みそうになる気持ちを奮い立たせ、結衣はキーボードを叩き始めた。

カードリーダーがピピッと鳴って入室を記録する。閑散としたオフィスに晃太郎が戻ってきたのは二十三時過ぎだった。ネクタイを緩めながら自席に来ると、結衣を見て「まだいたの？」と驚く。

「金曜休んだから、いろいろ溜《た》まってて」

「俺に投げればいいだろ。この連絡書も、その申請書も、あと他に何がある？　こっちに全部送って、もう帰れ。実家でも心配してるだろ」

「私を心配してる人なんかいません」つい強く言ってしまい、そんな自分に苦笑する。「まあ、何ていうか、東山家も種田家同様、いろいろ揉《も》めてまして。帰りたくないの」

それを聞くと、晃太郎はしばし黙ったが、言いづらそうに口を開いた。

「柊に聞いた。うちの母親が結衣に電話したって。迷惑かけて悪かったな。俺が謝る必要はないって、言い返したんだって？　柊が言ってた」

晃太郎の母親は電話の後、柊に結衣とのやりとりを伝えたようだ。

「言い返しちゃって、まずかったかな。まずかったよね」

「いや……」晃太郎は静かに言った。「俺に味方してくれたのは結衣だけだ」

ポケットから何かを引っ張り出す。「これ」と気まずそうに突き出したのは、自分の部屋の鍵だった。

「結衣には嫌な思い出しかないだろうけど、会社にいるよりはマシだろ。俺は今晩帰らないから好きに使っていい」

「いいって」根負けして結衣は言った。「でもありがと。ちゃんと実家に帰るから心配しないで」

そうだ、と立ち上がり、机の脇に置いてあったスーツケースを開ける。アップルマークの箱から真新しいアップルウォッチを取り出し、晃太郎に渡した。

「これは種田サブマネジャーが使ってください」

あげたものを突っ返されて戸惑っている晃太郎に、結衣は言った。

「心拍数計測のアプリ、調べたら、運動時だけじゃなくて安静時も使えるんだって。心拍数が上がりすぎると振動して教えてくれるらしいよ」

「それは知ってるけど、安静時の心拍数なんて測らなくても。年寄りじゃあるまいし」

「過度なストレスで体は緊張する。血圧と心拍数が上がって興奮状態になる。だからハイになるんだろうけど、脳と心臓には負担がかかる。突然出血することもあるんだって」

「だからって、心拍数を上司に報告しろっていうのか。それって究極の個人情報だろ」

「自分で管理してくださいって言ってるの。意識を失って倒れると、センサーが検知して緊急通報してくれる機能もあるから。……って、種田さんに今一番ストレスかけてるのは私なんだけどね」

晃太郎はアップルウォッチに目を落とした。そして案外素直に腕に着けた。もともと自分が欲しかったのかもしれない。そういう目で新しいガジェットを見ている。

「試合のことなら気にするな。父親の同僚の草野球にも何度か出たことがある。わざと負けてやったりもした。今回は手加減も必要ないし、楽なもんだ」

「野球経験あるって人、制作部には一人もいなかった」

「無理に出さなくていい。フォースが選手を出すって言ってるんだから」

「それから、甘露寺くんのことだけど」

結衣は晃太郎が帰ってくるまで、ずっと考えていたことを言った。

「もう少し、うちの部署で育ててみたらダメかな。たしかに仕事はできない。でも甘露寺くんがいると……何でかな、余裕がない時でも私は、ふっと正気を取り戻すの」

「俺はあいつといると正気を失うけどな」晃太郎は疑わしげに腕を組んだ。「まあ、でも、それがマネジャー代理の指示なら従いますよ。あいつが仕事できない分は、俺が肩代わりすればいい話だし」

「晃太郎だけを犠牲にはしない」

結衣は深呼吸した後、決心を口にした。

「フォースのコンペに勝ったら、私が常駐に行きます」

「……は？　マネジャー代理が常駐なんか行ってどうする」

「週三回とかだったら行ける。前例だってある」

「それは、物凄く大きな案件の時だろ。メガバンクとか、証券会社とか」

「私が常駐に来るならコンペを通してやるって押田さんに言われた」

晃太郎の表情が固まった。「え？」

「今回のコンペに勝つ意義を考えれば、悪くない話だと思う」

「いつそんな話を？」晃太郎は視線を彷徨《さまよ》わせたが、給水機の前で結衣と押田がふたりきりでいたことを思い出したらしい。「あの時か。しかし、なぜ結衣を？」

「それは」抱いてやると言われたとは告げられない。

「何があったか言え」晃太郎の声は怖かった。「俺には言えないことか？」

男の人を信じて全てを任せるってことが、東山さんにはできない。桜宮に言われた言葉を思い出す。そうかもしれない。でも、押田にされたことを言うのは勇気が要る。

何度か息を整えた後、結衣は「胸に」と言った。

「抱き寄せられて、髪をくしゃくしゃってやられた。それだけ」

晃太郎の表情は一変した。

「そんなことよくある」何か言われる前に、結衣は自分で言った。「そうだよね？」

自分でもそう思いたかった。あんなことで傷ついてはいけない、と。

晃太郎はそのまま、結衣を見つめ、全身を強ばらせている。いつもは上に逆らう者を脊髄《せきずい》反射で叱責《しっせき》するのに、今は呆然《ぼうぜん》としている。大きなバグでも生じたように。

どのくらいそうしていただろう。晃太郎はオフィスの出口に向かって大股《おおまた》で歩き始めた。

「どこ行くの」

「フォース。押田がまだいるかもしれない」

「行ってどうするの？」結衣は後を追う。

「殺してやる」

そう言って、晃太郎はカードリーダーにカードを押しつけた。

「あの野郎、引きずり出して、嬲《なぶ》り殺しにしてやる！」

怒号がオフィスに響く。乱暴に扱われたせいかカードリーダーは反応しない。

「やめて！」結衣は手を伸ばし、カードをもぎとった。「落ち着いて」

「そんなこと、よくあってたまるか」晃太郎がこちらをむく。その目には激しい光があった。「一度だってあってたまるか！　あのジジイ、本当に殺してやる」

「暴力はだめ」

「暴力を先にふるったのはあっちだ！」カードを奪い返される。

「そうだけど」結衣は晃太郎の手にしがみついた。「私はまだ死んでないし、これからも生きていかなくちゃいけないし、だから、コンペに勝って定時を守りたい」

「常駐になんか行かせない。俺が許さない」晃太郎は結衣の手を振り払い、苦しそうに、呻《うめ》くように、言う。「もう嫌だ。もう沢山だ。もう耐えたくない」

そのまま両手に顔を埋める。結衣の目の高さにある晃太郎の肩は震えていた。

「耐えたって一つもいいことがなかった」

何十年もの間、押し殺されてきた思いが一気にあふれてきた。そう見えた。悲しい思いをさせてしまってごめん、と背中をさすりたかった。でも今の自分は上司だ。

「ありがとう、怒ってくれて」結衣は感情を抑えて言った。「自分がされたことって すぐには怒れないものだね。でも、晃太郎が怒ってくれたから、私はもういい」

「よくない。俺はよくない」

三百年以上も前、赤穂藩の筆頭家老もそう思ったのかもしれない。よくない、と。主君が遠い江戸で切腹させられたと知って、本当は陰で身も世もなく泣いたのかもしれない。殿は潔《いさぎよ》く腹を切った。桜のように散った。でも、俺はよくない。吉良を討つと。

「ここは、ならぬ堪忍《かんにん》、するが堪忍」

まず自分の呼吸を落ち着かせながら、結衣は言った。

「大石さんは言ってた。吉良を討つためには時機を待たねばならぬって」

「大石さん？」晃太郎の涙の膜で覆われた目がこちらを見る。

「大石内蔵助。忠臣蔵の。赤穂浪士たちは、これ以上待てない、今すぐ吉良を討つ、って逸《はや》るんだけど、大石さんは言い続けるの。ならぬ堪忍、するが堪忍って」

突然、忠臣蔵の話をされ、晃太郎の涙は引いたらしい。しばらく呆気《あっけ》にとられていたが、目を拭《ぬぐ》って言う。

「前も思ったけど、何で、そんなオッサンくさいものにハマってんだ」

「うちの父親が言ってた。どうして、三百年以上も前のこの話が日本人に愛され続けてきたのか考えてみろって。私、ようやくわかった気がする」

父の世代の会社員は簡単に転職なんかできなかった。狭い会社の中で、自分がされたことを誰にも言えなかったはずだ。でも心の底では思っていたのだろう。晃太郎のように、殺してやる、と。

「堪忍し続けて、その先に勝利はあるのか」

晃太郎に問われて結衣は考える。

ある、と父は信じていたはずだ。でも今は家族にも背を向けられている。

「堪忍するだけじゃ、きっと勝てない」

「じゃあ、どうすれば勝てるんだ」

「わからない」

信じるなら今かもしれないと思った。もう耐えたくない、と晃太郎は言った。行きつ戻りつを繰り返しながら、この男は変わろうとしている。結衣は言った。

「実は最近よく眠れてない。ご飯もあんまり食べてないし、頭がうまく働かない」

「食べてない？」晃太郎は驚いている。

「だからかな、あんまり調子がよくないの。判断ミスが続いてる」

「そういや、上海で話した時も、ビールの缶、開けてなかったな……。でも、それって、鬱《うつ》の初期症状とかじゃないのか？　どうして今まで言わなかった」

「押田さんに言われたでしょう。女には男と同じことはできないって。それをはねかえすために我慢してきた。弱音を吐きたくなかった。でももう限界なんだと思う」

吐き出してしまったら、力が抜けた。

「私が常駐に行って押田さんの好きにさせるのが一番いい。そう思い始めてる」

晃太郎は黙った。そして、窓の方へ目をやった。

夜の街が見える。海風が強いこの辺りの埋め立て地には、都心へのアクセスのしやすさと賃料の安さから、IT企業が多く入ったオフィスビルが幾つもそびえている。都心に通勤するサラリーマンたちを購買層にしたマンションも何棟も建設されていた。

「あんな奴《やつ》の言うことなんかに怯《おび》えやがって」

こちらに視線を戻した晃太郎の目はまた吊《つ》り上がっている。

「だったら俺は何のために盾になってきたんだ。社長や石黒さんがお前を出世させようとしてるのは、結衣が他の奴らにはできないことをやれるからだ。違うのか？」

その声には苛立ちが表われていた。

「そんなこともわからなくなるくらい、結衣は参ってるのか。そうなのか？　だったら、この先は俺だけでやる。あいつを叩きのめしてやる」

「暴力はだめだよ」

「暴力は使わない。でも叩きのめす。それで、コンペにも勝つ」

「そんなの、どうやって。無理でしょ」

「今のお前には無理かもな。でも、俺にだって意地ってもんがある」

逆らえないと言っていた人間とは別人のように、晃太郎は強情だった。

「ついでにフォースの意識も変える。コンペに勝った後も二度とうちの社員にパワハラできないようにしてやる」

他の会社の意識を変えるなんてできないって言ったのは晃太郎だ。そう言いかけて結衣は黙った。

無理だ。できない。どうせ逆らえない。心の奥に自分を縛る何かが生まれつつある。

「できる」

ふたたび窓に目をやった晃太郎の横顔には決意した表情が浮かんでいた。

「あいつらのことは、この俺が嫌ってほど知ってる。今回のことでさらによくわかった」

あいつら。押田や大学時代の監督のように暴力で相手を従わせる人間のことか。

「といっても、残っているのは親善試合の場だけか。その機会を利用するしかない」

「……あと三日しかないけど、何か具体的な策でもあるの？」

「ない」あっさりと晃太郎は言った。「とりあえず近くのジムで走ってくる」

「今から？　もう時間、遅いよ」

「二十四時間やってる。梅雨時にも走れるように契約した。ランニングマシーンで走りながら、タブレットで忠臣蔵観《み》てみる。アマゾンプライムで観られるよな？」

そうと決めたら、晃太郎は行動が速い。机の引き出しからランニングウェアを引っぱり出し、デイバッグに放りこむと、さっさとオフィスの出口へと向かっていく。

「じゃあ、ちゃんと実家に帰れよ」

任せてしまってよかったのか。信じて送りだすのが怖かった。でも、その怖さに耐えることができなければ、管理職にはなれないのかもしれない。

どうしても実家へ足が向かず、吾妻行きつけの朝五時までやっているスーパー銭湯へ行くことにした。入浴して、リクライニングチェアに寝そべり、忠臣蔵の続きを観る。

主君の無念の死から一年九ヶ月、大石はついに仇討《かたきう》ちを決行する。守りを固める吉良邸に討ち入るために選んだのは、乱世の侍たちがよく使った手、夜討ちだった。

運命の日は、元禄《げんろく》十五年十二月十四日。江戸は真っ白な雪に包まれていた。

大石と赤穂浪士たち、後の世に言う四十七士は、火消し装束を纏《まと》い、「火事だ」と叫んで吉良邸に押し入る。そして、邸内の侍たちと死闘を繰り広げた末、吉良を見事討ち果たす。

しかし、最大の見せ場であるチャンバラシーンを観ても晴れ晴れした気分にはなれなかった。

大石には四十六人の仲間がいた。でも晃太郎は一人だ。なかなか寝つけずに、リクライニングチェアの上で、結衣は何度も寝返りを打った。

フォースが出す選手は押田を含めて十五人だと竹中から連絡があったのは、翌朝だった。

押田のチームは全員フォースの社員で、三人いる野球経験者は全員そっちに入れるそうだ。自身も押田のチームに入るという竹中は、申し訳なさそうだった。

「押田を勝たせるためです」と言った。

晃太郎のチームには、榊原や吉川をはじめ、他の競技の経験者を六人くれるという。

これで七人。あと二人、選手が足りない。それを聞いて、仕方ないなという顔で、「野球できなくはないです」と、手を挙げたのは意外にも加藤だった。

「お前が？」と驚いた顔をしつつ、晃太郎が言う。「じゃ、あと一人は甘露寺にするか。たまには役に立ってもらわないとな。ミット持たせてキャッチャーやらせる」

「えっ、でも、それじゃ球筋限られてくるんじゃ？」加藤が言う。

「どうせストレートしか、もう投げられない」

甘露寺の方へ歩いていく晃太郎を見て、「勝つ気ないんですかね？」と加藤が悔しそうに言った。少しずつわかってきたが、この若者は実はかなりの負けず嫌いだ。

「種田氏、よくぞわたくしを女房役に選んでくださった」

むこうから甘露寺の元気な声がした。

「ネットヒーローズの意地を彼奴《きゃつ》らに見せてやりましょうぞ！　野球のルールはあまり知りませんが」

前の接待で嬲られたことなど、自称大型ルーキーには応えていないらしい。

「見たいなあ、試合」

野沢が羨《うらや》ましそうに言ったが、試合に出ない新人は連れて行かない方針だ。特に女子は連れて行きたくない。しかし、予想通り、桜宮は訴えてきた。

「おにぎり作っていきます。私がいた方がいいと思います」

どこか必死に見える表情だった。結衣は承知しなかった。

「午前中で終わるからおにぎりはいらない。それに私もどうやら気に入られたみたいなの。心配してくれなくても大丈夫だよ」

「東山さんが？　……気に入られた？」桜宮の眉は歪《ゆが》んでいる。

「常駐にも来いって言われてるの。だから、桜宮さんは心配しないで」

桜宮の目が泳いだ。その視線はまたスマートフォンに向かう。

本当に風間と陰で繫《つな》がっていないのだろうか。疑念は胸の奥に押しこめ、「とにかく仕事を覚えよう」とデータを出力した紙を持ってくるように、桜宮に言った。

他の案件に追われている間に、試合の日が近づいてきた。

水曜の夕方、定時が来ると結衣は帰り支度を終え、晃太郎の席をふりかえった。晃太郎はすでに構築作業に入った案件にかかりきりになっている。

「観た？」と声をかけると、顔を上げて「観た」と、うなずく。

「あれエモいな。インターバル入れつつ、二時間以上あってきつかったけど」

「えっ、走りながら全部観たの？　何でそうやり過ぎるかな」

「気になってるんだろうけど、策はまだだ」晃太郎は事も無げに言う。「それより、実家には帰ったんだよな？」

「いや……。結局、月曜はスーパー銭湯行って、火曜からはビジネスホテル。でもこのまま散財してたら独り暮らしは遠のくばかりだし、そろそろ帰らなきゃ」

「ふうん」そう言ったきり、晃太郎は仕事に意識を戻したようだ。

もし晃太郎が無策で終わったら自分が常駐に行く。その覚悟をそろそろ固めなければ。そう思いながら、重い足取りで会社を出た。


試合当日は梅雨時には珍しく快晴だった。試合開始の九時の時点で気温は二十三度を超えた。

「体が暑さに慣れてない六月こそ熱中症に注意ですよ」

試合に出るわけでもないのに、来栖はマイボトルと塩タブレットを携えてやってきた。「それは？」と結衣が総務から借りてきたクーラーボックスを指す。

「スポーツドリンクと、あとビール。……いやいや、ノンアルコールだって。試合後にみんなで乾杯でもすれば少しは和やかなムードになるかと思って」

フォースの社員は全員が自社のウェア、サムライソウルをまとっていた。

晃太郎もそうだ。加藤だけが自前のブルーのウェアを着てきて、きまり悪そうにしている。しかし、高校時代のジャージを着た甘露寺が現れると、加藤は目立たなくなった。

「とりあえず構えて、座ってろ。へたに動くと球が当たって怪我《けが》するぞ」

晃太郎は甘露寺にそう教えると、投球練習を始めた。晃太郎が大きくふりかぶった次の瞬間、バスッ、と甘露寺のミットに白球が吸いこまれる。速い、と結衣はつぶやいた。

「せいぜい百キロってとこですね」と言うのは来栖だ。「草野球レベルだな」

「え、じゃあ、現役時代はもっと速く投げてたの？」

「大学時代は百五十キロ出したことがある、って柊くんが言ってました。僕、野球は観る専門ですが、軟式でやる草野球でも百三十キロ以上の球は素人《しろうと》が受けたら危険なレベルらしいです。だから甘露寺さんをキャッチャーに据えたってことは……」

そんな球はもう投げられない、ということか。

押田側のピッチャーも投球練習をしている。野球経験者なのだろう。フォームが美しい。

「あっちの方が球速いですね。負けるとわかってる試合なんか観てても面白くないな」

やる気のない解説員だと思った時、心臓が大きくはねた。

押田陽義が現れたのだ。

はるか向こう、敵方のベンチにちらりと見えただけなのに緊張で体が強ばる。

ワイシャツを着た男が押田に歩み寄る。「研究員」だ。名前はたしか草加だった。何かを訴えているように見えたが、押田は手を振って怒鳴った。

給水をしにベンチに戻ってきた加藤に「何があったの？」と訊《き》いてみた。

「開発部の社員さんが、競合会社の熱調節機能のあるウェアを着てみたらどうかって提案して一蹴《いっしゅう》されたようです。自社製品しか使っちゃダメって会社、ほんとにあるんですね」

彼も彼なりに戦おうとしているのだな、と結衣は思った。でも押田は革新を拒み、次世代の部下たちに古い鎧《よろい》をまとい続けるように強いる。

「加藤さん、守備うまいですね」

来栖が会話に割りこんできた。彼なりの主義なのか、年下にも敬語を使っている。

「軟式野球をやってたんです。一応レギュラーだったし、うちの高校、都大会優勝まで行ったんで。でも種田さんに知られたら面倒だと思って、文化系に擬態してました」

「そっか。なのに出てくれたんだね。ありがとう、加藤くん」

「そこは俺も体育会系なんですよね。野球とは男と男の磨き合いですから。あ、これ『巨人の星』の台詞《せりふ》です。とにかく、上司一人を戦わせたら男がすたります。よっしゃ今日は勝つぞ！」

加藤は張り切っている。晃太郎からも何も聞いていないようだ。やはり策などないのだろうか。

(男と男の磨き合い、か)

結衣は小さく息をつく。自分で提案したことではあるけれど、肝腎なところで勝負を晃太郎に任せてしまった。今頃になって、自分が無力に思えてくる。

審判役のフォースの社員が選手を呼び集め、試合開始の号令をかけた。回鍋肉《ホイコーロー》のおじさんの息子もその中にいる。子供っぽい表情はまだ学生のそれだった。

野球の試合を目の前で見るのは初めてだったが、意外と静かなものだった。応援する人もほとんどいないので、坦々《たんたん》と進んでいく。表と裏を一回繰り返したところで結衣は言った。

「ルール、わかってきた。三回アウトになったら交替なのね」

「えっ？」来栖が目を丸くする。「そんなに興味なくて、よく種田さんとつきあってましたね」

カキン、と音がした。マウンドに立つ晃太郎が空を仰ぎ、外野へと飛んでいく白球を目で追っている。外野手はキャッチに失敗し、打者は一塁に進む。

「下請けの投げた球で空振り三振なんて、みんな、だらしねえぞ」

笑い声をたてながら、結衣たちがいるベンチの前の一塁へ走ってきたのは、一人だけ白いウェアを着た押田だった。その姿を指し、大森が言った。

「あれ、初期モデル。十年前に発売されたサムライソウルですよ」

「水なんか飲んでるからだ。鍛え方が足りねえんだよ。なあ、種田！」

押田に呼びかけられた晃太郎は一塁の方を向き、肯定するように小さく頭を下げた。

「俺らは猛暑でも水なんか飲まなかったよな？　手本を示してやってほしいなあ」

水を飲むな、ということか。思わず来栖と顔を見合わせる。今日の最高気温は二十八度という予報が出ている。加えて、この湿気だ。野外での運動を控えるほどの猛暑ではないが、水分補給をしなければ危険だ。

しかし、晃太郎は快活な声で返した。「承知しました！」

フォースの社員たちは誰も逆らわない。逆らってはいけない。晃太郎と同じように彼らの胸にもプログラミングされているのだろう。でも、これぱかりは命に関わる。

水分補給をするべきだと言った方がいいのではないか、と腰を浮かすと、

「口を出さずに見ていなさい」と斜め後ろから声がした。この場所には似つかわしくないワイシャツ姿だった。

「失礼。女性を排除しようというのではありません。しかし、これは彼らの戦いなのです」

「彼ら？」晃太郎と押田との、という意味だろうか。

「体育会系には体育会系の戦いがあります」

と、「ダイナソー」はなぜか落ち着いている。ここにいたら見つかりますので、と会釈《えしゃく》すると屋根の下を出ていく。目立たない所から観るらしい。

しかし、それからの試合の展開は結衣にとって愉快なものではなかった。

野球経験者を四名も含んだ押田のチームはヒットを連発し、五回表まで終わった時は五対〇になっていた。加藤は一塁を守り、ヒットを一度だけ打ったが、攻守交替でベンチに戻ってくると、来栖からペットボトルをもぎとるようにして飲んだ。

「勝てないっす。向こうのピッチャー、百二十キロは出してますよ。あれじゃ未経験者はちょっと打てない。あと暑い！　水飲むなとか正気の沙汰《さた》じゃないっす。地球は

温暖化してんのに」

でも、押田は十年も前に開発されたウェアをまだ大事に着ている。

――夏場に運動する人の生命を守る機能に特化した商品を開発すべきだ――。

そう言っていた「研究員」こと草加は、敵側のベンチの隅に座ったまま動かない。

ベンチに戻ってきた晃太郎は、来栖が差し出したスポーツドリンクを受け取ろうとしなかった。

「飲まなきゃ危ないっすよ」

マイボトルから水を飲んでいるのは、こちらのチームに入った吉川だった。

「そこまで従わなくてもいい。ああは言ってたけど、押田だって水くらい飲みます」

そう言われて敵方のベンチを見ると、押田が爽《さわ》やかな色の水筒をあおっている。

「えー、自分は飲むんだ」と目を丸くしている来栖に、晃太郎が鋭い目を向ける。

「上の者は飲んでもいい。俺はそう教えられて育った」

「まあ、押田の場合は高血圧で、飲まないと脳出血の危険があるから、ってのもあるんだけど」と、吉川が妙にかばうように言った。

しかし、それなら、フォースに長時間労働を強いられてきた晃太郎の身体《からだ》だって危険なはずだ。結衣はベンチの隅のタオルに目をやる。試合前に晃太郎が外したアップルウォッチが上に置いてある。この男に危険を報《しら》せるものはもうない。

「種田さんも飲めばいい。押田にはさ、後で謝ればいい。それでも日本男児か、とか言いつつ許してくれるから」

結構です、と晃太郎が頑《かたく》なに言うと、後ろで黙って聞いていた榊原が出てきた。

「いい加減にしろよ。痛みに耐えました、みたいな美談作るの、もうやめろ。お前みたいな奴がいるから、俺たちは家に帰れないんだ。娘にもまた会えなくなる」

また八つ当たりだ。晃太郎が黙っていると、榊原はもどかしげに言った。

「娘に言われた。パパはいつも怖い顔してる、ママにも怒鳴る、だから帰ってくるなって」

胸の奥で心臓が小さくはねた。父に帰ってきてほしい、でも帰ってきたら怖い。小さかった頃の記憶がまざまざと蘇《よみがえ》る。榊原はいつになく昂《たかぶ》っていた。

「妻にも言われた。あなたはいつか私たちに暴力をふるうだろうって」

「そんなに辛《つら》いなら辞めればいいのに」来栖が座ったまま榊原を見上げた。

「来栖、黙ってろ。お前にはわからない」

と強い口調で言ったのは晃太郎だった。鋭いまなざしを榊原に向けている。

「俺も逆らえなかった。父にも監督にも上司にも従ってきた。どんな痛みにも耐えてきた。他人に運命を委《ゆだ》ね、大切なものを手放してきた。そういう人生だった」

静かなまなざしになって晃太郎は言った。

「俺にはこの生き方しかできない。あなたと同じです」

「六月でも熱中症にはなる」吉川がつぶやいた。「無理するな、頼むから」

「ここで無理しなきゃ、今までの人生を否定することになる。それだけはできない」

晃太郎が強い口調で言うと、榊原も吉川も黙りこんだ。途中でやめたら人生が台無しになる。彼らもそう言われて育ったのかもしれない。

たまらなくなって、結衣は立ち上がった。

「あ、あの、うちに来るっていうのはどうでしょう？　うちの会社なら定時に帰れるし、他社のウェブ担当から営業に転職してきた人もいます。ねえ？」

大森は戸惑いながらも、「ええ、まあ」とうなずく。

「こんな人たちと働くの嫌です」と言う来栖を制止し、結衣は続けた。

「私が社長に掛け合ってもいい。とにかく会社を辞めたって居場所は他にもあります」

すぐ目の前にいる吉川の目が揺れた。榊原も結衣を見つめている。しかし、「馬鹿《ばか》なことを言うな」と晃太郎が結衣の提案をはねつけた。

「忠義を尽くせ。それがフォースの社是だ。辞める人なんかいるわけない」

「でも、自分を犠牲にしてまで尽くした会社が何をしてくれるっていうんですか？」

実家にひきこもっている年老いた父を思い出し、結衣は言った。

「自分を大事にしてくれる人のためにこそ忠義を尽くせばよかった。そう思って後悔する日が来るのでは？」

「自分を大事にしてくれる人……」と榊原がその言葉を反芻《はんすう》した、その時だった。

「種田、遅いぞ。もしかして隠れて水飲んでのか？」

すでにベンチに戻っていた敵側のチームから怒号が飛んだ。押田だ。

「まさか」晃太郎は愛想笑いを浮かべて、選手たちをふりかえる。「行きましょう」

フォースの社員たちが結衣のそばを通り過ぎていく。逆らったら酷《ひど》い目に遭う。そんな環境に過剰適応させられている黒い侍たちの表情は沈鬱だった。

「下請けなんかに三振させられやがって。お前はほんとしょうもねえな」

また怒号だ。結衣の目はベンチの押田と、叱《しか》られている竹中に向く。

「こいつさ、心療内科にかかったんだってよ。笑っちゃうよな」

押田は他の部下たちに向かって言っている。

「私はもう、下請けにパワハラしたくなくて」竹中はしどろもどろになりながら、珍しく言い返している。「妻に相談したらストレス過多じゃないかって言われて、それで」

「なあにがストレスだ。うちの社員にそんなものあるわけない。好きな仕事を好きなだけできる。それの何が不満だ。俺はストレスなんて感じたことない！」

テンションがおかしい、と結衣は思った。今日の押田はひときわ暴力的だ。

「女房が文句言ってんだったら連れてこいよ。あんなケバい女、俺がバーンとやって黙らせてやるから。欲求不満だって言うなら、俺が可愛《かわい》がってやってもいいしさ」

横で来栖が息を飲むのがわかった。

他の選手たちも動けずにいる。竹中は立ちすくんでいた。押田に何をされたのか結衣が打ち明けた時の晃太郎と同じように体を強《こわ》ばらせている。

「試合再開だ」と、押田は言う。

五回裏、こちらのチームの攻撃はあっという間にスリーアウトを取られて終わった。これでは晃太郎は休めない。

六回表、また押田チームの攻撃だ。野球経験者の選手が打席に立つ。バットが振られ、白球はまた青空に吸いこまれる。ホームランだ。晃太郎の投球は精彩を欠いてきている。暑さと水分不足とで、疲れが出たのだろう。

「最初から弱らせるつもりだったのでは？」来栖がつぶやく。「種田さんが現役時代の力を残していたらまずいから、それで水を飲ませないんじゃないかな？」

また三点とられ、ベンチに戻ってきた晃太郎の顎《あご》からは汗が滴《したた》っていた。吉川が黙ってペットボトルを差し出したが、頑固に首を横に振る。

それを見た榊原が、晃太郎から離れ、結衣たちの方に近づいてきて小声で尋ねた。

「何でああまでして、種田はうちの案件を獲《と》ろうとする？」

隠していてもしょうがない。結衣は答えた。

「実はうちの会社も裁量労働制になる、というか、戻るかもしれないんです。その流れに抵抗している社長を後押しするためには、私たちのチームが実績を出さないと」

「じゃ、あいつはそのために働いてるのか。定時を守るために」

「定時を守るため――」結衣はタオルで汗を拭っている晃太郎に目をやった。

社長面接の場で灰原に、何のために働くのか、と尋ねられ、晃太郎は答えたという。わからない、と。でも、榊原の言う通り、今は明確な目的のために働いている。

「俺たちは何のために働いてんだろな」吉川がつぶやいた。

そのまま試合は進み、十五対〇で、八回裏が終わった。来栖がだるそうに言う。

「普通の大会ならとっくにコールド負けですよ。まあ、押田さんはご機嫌だからコンぺには勝てそうですね」

いや、違う。それでやっと、若い女性たちを接待に使うベイシックとイーブンだ。試合が終わったら、私が常駐します、と言いに行かなければ。そうでなければコンぺには勝てない。

攻守が交替して、ベンチから選手が出ていくと、そのタイミングを見計らったように「ダイナソー」が戻ってきた。

「試合はたぶんうちの負けですね」と結衣が言うと、「まあそうでしょうね。試合はね」と「ダイナソー」は答える。

「試合は？」来栖が何を言っているんだろう、という顔をする。

九回表の最初の打席に立ったのは押田だった。

「さあ、俺もホームラン打つかな。ヒョロヒョロ球、投げて来いよ」

マウンドの晃太郎の動きは鈍い。目の焦点が合っていない。結衣は動悸《どうき》がした。

「どうした！」押田が挑発している。「だらしねえぞ、種田！」

試合開始から二時間。ベンチ裏の温度計は二十八度を超えている。グラウンドはもっと暑いはずだ。もう勝負はついている。これ以上、耐える姿は見ていられない。

「もう耐えないで」

立ち上がろうとした結衣の肩を大きな手が押さえた。「ダイナソー」だ。

「種田くんも同じことを言ってました。もう耐えたくない、だから死ぬ気で考えて、ようやく四十六人の侍を率いて討入りするためのプランを考えついた、と」

「え……？」

「昨日の夜遅く、私の携帯に電話してきたのです。力を貸してほしい、と」

「種田が、あなたに？　でも、もうお辞めになったのでは」

「他の役員に慰留されてまして、恥ずかしながら、実はまだフォースに籍がありま す」

そう言って、「ダイナソー」はマウンドの晃太郎を見た。

「パートナー企業候補として、と彼は言いました。御社と互いに足りない所を補い合ってビジネスを成功させたい、そのための問題を協力して取り除きましょう、と」

「取り除く、って何を」来栖もこちらに身を乗り出している。

「彼は言いました。御社の社員が弊社への転職を希望されるなら優先的に採用されるよう計らいます。だがその前に、あの役員に下克上を仕掛け、自分たちの裁量を取り戻してください――と」

「種田がそんな取引を持ちかけたんですか？」

「御社の社長にも連絡してその旨《むね》認めさせたそうです。私はそのままメールで彼らに伝えました。さすがに四十六人とはいきませんが、試合に来ている全員に」

それでか、と結衣はグラウンドを見た。今日の彼らは妙に反抗的だった。辞めても行く所ができたからなのか。その異変に敏感に気づいて押田は空回りしているのだ。

「敵方の武将に引き抜きの話をして忠義心を揺るがせる。乱世の侍がよく使った手です。とはいえ、フォースの人格改造の効果は強力です。みな迷いながらこの試合に来たはずだ」

だから、さっき結衣が転職を勧めた時、吉川の目は揺れていたのか。そう思った時、

「種田！」誰かが野太い声で叫んだ。「負けるな！」

レフトを守っている榊原だった。続いてセンターから吉川の声がした。

「三振を取れ！　体育会系の意地を見せろ！」

獣のような咆哮《ほうこう》だった。胸のプログラムを破壊しようとするかのように彼らは叫んだ。

「その人でなしを討ち取れ、種田！」

「私は裁量労働制が必ずしも悪いとは思っていません」

と言う恐竜の名前を結衣は記憶から探り当てる。藤堂《とうどう》だ。藤堂文康《ふみやす》。

「社員が自らの裁量権を守ることさえできれば、強い競争力を持った働き方になると思っている。ただ、そのためには旧弊な封建主義をこの会社から駆逐しなければ」

結衣は打席に立つ押田を見た。

「お前ら、どうした？」押田の顔は引きつっていた。それでも自分を保とうとするためか、笑っている。「暑さで頭がおかしくなったか？」

しかし、晃太郎を応援する声は増えていた。ベンチの奥から出てきた草加も声援を送っている。

（十四年前の試合もこんな感じだったのだろうか）

晃太郎の狙《ねら》いがわかったような気がした。

ならぬ堪忍、するが堪忍。その精神を貫き通す男の姿にこの国の人たちは弱い。感動し、応援してしまう。その心理を利用したのだろう。あいつらの心は俺がよく知っていると晃太郎が言ったのは、フォースの社員のことだったのか。彼らの心を引き寄せておいて、押田が理不尽を強いる様をこれでもかというほど見せつけたのだ。

――ゲームチェンジは必ず起きる。

灰原の声が聞こえた気がした。その通り、黒い侍たちは寝返り、上司に反旗を翻《ひるがえ》した。

「でも、討ち取れって言っても、立ってるのも辛そうなのに」結衣はつぶやく。

押田も同じことを思ったようだ。むきになった顔でバットを構えて言う。

「水飲まないくらいでへばるような奴に、俺を討ち取れるわけがない」

もう、フォースのことなどどうでもいい。降板してほしい。結衣がそう願った時だった。

晃太郎が顔を上げ、キャップの鍔《つば》の陰から役員を睨《にら》んだ。

そして、力強くふりかぶった。

次の瞬間、白球がミットに吸いこまれた。衝撃音が響き、甘露寺が後ろにのけぞる。

「ストライク！」と大森がつぶやく。「えっ、何で？」

もう一度、白球がうなりを上げる。押田はバットを振ることもできない。ストライク、という声が響く。マウンドの上の晃太郎は悠々と土を踏み固めている。

「百二十キロくらい出てた」来栖が愕然《がくぜん》としている。「甘露寺さん、よく耐えたな」

「いや、百三十キロはいってた」藤堂が言った。「社会人になった後も投球練習だけは続けていたのでしょうね」

「でも、やめたって言ってたのに」と大森。

「謙遜《けんそん》でしょう。自分の実力を過度に低く申告するのは日本人の悪い癖だ。それに」

藤堂はしみじみと溜《た》め息をついた。「彼は今でも野球が好きなのでしょうね」

今、急に精彩を欠いて見えるのは白いウェアをまとった押田の方だった。グラウンドに広がる黒い侍たちに包囲され、強いプレッシャーを感じているらしい。

その姿を醒《さ》めた目で見つめて、藤堂が言った。

「種田さんの狙いは社員から押田への畏《おそ》れを剝《は》ぎとることです」

自分を眺める部下たちの方を押田はもう見られないでいる。それでも権威を保とうとして、かろうじてまだ薄い笑みを浮かべていた。

対してマウンドからその姿を睨みつける晃太郎の方が今は自信にあふれている。

「やっぱり男の人は凄《すご》いですね」結衣はつぶやいた。「私には真似《まね》できない」

「何をおっしゃる」藤堂が笑った。「あなたがいなければ、彼らは自分たちが置かれた状況を客観的に見る余裕も持てなかったでしょう。種田さんだってここまではやれなかったはずです。あなたは他の誰にもできなかったことをやったんだ」

恐竜の目が優しげに結衣を眺めていた。

「社に戻ったら彼らと社長に直訴します。この会社が変わらないなら、我々は主君を替えると」

本当にそんなことができるのだろうか。結衣が口を開こうとした時、

「お前ら、俺を裏切ってただですむと思ってるのか！」

押田が野太い声で叫んだ。

「すべての人にスポーツを。その理念を一緒に追いかけてきたんじゃなかったのか」

その声を聞いても侍たちは全く反応を見せない。押田は今度は晃太郎を見て言う。

「種田、一回だけチャンスをやる。コンペに勝ちたかったら……わかってるな」

次は打たせろ。そういう圧を言葉に滲《にじ》ませながらも、

「さ、今度こそ、正々堂々と勝負しろ」

と笑った押田を、晃太郎は悲しげに見つめた。そして、完全に逃げ腰になっている甘露寺に、動くな、と手で合図すると、大きく振りかぶった。

甘露寺がまた後ろへのけぞり、三つめのストライクが決まった。

フォースの社員たちから歓喜の声が上がった直後だった。

押田が打席にうずくまった。そのまま動かなくなる。

真っ先に駆け寄ったのは草加だった。押田を横たわらせ、呼吸を確認している。

「誰か水分を！　それから冷やすものを。たぶん、熱中症です」

「えー、ドリンク飲んでたじゃん」大森は文句を言いつつ溜飲《りゅういん》が下がったような顔をしている。

だが、結衣は晃太郎が悲しげだった理由がわかる気がした。押田もきっと若い頃から理不尽に耐えてきたのだろう。その環境に過剰適応してしまったのかもしれない。そしてもう変われないのだ。

苦しいだろうな、と思った。時代についていけなくなるというのは。

でも、と結衣は打席に横たわる押田を見つめた。どんな時代でも暴力は暴力だ。晃太郎には、倒すしか他に方法はなかったのだ。

「何か飲むものくれ」

はっとした。目の前に晃太郎がいた。大森がクーラーボックスからスポーツドリンクの最後の一本を出して渡す。飲み干して、晃太郎は「本当にへばるかと思った」と口元を拭った。

「もっと早く九回まで持ちこむつもりが、加藤が意外にも善戦するから」

「たいした演技力ですね。おかげで社員たちの迷いが消えました」藤堂が言う。

「俺は押田さんの指示に従っただけです」晃太郎は少し笑う。「俺が無理をすれば、東山や来栖は必ず怒って反対する。その言葉はきっと榊原さんたちの心を揺るがせるだろうと思っていました。ま、彼らの反応はいつもワンパターンなので」

来栖がむっとして「ワンパターンって言われてますよ」と結衣を見る。

「しかし、どうやって体力を維持したのですか」藤堂が尋ねる。

晃太郎は黒いウェアをまくって、自分の腹を見せた。冷えピタが何枚も貼《は》られている。熱が出た時に額に貼る、冷却ジェルシートだ。

「真夏の就活テクニックだそうです。うちの後輩、甘露寺が暑い日に汗をかかないのでわけを尋ねたら、こういうわけで。熱中症を防止するまではいきませんが、かなり体感温度を下げられる」

「なるほど、隠し水ならぬ、隠し冷えピタか」藤堂がニヤリとした。

「こんなものなくても耐える自信はありましたが、命を守れとうるさい上司がいるもので」

「なるほど」藤堂は結衣を見た。「今はあなたの方が上司だそうですね」

それを聞くと晃太郎はウェアを下ろし、ベンチに座っている結衣に目を向けた。そして無邪気に笑った。

「吉良の首をとって参りました、東山マネジャー代理」

それだけ言いおいて、クーラーボックスをひょいと持ち、晃太郎は打席の方へ歩いていく。

結衣が持ってきたビールは結局、押田の体を冷やすために使われた。しばらくすると、タクシーが到着し、押田と付き添いの草加、それから藤堂が乗りこんだ。

「種田さん！」と快活な声がグラウンドに響いた。野球経験者の選手の一人だ。「あと打席二つあります。俺、次の打者なので、今度は本気で投げてください」

晃太郎は快くうなずき、ふたたびマウンドに向かっていった。

勝つためなら何でもやる。そんな人間へと変わったように見える晃太郎を、結衣は複雑な気持ちで見つめた。

甲子園準決勝まで進んだ男なのだ。沢山の大人たちに抑えつけられていた心さえ解放されれば、どこまでも強靭《きょうじん》になれるだろう。良かった、と思う。でも、ストライクを取って笑っているその顔は自分が知らない人のようだ。

「敵《かな》わないな、ほんと」

隣で来栖がつぶやいた。そして意を決したように結衣を見る。

「コンペに勝ったら、僕をフォースの常駐に出してください」

「えっ、でも」結衣は驚いた。「藤堂さんたちがフォースを変えられるとは限らないよ」

古い体質なのは押田だけではないはずだ。そう簡単に変えられはしないだろう。

「強くなりたいんです。僕は嫌だと思ったら簡単に辞められます。人格改造なんか絶対にされないし、常時臨戦態勢とか言われても従わない自信あります」

行かせたくない、と思った。もう少し手元で大事に育てていたい。でも晃太郎が変わったように、自分も変わらなければならないという危機感をこの若者は持ったのだろう。

後押ししてやるべきかどうか迷いながら、目を上げた結衣はドキリとした。

グラウンドの隅、金網の向こうに若い女性がいる。

桜宮だった。スマートフォンを眺めながら立ち去ろうとしている。

なぜ来たのだ。やはり風間に情報を流しているのだろうか。藤堂たちの下克上が成功したらコンペは内容勝負になる。MAのエンジニアが社内にいないこちらは不利だ。ベイシックがそこを狙ってきたとしたら——。汗をかいてるのに体温が下がっていった。

汗で濡《ぬ》れた服を着替え、制作部のオフィスに戻ると、桜宮の席に向かった。

「試合を見に来てたよね？」と声をかけ、会議室に連れていく。「仕事はどうしたの？」

「すみません」桜宮はまだスマートフォンを握りしめている。「私はやっぱり仕事ができない。そう思ったら、せめて皆さんが頑張ってる所で応援したくて――」

「どうしてできないって決めつけるの。桜宮さん、今まで頑張ってきたじゃない」

いつかあなたも、あなたにしかできない仕事を見つけられる。結衣がそう言おうとした時、

「そう言う東山さんは」と桜宮が言った。「管理職になって後悔してないんですか？」

「それは、全く後悔してないって言ったら嘘《うそ》になるけど……」

「能力が足りないのに無理しているんじゃないですか？」

その言葉に頰を張り飛ばされる。腰掛け会社員、と言う押田の声が耳の奥にまだ残っている。その押田に立ち向かった晃太郎と、ベンチで見ているだけだった自分。

「それでも」むきになって、結衣は言った。「何とか頑張ってる」

だからこそ、フォースの社員たちも、変わろうとしてくれたのではないか。藤堂だって褒めてくれた。自信を持て、と自分に言い聞かせる。男だとか女だとか、そんなものにもう引きずられたくない。

「いくら頑張ったって、どうせ女は上になんか行けないんですよ」

桜宮はまだ言っている。業《ごう》を煮やして結衣は言う。

「誰がそんなことをあなたに教えたの。風間さん？」

桜宮は黙る。またこれだ。心を抑えつけられてきた人たちは何に苦しんでいるのか教えてくれない。でも今日こそは、勇気を出して踏みこまなければ。

「上司の私に打ち明けて、全《すべ》て任せてくれないかな？」

最後の一押しをして、彼女の顔をまっすぐ見つめる。晃太郎には負けたくない。何とかして桜宮を変えたい。そう思った時だった。

桜宮の顔が歪み、唇がうっすら開いた。

「あなたにだけは任せられない」

そう言うなり、彼女の目から涙が流れ落ちた。

「桜宮さん？」

結衣に言われて、手を頰に当て、桜宮は自分が泣いていることに気づいたらしい。

「あれ？」という声がこぼれた。彼女は必死に堪《こら》えようとしているのに涙は止まらない。桜宮の丸い胸が大きく上下し始める。背中が丸まり、口に手が当てられる。

「どうしたの？」と結衣は尋ねる。「息が苦しいの？」

「助けて」可愛らしい唇が動いた。「誰か、助けて」

何から助けてほしいのだろうか？　そう思った時、額の傷跡が痛んだ。額の、傷——。

同じ場所に傷のある老侍が思い浮かぶ。

（もしかして、彼女を追いつめてるのは、私なのか）

仕事ができないと言い張っている新人に、できる、と言い続ける上司の前で桜宮は浅く息をしている。とても苦しそうに。

取り返しのつかないことをしてしまったのかもしれない。一気に血の気が引いていく。

「どうした？」後ろから声がした。晃太郎が会議室を覗《のぞ》きこんでいる。

その脇《わき》には来栖もいた。その手には運用計画の書類があった。隣の会議室にいたらしい。

「それ、過呼吸じゃないですか？　ストレスとかで出るやつ」

来栖に言われて、結衣は桜宮の口元を見た。ハッハッと浅く速い息は途切れずに続いている。

「こういう場合、袋を口に当てるんだっけ？」晃太郎が言ったが、来栖は首を横に振る。

「いや、その対処法は実はやっちゃダメらしいです」

そこから先のことはよく覚えていない。来栖が桜宮の傍らに座り、「ゆっくり息を吐いてください」と呼びかけ続けている間、結衣は過度の緊張状態にあった。気がつくと人事の女性が会議室をのぞいていた。近くを通りかかってただならぬ事態に気づいたらしい。

「何があったんですか」

その目は桜宮に向く。

「パワハラをしたかもしれません。……私が」結衣はつぶやいた。「彼女に無理に仕事をさせようとして、追いつめてしまったのかも」

「親に電話して迎えに来てもらったほうがいいかもな」と晃太郎が言う。

それを聞くと、桜宮が顔を上げた。そしてうつろな目をしたまま細い声でまた「助けて」と言った。

「その前に病院へ連れていきます。戻ったら事情を聞かせてください」

人事の女性にもたれるようにして歩く桜宮の後ろ姿を見送ってから、来栖がつぶやく。

「結衣さんがパワハラなんかするわけない」

だが晃太郎は眉間《みけん》に皺《しわ》を寄せたまま黙りこんだ。この男は知っているのだ。暴力に晒《さら》された人間はどこかで暴走し、誰かを傷つけることがある。それを痛いほどわかっている。

「会社クラッシャーって噂《うわさ》ありましたよね。結衣さんを嵌《は》めて、種田さんの時みたいに、降格させるつもりでは？」

「違う、私が追いつめたの」結衣は乱れた心のまま言った。「ごめん、種田さん。私が問題を起こしたとなったら、社長は役員会で勝てない」

管理職としての能力が足りない。そんな言葉を桜宮に投げかけられ、意地になったのかもしれない。

「まだそうと決まったわけじゃない」と気遣うように言い、晃太郎は戻っていく。もう無理だと泣きつきたかった。でもあの男には仕事が山積みだ。

夕方になって結衣は会議室に呼ばれた。人事の女性は淡々とした表情で、桜宮が鬱《うつ》状態にあると診断されたことを告げた。一ヶ月は休職させて様子を見ることになったという。

「しかし彼女が問題を起こしたのは、この短期間で二度目です。狂言の可能性も考えています」

「違います」結衣は言った。「私が彼女から仕事に集中できない理由を無理に聞き出そうとしたからです」

女には男と同じことはできない。あの言葉がまだ自分の内部を爛《ただ》れさせていたのだ。晃太郎が仇《かたき》を討ってはくれたが、傷は癒《い》えていなかったのだ。

もうこの役職から降ろしてほしい。

「どちらにしろ処分はすぐには決まりません。あなたには明日、十一時からの会社説明会に出てもらいます。スケジュールに入れておきましたよね？」

そうだったろうか。会議でギチギチのスケジュールを全て把握できてなどいない。

「学生さんたちの前で、定時で帰れる会社であると言ってもらいます」

「私のせいで定時はなくなるかもしれないのに？」

「それでも言ってもらいます。若者が確保できなければこの会社は先細りです」

でも、そうやって確保した若者を、自分は働けない状態にまで追いつめたのだ。あなたにだけは任せられない、と桜宮は言った。信頼関係すら築けていなかったのだ。

管理職を降りたい。ビジネスホテルに帰って眠るまで、それればかり考えた。

まんじりともせず夜を過ごし、朝食も摂《と》れないまま、ホテルを出る。

昨日起きたことはすでに社内に知れ渡っているのだろう。出社した結衣を迎えた新人たちも、腫《は》れ物に触るような態度だった。

急ぎのメールだけ返したら、人事部に行って降格させてほしいと頼もう。そう思いながら自席に鞄《かばん》を置くと、誰かが結衣を呼ぶ声がした。人事の女性がオフィスの入り口にいる。

「東山さんに来客です」

その後ろで、久しぶり、という柔らかい声を上げて手を振っているのは諏訪巧だった。

「あ、これ、ウエストのクッキー。結衣ちゃん好きでしょ？　種田さん配っといて」

携えてきた紙袋をすぐ近くにいた晃太郎に押しつけ、巧は結衣に笑いかけた。

「大事な話をしに来たんだ。どこか、二人きりで話せるところある？」

「何で種田さんも来るかなあ」

会議室に通された巧は上着を椅子《いす》の背にかけた。人事部を通してアポを取ったのだそうだ。人事の女性は、晃太郎にも同席するように声をかけていた。

「昨日、社内でいろいろあって、お目付役だと思う。電話終わったら来るから」

「僕、あの人のこと嫌いなんだよね。何でもいたしますって目をするだろ。権力ふるいたい系のオジサンたちは大抵あれにやられちゃう。何回クライアントを横取りされたか知れない」

その言葉と同時に入ってきた晃太郎が、結衣の隣に座った。

「で、ご用件は？」口調は穏やかだが、この浮気野郎、と顔が言っている。

「実はフォースの営業担当、僕になった。風間が外されたもので」

「外された？」

「営業部の女性たちが彼を告発したんだ」

思わず晃太郎と顔を見合わせる。フォースのトイレで会った新人たちだろうか。

「定時後に飲食店の個室に一人ずつ呼び出されて、接待要員としての教育を受けさせられていたらしい。録音もあって僕も聞いたけど酷かった。触られても耐えろと言われている子もいた」

押田に抱き寄せられた時の感触がよみがえり、息が出来なくなる。

「もしかして桜宮さんも？」

「最も拘束時間が長かったそうだ」

巧はテーブルの上で手を組み合わせた。

「今年の二月に人事部長に相談もしたらしい。でも、もみ消された。このことが外部に漏れたらベイシックは終わりだと口止めされた。同席していた人事の若い社員が証言した」

前の会社で自分の訴えをまともに扱ってもらえなかった。だからなのか。フォース
に性的搾取《さくしゅ》されることを晃太郎から強要されてはいないか、と人事に詰め寄られた時、彼女が言われるまま認めてしまったのは。

「その頃、僕、飲み会で彼女と隣になったんだ。事情は知らずに、結衣ちゃんのことを話した。僕の彼女は、同じ業界にいるけど、必ず定時で帰るんだよって。その時は反応なかったんだけど、彼女が辞めた後、東山さんの下で働いてますってメールを貰《もら》った」

じゃあ、と結衣は言った。声がかすれている。巧はうなずいた。

「結衣ちゃんの下なら安心して働けると思って、彼女は転職したんだと思う」

「でも」信じられずに、結衣は言った。「桜宮さんは、自分から進んで接待に出てた」

「桜宮は押田がどんな奴《やつ》なのかを知ってた」晃太郎がつぶやく。「あいつなりに結衣の盾になろうとしたんだろう。もう少し早く気づいてやればよかった」

その言葉で、結衣ははっとした。彼女が配属されたばかりの頃のことを思い返す。

——私、もう東山さんに教えてもらえないんですか？

——男性の上司って怖くて。できれば東山さんに教えてもらいたいんです。

助けてくれ、と彼女は最初から言っていた。女は仕事ができないという歪《ゆが》んだ価値観を胸に埋め込まれて苦しんでいたのだろう。なのに、気づいてあげられなかった。

あの時の結衣は、福永によって長時間労働に巻きこまれた直後だった。巧に浮気され、晃太郎ともうまくいかず、心に余裕がなかった。そのまま、フォースの案件に突入した。その後、押田から幾度となくハラスメントを受け、余裕はますます失われていった。だが大丈夫だと言い続けた。

その結果、桜宮が助けを求める声を自分は聞き逃したのだ。

「昨日の夜、彼女の実家に行った。話を聞きたいとメールで連絡したら承知してくれて」

「でも、彼女は喋《しゃべ》れる状態じゃない」結衣は言った。

「そうだってね。彼女のご両親から聞いた。無理をして話そうとしてくれたんだろうけど、やっぱり男性には怖くて話せない、来てもらったのにすみませんって、ご両親を通じて謝られた」

「ご両親は」と結衣はこわごわ尋ねた。「お腹立ちだったよね」

「お父さんには詰《なじ》られた。でも……」巧は言葉を濁す。「お母さんは、何ていうか、オドオドした人で、お父さんの後ろにいて何も喋らなかった。それが気になったかな」

言いたいことは何となくわかった。家庭からしてそうなのだ、桜宮は。

「この封筒を預かった」

巧は鞄から白い封筒を出してテーブルに置いた。紙に桜の透かし模様が入っている。

「東山さんに渡してください、全て任せます、と言っていたそうだ」

なぜだ。任せられない、と彼女は言っていたのに。

結衣は封筒に手を伸ばした。中にはUSBが入っていた。外に漏れたらまずいデータかもしれない。晃太郎に外部データを読み込むための専用PCを持って来るよう頼み、データを確認してもらう。

「音声データだ」晃太郎の横からモニターを覗きこんだ巧がつぶやく。「聴いていい？」

そう尋ねられ、結衣は躊躇《ためら》った。少し考えて答える。

「私に任せるって桜宮さんは言った。だからまず私が一人で聴くべきだと思う」

巧は納得しかねるように黙った。しかし、溜め息をついてうなずいた。

「わかった。君に任せる。でも、聴いてて気分が悪くなったりしたら……」

「それは、こっちでフォローします。ご心配なさらず」

すかさず言った晃太郎を、巧は無言で眺めたが、「じゃあ、これで」と立ち上がる。

結衣はその顔を見上げて言った。「ありがとう、たく……諏訪さん、来てくれて」

「いや、迷惑をかけたのはこっちだ。風間は退職願を出した。たぶんそのまま転職して逃げるつもりだ。でも、それで終わらせはしない。僕は最後まで調査する」

二枚舌は使うかもしれないけれど、おかしいことはおかしいと言える人なのだ。短い期間だったけれどこの人とつきあえてよかったと思った。結衣は言った。

「三橋さんと婚約したんだよね。おめでとう」

「うん、でもまだ本契約済んでないから。コンペに参加したくなったらすぐに連絡して」

穏やかな微笑《ほほえ》みを残して、巧は会議室を出ていく。

「何のコンペだよ」晃太郎が苦々しい顔でその後を追う。「競合会社の営業が社内を勝手に歩くなってば」

結衣は自席からイヤホンを取って戻ると、会議室に鍵《かぎ》をかけた。晃太郎が持ってきてくれたPCにイヤホンを差しこみ、音声データを開く。データの日付は去年の十二月。桜宮がベイシックに在籍していた頃のものだ。

それは、どこかの飲食店で録音された音声のようだった。他の客のノイズの中から、テンションの高い男性の声が聴こえる。

その内容は気分が悪くなるなどというレベルのものではなかった。

――女って仕事ができないじゃん？　どうせ上には行けないじゃん？

酒が入っているのか、風間は同じことを繰り返している。聞いているだけで心拍数が上がる。内臓をかきまわされたように感じ、体に嫌な熱がたまる。途中、無音になった。桜宮がどんな表情をしているのかはわからない。「何だ、そのブサイクな顔」と不機嫌な声が飛ぶ。

――笑えよ。俺に可愛がられたかったら笑え。そうそう、できるじゃん！

口調が押田に似ていた。この男も異常な職場環境に過剰適応してしまった人なのか。

――この会社を辞めたら、仕事ができないお前に行くとこなんかないんだからな。もう二十五だっけ？　どんどん価値落ちてくな。これから劣化する一方だ。

それから延々、桜宮の容姿へのダメ出しが続く。録音を聞き終えた結衣は会議室を出て、廊下を走り、トイレの個室に駆けこんだ。そして吐いた。胃には何も入っていない。でも吐いた。

だから彼女は微笑んでいたのだ。これ以上、酷い目に遭わないように。

自分の抱えているものを結衣に打ち明けることを桜宮が躊躇した理由がわかった。彼女は結衣が押田に身体《からだ》を触られたのを見ていた。心に傷を負った結衣に、この言葉の暴力を聞かせれば、さらに傷つく。

上司の心を気遣って、あなたに任せる、とは言えなかったのだろう。

トイレから出ると、晃太郎が立っていた。結衣の様子を気にしていたのだろう。

「どうした？」

「何でもない」と結衣は言って腕時計を見た。「そろそろ会社説明会に出なくちゃ」

「馬鹿なこと言うな。お前、今、吐いてただろ？」

でも、ここで自分が耐えなければ。桜宮のような若い子がこれからも言われることになる。女は仕事ができないと。結衣は首を横に振った。「行かなきゃ」

晃太郎は深い溜め息をつき、「じゃあ俺も行く」と小さい声で言った。

扉を開けると、会社説明会はすでに始まっていた。会場である会議室の照明は落とされ、人事の男性が福利厚生について、スライドで説明している。

壇の脇に立つ社員に紛れて出番を待っていると、

「師匠、遅刻ですな」話しかけてきたのは甘露寺だった。

「うちのチームの新人は、皆呼ばれたんです」横にいたのは野沢だ。グエンや加藤もいる。「終了後に学生たちに、毎日定時で帰れてますと、話してほしいって」

参加者はまだ内定が出ていない学生たちなのだろうが、会場内に焦《あせ》った空気はない。所詮《しょせん》は中規模企業と思っているのか、リクルートスーツの着こなしもどこか気が抜けていた。

最前列の男子学生などは、丈が長めの真っ黒なジャケットを着て、うつむいてスマートフォンをいじっている。一応、説明会に来てはみたけれど、入る気はないといったところだろうか。

「桜宮さんの件、前の職場でのことが原因だそうですね」人事の女性が周囲を気にしながら囁《ささや》いてきた。「あなたが原因でなくて良かった。ここからは採用人数の目標達成に貢献してください」

室内が明るくなった。人事の男性が壇上から手招きしている。大丈夫だから。晃太郎にそう言ってから、結衣は壇上に上がった。

「制作部の東山結衣です。弊社に興味を持ってくださってありがとう」

そのまま人事に依頼された通りのことを喋った。入社以来、定時で帰っていること、これまでのキャリアの変遷《へんせん》、管理職になったこと。最後に「何か質問は？」と尋ねた。

すっと女子学生の手が挙がった。「女性が働きやすい職場ですか？」

「弊社では」彼女と桜宮が重なり、結衣は言いよどむ。「仕事に男も女もありません」

でも、ここに来る前に歪んだ価値観を植えつけられている者もいる。

女に仕事なんかできない、と。

「パワハラやセクハラは受けずにすみますか」と続けて彼女が尋ねる。

「管理職はハラスメント防止のための研修を受けます。もし何かあっても人事に訴えれば対処してくれます」

でも自分は助けを求められていたのに気づかなかった。

「東山さんは、これからも、定時で帰りますか？」と別の男子学生からも質問が来る。

「それは」結衣は言った。そのまま言葉が出なくなる。

壇の下に顔を向け、人事の男性の隣に立つ晃太郎を結衣は見つめた。

盾になってくれた。仇も討ってくれた。でも、ごめん。結衣は言った。

「帰れないかもしれません」

おい、と口を開けた人事の男性に向かって頭を下げる。

「ごめんなさい。でも最初に就職する会社は人生を左右します。嘘はつけない」

結衣は学生たちを眺めた。まだ子供の表情を残した彼らに言う。

「私は入社以来、毎日定時で帰ってきました。でも支持してくれた人はわずかでした。なのに今になって、定時で帰れと命じられ、すでに働き過ぎの同僚に残業を押しつけて、私を頼ってきた新人を助けることもできませんでした。そこまでしてやる働き方改革って何なんでしょう」

一番してはいけない場所で弱さを曝《さら》け出してしまった。でも言わずにはいられない。

「私は何のために働いてるんだろう。わからなくなってしまいました」

学生たちはきょとんとしている。スマートフォンをいじっていた男子学生も顔を上げた。

逃げるように壇を降りると、晃太郎が寄ってきた。「もういい。もう頑張るな」やはり自分には無理だったのだ。そう思った。管理職を降ろしてもらおう。

その時、マイクがハウリングした。耳をつんざくようなその音に顔をしかめた晃太郎が壇上へ目をやる。そして、顔を強ばらせた。

「いやはや、うちの東山がお見苦しい所をお見せしました」

という声を聞いて、結衣もふりかえる。

「わたくしは、彼女と同じチームにおります、甘露寺勝と申す者」

自称大型ルーキーが小鳥のように胸をふくらませていた。

「わたくしがこの会社でどのようなポジションを占める男であるか。それは、東山との出会いから語らざるを得ません。あ、音楽かけます」とスマートフォンを操作している。

「種田さん、やめさせなさい」人事の男性は慌《あわ》てている。

晃太郎は結衣の方を見た。そして、「いや、少し待ってください」と言った。

キラン、ポチャン、という音が流れた。続いて短い音楽と拍手の音が響き渡った。

「スーパープレゼンテーションのオープニングだ」グエンが後ろで言った。「様々な分野の第一人者を招いてプレゼンをさせる講演番組です」

「ふざけた奴だ」と止めに行こうとする人事の男性の腕を結衣は「待ってください」と摑《つか》んだ。

「どんな新人であっても、彼に言いたいことがあるなら、私は聞かなければ」

「なぜ、人は働くのでしょう？」

甘露寺は右手を大きく振りながら、壇上をうろうろと歩き始めた。

「東山と出会ったのは今年の三月。彼女はしたたかに酔っていました。わたくしが聞きもしないのに、無能な上司に長時間労働を強いられたことへの怒りを語り、私はこれからも定時で帰る、と叫んでおりました。空になったジョッキの底に向かって」

「ジョッキの底に？」とグエンが結衣を見たが、自分でも覚えていない。

「その痛々しいふるまいを見て悟ったのです。彼女にはわたくしのサポートが必要だと」

甘露寺はスマートフォンをタップした。自分で拍手の音を鳴らしている。

「自分を売りこみにこの会社を訪れたわたくしに、社長は言いました。東山と初めて会った時のことを思い出す、今の彼女には君が必要かもしれない、と」

「なぜ、甘露寺さんが必要なの？」と野沢が言ったが、結衣にはわかったような気がした。

十一年前、灰原は人の心を失っていた。そこから抜けだそうとして、あえて結衣のような思い通りにならない新人を会社に招き入れて育てた。

管理職になったばかりの結衣にもそれが必要だと思ったのだろう。

甘露寺はろくろを回すような手つきをしながら、プレゼンを続けている。

「わたくしは、彼女に様々な気づきを与え続けました。その甲斐《かい》あって、東山は自分たちの働き方に合わせろと強いるクライアントから部下たちを守る管理職へと成長していったのです」

「甘露寺さんから見るとそういうストーリーなんですね」と加藤が言う。

「わたくしに感化された者は他にも。そこにいる種田も元はパワハラ気味の上司でしたが変わろうとしています。この間の草野球で彼が投げ、わたくしが受けた百三十キロの豪速球、恐怖が半端《はんぱ》ないわ、親指も痛いわで、これは新手のパワハラかと思いましたが、しかし、その球の重さから何かを、よくはわかりませんが、何かを感じました」

「百三十キロの球を未経験者に受けさせたんですか？」人事の男性に追及され、晃太郎は「うっかり加藤に交替させるのを忘れていて」と言い訳をしている。

「それで」と、さっきまでスマートフォンをいじっていた学生が手を挙げる。「結局、あなたのこの会社でのポジションとは？」

「オホホ、今年新卒で入社しました大型ルーキーです」

えっ新卒、という声があちこちからあがる。態度の大きさからしてそれなりのポストにある社員だと思っていたのだろう。

しかし、甘露寺は会場の空気が変わったことなど、少しも意に介さない。

「彼らが入社した頃、企業の採用は極限まで絞られていました」

後ろで手を組み、晃太郎と結衣に目を向けている。

「当時若者に求められたものは、ストレス耐性、そして自己犠牲の精神！　一方はそれに従う道を、一方は抗《あらが》う道を選び、十年以上もの間、彼らはもがいてきました。なぜか？　なぜ、人はこれほど自分の働き方にこだわるのか。それは、働き方とは生き方だからです」

甘露寺は壇上を歩き回りながら、人差し指を振って話す。

「今、企業は我が社こそが働きやすい職場であると口々に叫んでいる。しかし、信じていいのだろうか。たとえ今はそうでも、いつの日かまた若者を搾取しようと手のひらを返すのではないか？」

甘露寺は学生たちを見回して、アジテーションのように呼びかける。

「だから、わたくしは、部下を定時に帰すために戦ってくれる東山結衣を、リーダーとしてこの手で育てあげようと決めたのです。わたくしがわたくしらしく生きるために」

そこでスピーチは終わりのようだった。甘露寺はやりきった顔でいる。

「いい話だった」加藤が言う。「プレゼンターが甘露寺さんじゃなかったらもっとよかった」

会場の学生たちもそう思っているようだ。人事の男性が「この後は、今年度入社の社員たちとの懇談会があります」と呼びかけたが、みな帰り支度をしている。

だが、結衣は胸がいっぱいだった。甘露寺を見つめる。新人たちを頑張って育てていたつもりだった。

（でも、彼の言う通り、育てられていたのは私だったんだ）

彼らがいなかったら、フォースに対等な関係を主張することもなかった。押田に刀を抜くこともなかった。上海からも戻って来られなかったかもしれない。

ポケットの中でカサリと音がした。桜宮から託された封筒だった。もう一度、中を見ると、折り畳まれた便箋《びんせん》が入っていることに気づいた。取り出そうとしていると、人事の男性が寄ってきた。

「これで来年度の採用が不振だったら、どうしてくれるんです」

学生たちはぞろぞろと帰っていく。しかし、ただ一人、その流れに逆らうように立ち止まって自分を眺める若者がいることに結衣は気づいた。

最前列でスマートフォンをいじっていた男子学生だ。

結衣と目が合うと、ニコッと笑って、こちらへ近づいて来る。よく見ると、彼が着ている黒いジャケットはどこかの国の軍服のようなデザインだった。長い前髪の下から色素の薄い目が結衣を見ていた。

「今のスピーチ、わけわからなかった」と早口で喋り出す。「でも、あんなヘンテコな奴が生きてていい会社なら、自分も楽に息ができそう。今いるとこは入社した途端に他の新人と同じ扱いしてきたから辞めたいんだよね。明日からこっちに来ようかな。デスク用意できる？」

何を言っているのだろう。結衣が首を傾《かし》げていると彼はじれったそうに自分を指して言う。

「知らないの？　八神蘇芳《やがみすおう》だよ」

誰？と思っていると、「君が！　八神さん！」と人事の男性に脇に押しのけられた。

「これは失礼。メールでは何回も条件交渉したけど顔は知らなかったので」

「条件面だけど、年収一千万円にくわえて、他にも飲んでもらいたいことが」

年収一千万円。どこかで聞いた、そうだ。三谷が言っていたのだ。人事が格差採用をしてでも採ろうとした学生エンジニアがいたと。たしか大手にとられたと言っていた。

「労働時間の上限は一日に三時間」と八神は言い、

「えっ、三時間」とつぶやいた結衣を、

「それから上司はその人ね」と無遠慮に指す。「じゃなきゃ来ない」

なぜこうまで強気に交渉できるのだろう。その理由に思い当たって結衣は叫んだ。

「MAができる人だ！」

「ですです。大学二年生の時、MAのツール作って、おっきい企業に売却して、お金ならあるんで、だから年収一千万で我慢する。で、デスクは用意できる？」

「種田さん」結衣は傍らにいる男の顔を見上げた。「フォースに連絡」

晃太郎は信じられないという顔で八神を見ていたが、

「ベイシックに勝てる」とつぶやき、破顔して一番の功労者に呼びかけた。「甘露寺！」

ゆっくりとこちらをふりかえった甘露寺は「種田氏」と両手を広げる。

「さ、わたくしの腕に飛びこんで来られよ」

「いや、お前とはハグしない」と言いつつ、晃太郎は嬉《うれ》しそうに甘露寺の肩を摑んで力強く揺さぶり「よくやった」と言った。そして、フォースに電話をかけながら廊下へ出て行く。

ふりむくと甘露寺は八神と握手を交わしていた。「ささ、師匠も」

そう言われて、結衣は「よろしく、八神くん」と手を差し出した。

しかし、八神は心外だという顔で首を傾げる。

「名前の呼び方が性別で違うの？　この会社」

甘露寺も言う。

「師匠、わたくしも前々からそれはいかがなものかと思っておりました」

「ごめん」結衣は急いで頭を働かせる。「一律、さん付けで呼んだほうがいいってこと？」

「一律でなくてもいいけれど」と微笑んだ八神の手を握って、結衣は、あれ、と思った。

柔らかい。この人、もしかして。結衣は目を見開いた。でもすぐに微笑んだ。仕事をするのに男も女もない。若者たちはすでにそういう時代を生きている。彼らは暴力も長時間労働も許容しない。そして、そんな生き方を尊重してくれる上司を求めている。

「ようこそ、八神氏。この会社ならやりたい放題ですぞ！」甘露寺が言っている。

結衣は封筒にようやく目を戻した。折り畳まれた便箋を取り出すと花の匂《にお》いが広がった。

人事や新人たちがわいわい言っている中で、結衣は桜宮からの手紙を読んだ。途中まで読んだところで、いてもたってもいられなくなった。

「東山さん、ちょっと待って」という誰かの声を振り切り、廊下に出た。エレベーターに乗って「R」のボタンを押す。

屋上に出ると、静けさが結衣を包む。もう一度、彼女の手紙を開く。

「東山さん、ごめんなさい」という書き出しで、その手紙は始まっていた。

「あんな風に取り乱して、その理由も言えずに、ごめんなさい。でも、この録音を聞いてくだされば、ベイシックで何があったのかがわかると思います。

接待に出たいと言ったのは勝ちたかったからです。定時で帰れる会社の社員として、風間さんから案件を奪いたかった。それが私の働く理由でした。

でも、親善試合の日の朝、風間さんから、また連絡がありました。今の会社に居られなくなった。お前の会社に移りたいから、管理部の石黒に繋《つな》げ、と。連絡は何度も来て、頭が真っ白になって仕事をするどころではなくなりました。やっと安心できる場所にたどりついたと思ったのに。

私も東山さんみたいに戦いたいと思いました。でも、なぜだろう、私は仕事ができないって思ってしまう。気づいたら東山さんを攻撃してる。風間さんみたいなことばっかり言ってしまう。種田さんの試合を見ても、私は変われない。苦しいです。

私は弱い人間です。でも、あの男だけには負けたくなかった」

手紙はまだ続いていた。結衣は目を上げ、ビル群を眺めた。

あの中には、沢山の職場が詰まっている。自分は幸運にも安心して働ける職場で育つことができた。だから、暴力はおかしいと思える。口にも出して言える。

でも、それができない人たちも大勢いる。

「頑張ったね、桜宮さん」結衣はつぶやいた。「ありがとう、私に任せてくれて」

これは桜宮から突きつけられた管理職研修だ。上司たるもの、それを受けて立つ義務がある。自分のためならできないことも、彼女のためならきっとできる。

結衣はエレベーターに乗った。管理部に行き、石黒を呼ぶ。管理部の鬼はニヤニヤしながら「聞いたぜえ」と出てきた。

「お前のとこの瞑想《めいそう》野郎、八神をしとめたらしいな。とんだ大穴じゃねえか。ゾクゾクしたわ。これだから人材ハンティングはやめられねえ。で、コンペは勝てんのか？」

「まだわからない。結果は明日来る。その前に、グロに動いてもらいたいことがある」

依頼したいことを説明すると、石黒は眉間に深い皺を刻んだ。

「そのくらい、何てことないが、しかし、お前一人で行くな。盾を連れてけ」

「これは私の戦いなの。だから一人で行く。でなければこの傷を乗り越えられない」

石黒は「まあ止めても聞かねえか」と溜《た》め息をつく。

「じゃ、頼んだからね」と言って管理部を出ようとすると、「ユイユイ」と後ろから呼ばれた。ふりかえると、石黒が珍しくまじめな顔で見ていた。

「くれぐれも自重しろよ」

かつて職場の暴力に潰《つぶ》されたことのある石黒を見つめて結衣は言った。

「待ってて。どんな人でも安心して働ける会社に私がするから」

薄暗い地下の階段を降りていく。逆さまの福がベタベタと貼《は》られた扉を押し開ける。

「まだ開店してないよ」厨房《ちゅうぼう》から出てきた王丹はエプロンをつけていない。

「お粥《かゆ》か何か食べさせて。これから高田馬場で決闘だから」

「何だそれ」王丹はしばらく結衣を見つめていたが肩をすくめて厨房に入った。

王丹が調理している間、結衣はスマートフォンに目をやった。石黒からメールが届いている。まんまと餌《えさ》に喰いついたぜ、と書いてあった。

お粥は胃に優しかった。食べながら、結衣はこれまでの経緯を王丹に話した。

「好きなようにやるといい」王丹は聞き終わるとそう言ってくれた。「でも、その貧乏くさい格好じゃ、なめられる」

結衣は自分の服を見下ろす。ごく普通の通勤着だ。しかし王丹は、チッチッと舌を鳴らし、厨房の奥へ入ると、「結衣さん痩《や》せたからきっと入る」と服を持って戻ってきた。

スレンダーな黒いワンピースに着替えさせられる。喉《のど》もとは上品に覆《おお》って、胸まわりはふっくら、腰はタイトで体のラインが綺麗《きれい》に出る。すごく高そうだ。

王丹はヘアメイクもしてくれた。鏡を見ると、目尻《めじり》のアイラインがはねあがっていた。劉王子の会社で見た、上司からオフィスを奪った黒髪の美女みたいだ。

「王丹って、上海にいた頃はどのくらい稼いでたの？」

「私のオフィスの窓、雲が下に見えた」

結衣の耳や指や腕に高級ブランドのアクセサリーをつけてくれながら、王丹は「晃太郎も行くの？」と尋ねた。「一人で行く」と答えると満足げに微笑む。

「晃太郎なんかいなくても大丈夫。雲の上に行きたいなら、私がやり方を教えてあげる」

中国経済を支えているのは二十代から三十代の若者だという。王丹もその一人だったのかもしれない。中国は女性の役員も多いですよ、と劉王子は言っていた。

「あなたは美しい。そして強い」すっかり雲の上の女のように仕上がった結衣を見つめ、王丹は言う。「どんな男にもあなたに許可なく触る権利はない。私が許さない」

「ありがと、おかげで気分が上がった」

と言った結衣に、十センチのピンヒールを履かせ、王丹は結衣の頬を両手で包んだ。

「行ってらっしゃい、私の大事な人」

店を出ると結衣はスマートフォンを出し、一本電話をかけた。着せられている高価な服のおかげか、強気で交渉を終えると、一息ついて歩き出す。

いざ決闘だ。


待ち合わせに指定した高田馬場のダイニングバーに入り、結衣は周囲を見渡す。半個室が並んでいる。大学が近いせいか、教授と学生らしい取り合わせも見えた。奥にある完全個室に案内されて、足を踏み入れると、濃紺のスーツをスマートに着こなした男性がいた。

風間寿也《としや》、株式会社ベイシック営業部副部長。

押田もそうだったが、どこか俳優のような華やかさのある男だった。

「あなたは？　石黒さんのお連れの方ですか」と、結衣を値踏みするように見ている。

「石黒の代わりに参りました。制作部の東山結衣と申します」

「あなたが東山さんか。へえ……」石黒が同行しないと知ると、風間はプライドを傷つけられた顔になる。「その容姿で、押田さんを籠絡《ろうらく》したわけだ」と、いきなり斬《き》りつけてくる。

灰原に教えられた。人は相手を攻撃する時、自分が攻撃されたくない場所を狙《ねら》う、と。同じように分析してみる。

もしかしたら、この男は実力以外のもので仕事をとってきたのではないか。だから結衣もそうだと思っている。

「桜宮を通し、弊社の石黒に入社したいと伝えられたとか」結衣は淡々と言った。「ええ。彼女、元気ですか？　あいつ仕事できないでしょ」

風間は、今度はここにはいない桜宮に斬りつけてくる。

「そうですね」結衣はその刃《やいば》を受け止める。桜宮の名誉を守るために。「でも、芯《しん》の強い女性ですから指導の仕方によっては将来、管理職にもなれると私は思っています」

「枕《まくら》を使えばな」と風間は笑った。本当に斬りたいのは結衣なのだろう。これにも反応せずに風間の履歴書をプリントアウトしたものをテーブルに出す。

「今年、四十歳になられるのですね。もうベテランでいらっしゃる」

「ああ」風間は自嘲《じちょう》気味に言う。「ま、もうオジサンだよ」

やはりな、と思う。録音を聞いた時から思っていたが、風間は年齢にこだわる。

自分が中年にさしかかり、性的な魅力が衰え始めていることに焦っているのかもしれない。若い女子を年齢の話で貶《おとし》めるのはそのせいか。

「それにしても、あんた、いい女だな」

不意に風間の手が伸びてきて、履歴書の上の結衣の手を握った。

「諏訪が選ぶだけのことはある。ああ、でも三橋に盗《と》られたのか。やっぱ若い方がいいもんな。でも二十代の女ってすぐ騒ぐだろ？　俺は三十代の方がいいな」

結衣は悲しい気分で風間を見つめ返す。やはり押田によく似ている。自分が褒めれば女は喜ぶ。まだそんな錯覚に溺《おぼ》れている。

「あんたとは仕事の関係になりたくない。石黒さんに繋いでくれ」

女に自分を査定されたくはないということか。結衣は少し間を置いてから言う。

「石黒が入社当時、セキュリティ部門にいたことはご存知ですか。会社をハッカーから守る壁を作る者はその逆もできる。誹謗《ひぼう》中傷の発信元を探るくらい簡単なことです」

風間の顔色が変わった。手が引っこめられる。

「桜宮に裏切られた腹いせに、ネットに会社クラッシャーだというデマを流したのはあなたですね」

結衣はテーブルに置かれたおしぼりで手の甲を丁寧に拭《ぬぐ》った。

これは桜宮の仇討ちではない。助太刀だ、と心の中で思う。彼女は負けてはいない。今も戦い続けている。

忠臣蔵の外伝に、高田馬場の決闘、というエピソードがある。四十七士の一人、堀部安兵衛が堀内道場の師範代だった頃、同門の菅野六郎左衛門の決闘に助太刀する話だ。

(私はその堀部安兵衛になる)

そう思い定めて結衣は、

「あなたがこの店で桜宮にしていたこと、全《すべ》てこの中に記録されています」

と、風間の前にUSBを出した。

「待ち合わせ場所がこの店だったのに、おかしいと思わなかったのですか?」

「あいつ、録音してたのか」風間は傷ついた顔になり、USBを見つめた。しかしすぐに、「それがどうした？」と自分を奮い立たせるように言った。

「俺はベイシックを辞める。いくら告発したって、もうあの会社とは関係ない」

「あなたを嬲《なぶ》り殺しにする方法はいくらでもあります」

「世間に公表するつもりか」風間は凄《すご》んだ。「桜宮だって一緒に晒《さら》されることになる。それでいいのか？　この国にいられなくなるぞ」

「彼女はその覚悟でこれを私に任せたのだと思います。でも、そこまでせずとも、同業他社全てに音声データを送れば、復讐《ふくしゅう》としては充分でしょう」

「待て」風間の顔色が変わる。「フォースのパワハラの酷《ひど》さ、知ってるだろ。俺だって耐えてきたんだ」

「大変でしたね」風間の言葉をまずは受け止める。「しかし、弊社はあなたを採用しませんし、同業界での転職もさせません。桜宮の前には二度と現れてほしくない」

「俺に死ねってことか」風間の唇がわななく。「この年で他業界に転職なんかできない」

その顔が焦りでいっぱいになっていくのをゆっくり待った後、

「じゃあ、こういうのはどうでしょう？　同業界でも国外なら許す、というのは」

結衣は名刺を一枚取り出す。劉王子の名刺だ。

「この会社にならあなたをご紹介できます。お望みの裁量労働制の会社ですよ」

ここに来る前に、劉王子に電話をして交渉したのだ。日本とのブリッジになり得る営業マンを紹介する。パークハイアットの宿泊費はその紹介料と相殺《そうさい》してくれと。風間の過去についても勿論《もちろん》話した。劉は渋っていたが、

――あなたの姐姐《ジェジェ》が日本に来たばかりの頃、私がどれだけ彼女の力になったか。

と、さんざん恩に着せて、無理矢理に承諾させた。王丹がそうしろと言ったのだ。中国人は恩を受けた相手に弱い。そして、ワンズゥはシスコンだから、と。

まさか転職先を世話されるとは思わなかったのだろう。風間は戸惑っている。

「ただし、日本の裁量労働制とは勝手が違います。あなたの下につくのは野心がある部下ばかり。パワハラなんかした日には――」結衣は自分の喉に手刀を当てて、勢いよく横に引いた。「あっという間に首をはねられます」

結衣は続けて、ブラックシップスの会社概要を差し出す。

「狭い日本を出て、ここでグローバルスタンダードを学んで来てください」

「無理だ」風間は首を横に振る。「そんなレベルの高いこと、俺にはできない」

「できなくてもやってもらわなければ困ります。桜宮のために」

定時後も帰れずに、この個室で風間に拘束されていた彼女が、今もそこに座ってい

るような気がした。負けたくなかった、という言葉の後も桜宮の手紙は続いていた。

「俺は家族を守るために働いてる、と奥さんと娘さんの写真を彼女に見せたそうですね。だから桜宮は公表できなかった。あなたが潰したのはそういう、武士の情けを知る若者です」

驚くほど静かな気持ちになって、結衣は言った。

「桜宮は私への手紙にこう書いていました。風間さんに伝えてほしい。あなたの娘さんが将来就職した時に同じ目に遭わないように、どうか生まれ変わってくださいと」

晃太郎も、フォースの社員も、生まれ変わる道を選んだ。葛藤《かっとう》するような顔で劉の名刺を見つめている愚か者《アスホール》に、「風間さんはまだ若いです」と結衣は言った。

「新しい日本の会社員に、あなたもきっとなれます」

決闘を終え、風間を残して個室を出ると、結衣は立ち止まった。

晃太郎が廊下の壁に寄りかかって立っている。

「さてはグロが告げ口したな。道理であっさり一人で行かせてくれると思った」

「結衣だって俺の試合を見てただろ。お互い様だ」晃太郎は先に歩いて店の入り口へ向かう。

風間の分も会計を済ませ、店の外に出ると、結衣は「終わったよ」と言った。

「対等に刃を切り結んできた。もう、何にも怯《おび》えてない」

「そうか」晃太郎はそれだけ言うと、結衣をじろじろと眺めている。

「あっ、この服？　王丹に借りたの。綺麗でしょ」

「普段からそういう格好すればいいのに。いつも着てる楽そうな服じゃないと違うな」

楽そうな服。そんなことを思っていたのか。晃太郎は、暑い、とつぶやく。

「結衣に昔の話をした後くらいからかな。暑いとか疲れたとか、久しぶりに感じるようになった。だるいなと思って、これで睡眠時間を計測してみたら平均で三時間しか寝てなかった」と腕のアップルウォッチを見る。「ずっとアドレナリンに酔ってたんだ。でも、それが切れて、酔いが覚めて、自分がどう生きたいかわかるようになってきた。あいつも同じだ。いつか変われる時が来る」

風間とのやりとりを外で聞いていたのだろう。

「俺、今日はもう直帰する。最近、働き過ぎだったし、昨日は試合もあったし」

結衣は驚いて腕時計を見る。まだ十七時にもなっていない。

「昨日の夜は、実家に帰ったんだ。押田が倒れるのを見たら、父親にも何か言いたくなって。でも実際会ったら、あっちの方が俺の機嫌取ってきて……。何であんな人に褒めてもらいたいと思ってたんだろうな。これからは、ほどほどに親孝行する」

「そっか」何はともあれ、柊はほっとしただろう。「今日も実家行くの？」

「いや、プライベートで行くところがある」

心がざわつく。この男は自分の知らない未来に向かって歩き始めている。彼が乗り越えた過去の中に置き去りにされたような気分になった。

「結衣も今夜は実家に帰って、ちゃんと飯食え。コンペに勝ったら忙しくなるぞ」

晃太郎は歩いていく。どこに行くの、とは聞けなかった。定時後の時間は部下のものだ。

それで思い出した。まだ面倒を見なければならない若者が一人残っている。結衣は劉に報告の電話をかけてから、会社への帰り道を辿《たど》った。

運用部を覗《のぞ》いた結衣は来栖に声をかけ、自販機の前まで呼び出した。

コーヒーを買って渡す。運用部にも八神の話は届いていたようだ。また結衣さんに手のかかりそうな部下が増えるのかとブツブツこぼしている来栖に、結衣は言った。

「さっき三谷さんと話した。コンペに勝てたらフォースには別の人に常駐してもらうことにした」

「えっ、でも、僕は、結衣さんの支えになりたいと思って、それで――」

「実はね、手を結ばないかと言われてる。ブラックシップスから」

「……それ、結衣さんを引き抜こうとした上海の会社ですか」

劉王子にはさっきの電話で、風間が入社に同意したことを伝えた。その時に、劉からすかさず話をもちかけられたのだ。結衣さん、私と一緒に仕事をしませんか、と。

「こっちはMAのツールを提供してくれる外注先ができる。むこうは日本での窓口ができる。条件面の擦り合わせをして、来週にも制作部長に企画を上げる」

劉王子は中国企業を警戒する日本企業へのアクセスに苦戦している。

――イーサン・ラウは男です。上海商人の誇りにかけて、御社に損はさせません。

そう言っていた。社内調整に協力する代わりに、結衣の方も条件を出した。

「うちから社員を出向させてほしいって頼んだ。あなたを推薦したいと思ってる」

「僕を？」来栖の目が見開かれる。「僕が、上海で働くんですか？」

「この会社が強くなるために、どんな取引先の言いなりにもならずにすむように、むこうの懐《ふところ》に潜りこんで新しい中国のやり方を盗んで――いや、吸収してきてほしい。どんなところにいても染まらない。これはそんな来栖くんにしかできない仕事だと思う」

大事に育ててきたこの若者を旅に出す。その覚悟を決めて言う。

「どんな人間とも対等に渡り合える力を身につけてほしい。私にもない強さを学んできてほしいの。あなた自身のためにも」

出向ならば、自分が後ろに控えていられる。助けにも行ける。

来栖は真面目《まじめ》な顔になって黙りこんだ。でも考えている時間は短かった。

「東山さんがそこまで言うなら、行きます」期待の二年目は言った。「でも、僕は自分のためには行きません。あくまで東山さんのためですからね。忘れないでくださいよ」

相変わらず恩着せがましいが、呼び方が戻っている。彼なりにけじめがついたのかもしれない。上司マジックも、もう少ししたら消えるのではないか。

巣立ちの日は寂しいだろうな、と思っていると、来栖がふいに言った。

「上司マジックじゃないですから」

すぐには応《こた》えられずにいる結衣に、

「強くなって帰ってきますから、期待して待っててください」

怒ったように告げて歩いていく若者に、すぐ辞めると言っていた頃の面影はもうなかった。

スーツケースを石段の上に引き上げると、結衣は深呼吸をして、実家の玄関に入った。

ただいま、と呼びかけると、母が出てきて「よかった」と溜め息をつく。

「お父さんが、あんな根性なし、放っておいても帰ってくるに決まってる、連絡なんかするな、って言うから、メールもできなかったのよ」

母にお土産を渡すと、結衣は階段を上った。父の部屋の扉は閉まっていた。

「全て終わりました」と扉に向かって話しかける。「仇討ちも、ついでに決闘も」

返事はなかったが、風邪気味なのか、喉を鳴らす音が聞こえた。聞いているようだ。

父には言っていなかったフォースでのことを、結衣は話し始めた。接待の席で新人の代わりに脱ごうとしたこと。晃太郎に上海に逃げろと言われたこと。押田に抱き寄せられたこと。

「結局、大石内蔵助になったのは、晃太郎だった」

扉の向こうからは返事はない。でも結衣は討入りのことを最後まで話した。

「お父さんも会社員時代は苦しかったんだろうね。家族に当たりたくて当たったんじゃない。守るために必死だったんだよね。それがお父さんの精一杯だったんだよね」

結衣は扉にむかって頭を下げた。そしてできる限り心をこめて言った。

「長い間、家族のためにありがとうございました」

そう言って、扉の前を去ろうとする結衣の耳に、うっ、うっ、という呻《うめ》きが聞こえてきた。心配になって耳を済ますと、嗚咽《おえつ》だとわかった。初めて聞く父の泣き声だった。結衣は黙って自分の部屋へと立ち去った。

きちんと報告しなければ。スマートフォンを取り出した。

桜宮さんへ、で始まるそのメールに、結衣は風間との決闘の顚末《てんまつ》を書いた。最後にこう書いた。

「もう何も心配しないで、ゆっくり傷を癒《いや》してください。いつまでも待ってるから」

彼女が早く職場復帰できる日が来るようにと祈りながら。

王丹から借りた服をハンガーにかけ、メイクを拭《ふ》き取り、パジャマに着替える。そこで体力が尽きた。ベッドに這《は》い上り、上半身を横たえたところで意識が途絶えた。

真っ白な世界に立っている。

まさか、と結衣は思った。また来てしまったのか。働きすぎて死んだ会社員たちの骨が敷きつめられた白骨街道に。でもすぐに気づいた。踏んでいるのは骨ではない。白い布だ。その上に三方があり、小刀が置いてある。

そのむこうには、真新しい棺《ひつぎ》が沢山並んでいる。これは、と結衣は思った。もしかして『忠臣蔵』の最後の場面だろうか。

主君の仇《かたき》を討った大石内蔵助は反逆者か、はたまた忠義者か。

国を二分する大激論の末、時の将軍、徳川綱吉は幕府の権威を保つことを第一義と定めて、大石たち四十七士全員に切腹を申しつけた。打ち首を覚悟していた彼らは武士らしく死ねることをむしろ喜んだという。でも――。

沢山の棺の前で結衣は言葉を失う。こんなに大勢の人が死ぬ必要があったのだろうか。

松の廊下事件の日、江戸城は異様な緊張に包まれていたといわれている。

将軍綱吉は、庶民出身の母・桂昌院《けいしょういん》を、慣例に反して従《じゅ》一位に推そうとしていた。そのため、朝廷からの勅使を接待することに力が入っていた。プレッシャーのためか、勅使御馳走役《ごちそう》である浅野内匠頭には持病の癪《しゃく》が出ていたという。

吉良上野介がパワハラをした証拠は現在に至るまで見つかっていない。

でも、浅野の異変に誰かが気づいていたら――なぜ彼が吉良に斬り掛かったのか、その理由をきちんと調査していれば、家臣たちは討入りも切腹もしなくてすんだかもしれない。

「パワハラの証拠はなかった――ですって？」

可愛《かわい》らしい声がして、見ると白い着物に身を包んだ桜宮が目の前に立っていた。

「そんなもの揉《も》み消されたに決まってるじゃないですか」

結衣は戦慄《せんりつ》する。「桜宮さん、なぜ、あなたがここにいるの」

彼女は答えずに白い布を踏みしめて近寄ってくる。

「みんな自分の仕事で余裕がない。勇気を出して告発しようものなら、会社員生命を断たれる。だからみんな黙ってる。元禄《げんろく》十四年に起きたことだって、どうせそんなことだったんじゃないですか？」

桜宮の瞳孔《どうこう》の奥で静かな怒りの火が燃えている。

「でも私はあきらめなかった。東山さんの助太刀を得て、自分を苦しめる上司と戦った」

彼女のまなざしが結衣に注がれる。

「私は私を誇りに思います」

「私もあなたを誇りに思う」結衣は言った。「あなたが職場に戻ってくる日を待ってる」

その時、どこからともなく人々が出てきて、桜宮の腕を摑み、結衣から引き離す。

「どうでもいいことで上司を告発する、お前のような者を会社クラッシャーと呼ぶんだ」

彼らは灰色の何かを着ている。裃《かみしも》なのか、スーツなのか、ぼやけてわからない。

「何をするの」結衣は叫んだ。「彼女に、何を」

表情のない彼らは、桜宮を三方の前に座らせ、短刀を無理矢理握らせる。

「切腹しろ」と彼らは唱和する。

「いやだ、死にたくない」

桜宮は首を横に振る。結衣の方を見て、涙がいっぱいの目で、叫ぶ。

「私、東山さんとまた仕事がしたいんです」

「桜宮さん」と結衣は呼ぶが、自分も遠くに引きずられていく。

桜の花びらが嵐《あらし》のように舞っている。彼女の姿は見えなくなった。

「必ず助けに行く」結衣は桜の嵐にむかって叫ぶ。「それまで死なないでいて」

また連れていかれた。大事な仲間を、向こう側へ。

風間を国外に追い出しても、桜宮の心が回復するわけではない。柊のように長い時問苦しむことになるかもしれない。

なぜ勇気を持って戦った側ばかりが大きな傷を負わなければならないのだろう。

もっと早く、自分が気づいていれば。部下が増えるたびに新たに肩に載せられる責任の重さに、この先、自分は耐え続けることができるだろうか。

「責任なんか感じなくていいんじゃないかな」

そう話しかけられた。自分のすぐ横にかつての上司が立っていた。

福永清次。昨年度までマネジャーだった男だ。暗い目で結衣を見つめている。

「僕らは平凡な会社員だ。能力なんかたかが知れてる。時には暴力でも使わなきゃ、怠惰な部下たちは働いてくれない」

かつて晃太郎を過労死寸前まで働かせた福永は言う。

「部下なんて、人間だと思わなきゃいいんだよ。そうすれば辛《つら》くない」

ストレスからすぐ逃げる。無理をしない。頑張りもしない。自分と共通点が幾つもあるかつての上司を、結衣は見つめた。そして、「ありがとう」と言った。

「あなたは、いつも私に勇気という言葉を思い起こさせてくれる」

立ち上がる。肩についた桜の花びらを払いながら、結衣は言った。

「私はこれからも定時で帰ります」

「どこへ？」福永は嫌なところを突いてくる。「帰るところなんてないくせに」

「なくても帰ります」

平凡な会社員の自分にできることは、ただ一つ。働きすぎずに、きちんと休んで、正気を保ち続けることだけだ。

「人の心を取り戻して、必ず桜宮さんをここから連れ戻す」

福永に背を向ける。どこまでも続く白い布を踏みしめ、歩き出そうとする。

「行かないでくれ」福永が後ろから抱きついてきた。「置いていかないでくれ」

取りこまれる。そう思った時だった。結衣、と聞き慣れた声が聞こえ、大きくて温かい手に肩を摑《つか》まれた。その手は結衣を強い力で福永からひきはがした。

「結衣、いい加減に起きろ！」

目を開けた結衣の耳にその声は響いた。大きく肩を揺さぶられている。

「やっと起きた」晃太郎が自分の顔を覗きこんでいる。「死んでんのかと思った」

ここはどこだろう。会社か。それとも病院か。最初に見えたのは電灯のスイッチ紐《ひも》だった。

「え、何？　何で、晃太郎が、私の部屋に？」

「昨日、お父さんから電話がかかってきて」

土曜日だからか、晃太郎はTシャツ姿だった。

「父が呼んだの？　何で？」結衣はベッドの上に起きあがった。

「俺も知らない。下で三十分くらい待ってたんだけど、一向に起きて来ないから起こしに来た。宗介さんは何度も起こしたからもういやだって」

「お兄ちゃんも来てるの？」わけがわからない。

「気まずいから早く下に来てくれ。その前に着替えた方がいいと思うけど」

そう言われて、自分がパジャマでいることに気づいた。しかもノーメイクだ。顔に血が上る。晃太郎を追い出し、急いで着替えていると、今度は兄がやってきて急《せ》かした。

「化粧とかしたってどうせたいして変わんないだろ」

「行くってば。っていうか、何でいるわけ？」

「ああ」兄は気まずそうに言った。「謝りたいって、お父さんから昨日、メールが来て」

「えっ、お父さんが、謝る？」そんなこと、今まで一度もなかった。

「俺にも良くないところがあったかもしれない……とか、往生際《ぎわ》の悪いことを言ってたぜ」皮肉を言いつつ、兄の宗介はどこかほっとした顔だ。

髪を梳《と》かしてから一階のリビングに行くと、晃太郎は所在なさそうに窓際に立ち、狭い庭を眺めている。結衣は尋ねた。

「晃太郎は何で呼ばれたの？」

「だから知らないって」と、小声で返ってきた。

台所から父が出てきた。晃太郎をソファに座らせ、自分でコーヒーを運んでいる。これも今まで一度もなかったことだ。

「君に尋ねたいことがある」と父は晃太郎の向かいに座って言った。「うちの結衣はこれからも出世するのか」

予期せぬ質問に晃太郎は戸惑っていたが、「おそらく」とうなずいた。

「少なくとも社長の灰原はそのつもりだと思います」

そうか、と父は少しの間黙った。そして言った。

「娘のそばにいてもらうわけにいかないだろうか」

「はい？」結衣は焦《あせ》って晃太郎の方を向く。「ごめん、何言ってんだろ、お父さん」

「こいつが出世していく先に待っているものを、俺は知ってる。社会の上には立派な人がいる。だが、立派でない奴《やつ》らも大勢いる。格好の標的に結衣はなるんじゃないか」

そう話す父の表情は見たことがないほど真剣だった。

「こいつは変わってる。疲れたら休む。空気は読まない。働く時間は短い。理不尽にも耐えない。日本人の美徳を何一つ持ってない。そうだろ？」

「はい」晃太郎はうなずいた。「それはもう、その通りです」

「だが、晃太郎くんならその欠点を補える。無理を承知で言う。どうかうちの娘と――」

やめて、と心で叫ぶ結衣より先に、晃太郎が父の言葉を遮った。

「結衣さんとはこれからも同じチームにいます。ちゃんと支えます。ご心配なさらず」

「いや、俺が言ってるのは、そういうことじゃなくてだな」

「お父さん、ほんとにもうやめて」

晃太郎とは終わったのだ。二人で上海飯店に飲みに行った後、他でもない自分が終わらせたのだ。これ以上気まずくなったら一緒に働くことすらできなくなる。

「お前はそれでいいのか」と、父は言う。

よくはない。でも、晃太郎には晃太郎の人生があるのだ。

「こいつは君に未練がある。諏訪さんと破談になったのもそれでだ。そうだな、結衣？」

「やめてよ」結衣は怒鳴った。「たとえ、よしんば、その通りだったとしても、お父さんにだけは言われたくない。晃太郎も聞かなくていいから」

「そうよ、お父さんが口出すことじゃないわよ」ソファの後ろで紅茶を淹《い》れていた母が言う。「それにお母さんは、晃太郎さんと結婚するのは反対です」

「でも晃太郎くんが結婚してくれなかったら他に誰がいるんだよ」

キッチンカウンターで見物していた兄が言う。

こんなに恥ずかしい思いをしたのは初めてだった。たまらなくなって、結衣は立ち上がり、東山家の面々に包囲されている晃太郎の腕を掴んで立たせた。廊下に引っ張り出す。

「ほんとにごめん、うちの家族が、土曜日のこんな朝早くに」

「いや、相変わらずって感じで面白かった」

晃太郎は玄関に座って靴を履きながら言った。もう帰るつもりらしい。

その後ろ姿を見つめながら、結衣は話題を替える。「コンペの結果、まだ来ない？」

まだ、と晃太郎は少し緊張した顔で結衣を見た。そして言った。

「この後、ちょっとつきあえるか？　その、東山さんに新規の提案がありまして」

「仕事の話？」と尋ねると、晃太郎は、ううん、と肯定とも否定ともつかぬ返事をした。

外に出ると晃太郎は早足で歩き始める。そのまま駅に向かう。財布を持たずに来た結衣のために切符を買い、電車を乗り継ぎ、着いたのは会社の最寄《もよ》り駅だった。

「会社、行くの？」と尋ねた結衣に首を横に振り、晃太郎は会社とは反対方向に歩きだす。

この先は新興住宅街だ。子連れの家族と何組もすれ違った。

「ここ」と晃太郎が指したのは、分譲マンションのエントランスだった。エレベーターに乗ると、十階で降り、ある部屋の前で鍵《かぎ》を出して扉を開ける。

「誰の家？」結衣は玄関に入ると尋ねた。家具はなかった。がらんとしている。

「買った」と晃太郎が言った。

意味がわからず、立ちすくんでいる結衣を置いて、晃太郎は中に入っていく。

「中古だけど、築浅で、三十五年ローン。ゴールデンウィーク中に見つけて、ローン審査とか手続きで一ヶ月かかって、昨日が鍵の引き渡し。来週には引っ越してくる」

胸が強くしめつけられて、結衣は言った。「晃太郎、誰かと結婚するの？」

「何言ってんだ、お前」晃太郎が近づいてくる。「熱中症か？　朝飯食ってないもんな」

「この間取りってファミリー物件だよね」

「そうだけど」晃太郎の目が見開かれた。「もしかして、覚えてない？」

何を、と訊《き》き返すと、晃太郎は目眩《めまい》がしたのか手を額に当てた。

「上海飯店に飲みに行った日の夜、言ってただろ。あの狭い部屋になんか行かない、よりを戻したいならマンションでも買ってこい、変わったってことを証明しろって」

「私がそんなことを？」結衣は少し考えて尋ねた。「その時、グロはいた？」

「いた。石黒さんとタクシー乗る直前まで、結衣は何度も同じこと言ってた」

あいつ、と結衣は歯嚙《はが》みする。わざと言わなかったな。

でも、だったら、晃太郎はそのために四月から働いてきたのか。よりを戻すために。

(だからって、一言の相談もなく買うかな)

結衣はカーテンのない大きな窓の前へ行く。そこで力が抜けてフローリングに座る。晃太郎もその隣に来て座った。窓の景色を眺めながら言う。

「ローンは折半でどう」

「それが新規提案？」

結衣はビル群を眺めていた。その中に二人の勤め先、ネットヒーローズのビルもある。

「結衣はこれからも出世するだろう。異動もするかもしれない。一緒に住んでいれば二十四時間態勢でサポートできる。さすがに毎日定時で帰るのは無理だけど、ここは会社が近いし、帰れと言われたらすぐ帰って来られる」

「でも父の前では、これからもいい同僚で、みたいなこと言ってた。だから、てっきり私は――」

「あの場で他に言いようがあるか？　二人の時に自分で言いたいだろ、普通」

晃太郎は立ち上がると、キッチンに無造作に置かれていたビニール袋から缶ビールを一つ出して戻ってくる。

「お前以上に、俺を大事に思ってくれる主君はいない。だからこのビールに誓う」

缶ビールを結衣の前に差し出すと、晃太郎は言う。

「これからの人生の全てを懸けて、俺は結衣に忠義を尽くす」

結衣は晃太郎を見つめていた。お前を一人にはしないとこの男は言ってくれているのだ。胸がいっぱいになる。でも、だめだ。結衣は黙っていた。

「え、まさか迷ってる？」晃太郎は動揺している。「まだ諏訪さんのことが……」

「違う、そうじゃない。桜宮さんがまだ向こう側にいる。私だけ幸せにはなれない」

その時だった。結衣のスマートフォンが震えた。何となく予感がして、急いでスカートのポケットから引っぱりだす。メールが届いている。差出人は桜宮。

昨日の結衣のメールへの返信だろう。開く指が震えた。

『本当にほっとしました。東山さんにお任せしてよかった』

と、そのメールには書かれていた。

『それと、この前のメールに書き忘れたことがあります。種田さんとのこと、色々言ってしまってごめんなさい……。東山さんがあまりにも素直じゃないのでつい言ってしまいました。

まず自分が幸せになってください。東山さんが先に元気になってください』

しばらくメール画面を眺めた後、結衣は缶ビールに手を伸ばした。

「あっ、ちょっと」晃太郎が言った。「返事は?」

構わず一気にあおった。空っぽの胃に黄金の液体が浸《し》みこんでいく。ビールはぬるかったが、それでも体中がパチパチと発泡した。美味《おい》しい、と思った。たぶん、それが答えなのだ。

晃太郎に向き直って、「お断りします」と結衣は言った。

「忠義を尽くす家臣なんて私はほしくない」

「えっ？　だって、お前、マンション買えって」

と、愕然《がくぜん》としている晃太郎の言葉にかぶせて、結衣は言った。

「私がほしいのは一緒に戦ってくれるパートナーだから」

晃太郎とよりを戻したら怒りそうな人たちの顔を一つ一つ思い出し、ごめん、と心でつぶやいてから、結衣は働くことが大好きな男の顔をまっすぐ見据えた。

「種田晃太郎さん。私と結婚してください」

まず自分が幸せになろう。そしてどんな人も安心して働ける会社を作ろう。桜宮がいつ戻ってきてもいいように。

「あと、頭金の折半は少し待って。何年かかけて少しずつ返すから」

晃太郎は何も言わなかった。ただ、改まった顔をしてうなずいた。

結衣が晃太郎のシャツの襟を摑むのと、晃太郎が結衣の頭を引き寄せるのと、どっちが先だったかはわからない。晃太郎の胸に顔を沈めると懐《なつ》かしい匂《にお》いがした。

「やっと取り戻した」という声が晃太郎の胸に当てた耳に伝わってきた時、電話の呼び出し音が鳴った。

「フォースだ」

晃太郎は一瞬迷いを見せたが、結衣は出るよう促した。晃太郎はポケットからスマートフォンを抜き、電話に出た。「はい……はい……」と何度かうなずいた後、鋭い目が結衣の方を向いた。

そして、声に出さずに口を動かした。

「うちの勝ちだ」

体が熱くなる。結衣は小さく微笑《ほほえ》んだ。

しかし、すぐに緊張する。

ここから先は灰原の戦いだ。裁量労働制派が多数を占める役員会で、あの社長がゲームチェンジを起こせるだろうか。そう簡単ではないはずだ。

でも、その前に――。晃太郎と結衣は互いを見ていた。

「俺たちは下克上を起こした」

目の前のスマートフォンから榊原の興奮気味の声が続けて響く。

「広報部だけでなく、開発部と、それから営業部の人間で連判状を作り、会社を再興したいと役員会に直訴したんだ。押田だけではなく、他の役員からの圧力にも屈せず――」

いつまでも続きそうなその話に痺《しび》れを切らした晃太郎が「あの」と言う。

「今、取りこみ中でして、続きは月曜に伺います」

「えっ、でも、土曜日でもいいから連絡しろって言ったのは種田さんでしょ――」と言う声の途中で、晃太郎は電話を切り、結衣を抱き寄せた。

今度は強い心音だけが耳に聞こえてきた。温かい、と思った。

本当にこのまま結婚していいのだろうか。そんな疑問がふっと頭に浮かぶ。

さっきこの男は何て言っていたっけ。さすがに毎日定時で帰るのは無理だとか、ここは会社が近いとか、二十四時間態勢でとか言っていた気がする。何だかんだと理由をつけて、これからも残業続きの毎日を送るつもりではないのだろうか。

でも、この人は変わったのだと、今度こそ信じてみてもいいかもしれない。

とりあえず、今は仕事のことは全て忘れて休もう。久しぶりのほろ酔い気分に身を任せて、結衣は目を瞑《つむ》った。

番外編　もし、明日死ぬとしたら何を食べたい？

ここは、風が強く吹く東京の湾岸地区である。都心にアクセスがいいわりにオフィスの賃料はそれほど高騰《こうとう》しておらず、新興企業が詰まったビルが多い。

その一角にある雑居ビルの地下へと、薄暗い階段を降りていくと、逆さまの「福」という文字がベタベタと貼《は》ってある扉が現れる。そこが上海飯店である。

私はこの店の招き猫である。

壁際《かべぎわ》に置かれた漆塗りの飾り棚の上、サムスン製の液晶テレビの横に座っている。

一般的な招き猫が上げているのは右手だが、私が上げているのは左手。つまり、私が招こうとしているのはお金ではなく人のほうで——いや、ちょっとお待ちを。

今ちょうど、珍客を招き入れてしまったようだ。

「お前、全然死ぬ気ないだろ」

そう言いながら、扉を押し開けて、入ってきたのは種田晃太郎である。たしか三十五歳になるはずだ。高機能なスポーツウェアを着て仕事をするような体育会系の男だ。

（これは、どういうことだ）

私は視線を厨房《ちゅうぼう》の前にいる王丹へと向ける。髪をひとつに束ね、化粧っけのない、この店の女性オーナーも驚いている。「なぜ」と口を動かしている。

その目は、晃太郎の後から、親しげに連れ立って現れた女性を見つめている。

その女性とは、東山結衣。晃太郎より三歳ほど若く、いつも通りゆるいオフィスカジュアルに身を包んでいる。

彼女はこの店ができて間もない頃から通っている常連である。王丹とも親しい。何を隠そう、この店に沢山の人が来るようにと、私を王丹に贈ったのは、他でもない彼女である。

「晃太郎こそ死ぬ気満々って感じで、嫌だなあ、そういうの」

そう言いながら、私のすぐ前のテーブル席を選び、荷物を椅子《いす》に置いている。

びっくりして口がきけずにいる王丹と私（私はもともと口がきけないが）の代わりに、

「あれ、お二人さん、あんたら、とっくに別れたんじゃなかったっけ？」

と訊《き》いてくれたのは、別の常連であるおじさんだ。

その通り、彼らは二年も前に別れている。原因は二人の働き方があまりにも違うことだった。結衣は何があっても定時に帰る女。一方の晃太郎は二十四時間働く男。つきあっていた頃、二人はよくこの中華料理屋に来ていた。最初の頃はお互いのことしか目に入っていないのではないか、と思われるほど仲が良かった二人だが、結婚という現実を前にして、少しずつ、その仲は怪しくなっていった。

常にスマートフォンを傍らから離さず、業務メールが来ればすぐ対応する晃太郎に待たされながら、結衣が黙ってジョッキを傾けているシーンを、私は何度も見た。結局二人は別れ、結衣は同じ業界で働く別の男性と婚約した。今度はプライベートを大事にする人らしい。結衣を一人で待たせない男だそうだ。

そんないい人がいるのに、なぜ、この男と二人きりでご飯など食べに来るのか。

実は、二ヶ月ほど前、閉店間際にも二人で来たことはある。部下の面倒を見ているうちに仕事が終わらなくなった結衣を晃太郎が手伝い、一緒に残業するはめになったと言っていた。その流れで夕飯を食べに来たらしい。どちらも疲れた顔をしていて、湯麵《タンメン》を食べて帰っていった。

しかし、その時と違って、今、二人の間には仕事の空気が挟まっていない。

怪しいぞ、と思っている私の代わりに、

「元彼と、思い出の店に、そんなに楽しそうに来ちゃっていいのかなあ」

と、おじさんが訊いている。さすが酔っぱらいだ。若者のプライバシーに踏みこむ下世話っぷりが今は頼もしい。

「婚約者に怒られない？　またまた結婚ダメになっちゃったりして！」

それを聞くと、さっきまで笑っていた結衣の目が死んだようになった。

「いいんです、もうダメになったので」

そう言って、倒れこむように椅子に座りこんでいる。

「ダメになったってどういうこと」

「浮気。浮気です。今さっき、その現場に遭遇してきて」

「えっ、現場って？」

「私と借りた新居です。その寝室で、若い女の子と」その先は辛《つら》すぎて言えないらしい。「今夜は飲みます。……ビール！」

王丹も驚いたのだろう。「すぐ持ってくる」とだけ言って厨房へ入っていく。

「えっと、それで晃太郎くんは？　何で一緒にいるわけ？」

おじさんはまだ頑張って、ワイドショーの記者よろしく、二人の仲を詮索《せんさく》している。

「俺はたまたまその居合わせて……というか、結衣の代わりに、その、寝室の中を確認しまして……。あの、王丹、俺はとりあえずハイボールで。紹興酒入ってるやつ」

テーブルに立っているメニューを手に取りながら、晃太郎が言う。

「何で晃太郎くんがそんなとこに、たまたま居合わせるのよ」

「それは」晃太郎は気まずそうに言う。「うちのチームはこの週末、燃えた案件の納期が迫っていて、今朝ようやく終わったんです」

この二人は近くのオフィスビルにあるウェブ関連の会社で同僚として働いているのだ。

「でも、彼女は過労で倒れて、その時、額《ひたい》を切って病院に搬送されまして」

「えっ、搬送？　救急車で？」

ぎょっとした顔のおじさんに、

「これ、ここです。ここを縫いました。無謀な案件をとってきた上司のせいで」

結衣が前髪を上げて額に貼られたガーゼを怒ったように見せている。

その上司というのは、たしか福永という男だ。この間、ここで二人が湯麵を食べていた時に会話に登場していた。

なんでも慈善事業のような予算で仕事を受けてしまう男らしい。そのせいで職場環境はどんどん悪化しているという話を結衣がしていた。

「みんなを家に帰すため、福永さんを案件から外そうと戦った結果がこれですよ。プライベートをないがしろにして、東山結衣、またもや幸せを逃しました」

それを聞いて、晃太郎がうしろめたそうな顔になる。

結衣がそこまでしなければならなくなった経緯にこの男も関与しているのだろう。何しろ長時間労働が好きな男なのだ。好きすぎて、二年前この男も過労で倒れた。よりにもよって両家の顔合わせの日に。

——仕事と、私との結婚と、どっちが大事？

結衣にそう尋ねられ、

——仕事だよ。

と晃太郎は答えた。それで二人は別れたのだ。

その後の結衣の荒れっぷりといったらなかった。ビール腹にだけはなりたくないと、普段は三杯くらいで止めているビールも、五杯、七杯と空けていき、記憶を失《な》くした。

失くしたかったのだろう。

その結衣を慰め、寄り添い、立ち直らせてくれたのが今の婚約者だったと、彼女自身がこの店で話していた。いい人が見つかってよかった、と常連のおじさんたちはみな言っていたのだ。

「今日はウェスティンホテルで両家の顔合わせがあって」

結衣もメニューを広げたが、その目はどこか遠くを見ている。

「無理して退院して、晃太郎に付き添ってもらって婚約指輪を取りに新居に帰ったら」

そこで婚約者が若い女としけこんでいたというわけか。

「私が仕事にかかりきりになったから、だから……」

両家の顔合わせの日に、またもや結婚がダメになるとは結衣も運がない。

「結衣はショックでぼんやりしてるし、俺は俺で人のセックスなんか見ちゃって消化不良になるしで、それで現場から直接こちらに来たというわけです」

と、晃太郎が話を締めくくる。

おじさんは黙っている。面倒なことになったぞと思ったらしい。さりげなく体の向きを替え、この話からの離脱を図っている。

結衣は失恋すると荒れる。うっかり捕まれば別れた原因の解明につきあわされ、「私が悪かったんでしょうか」という問いに「そんなことないよ」とエンドレスで答えなければならない。晃太郎と別れた時がまさにそうだった。この店の常連はあれで懲《こ》りているのだ。

王丹が荒っぽい足取りで出てきた。結衣の前にはビールのジョッキを置き、

「結衣さんの幸せをまた壊したな」

晃太郎の前に氷をどんと置いてアイスピックを深々と刺す。

「王丹、誤解だ。案件が燃えたのは、たしかに、俺にも責任があるけど、諏訪さんの浮気は俺のせいじゃない」

晃太郎は弁解しているが、私も王丹と同意見だった。

結衣は別れてからもずっと晃太郎に未練があったのだ。諏訪巧、という新しい婚約者のことを結衣は本当に好きなのだろうか、と私はずっと疑問だった。

結衣は巧を一度もこの店に連れてこなかった。

何があっても定時には退社し、この店のハッピーアワーに駆けつけて、半額のビールを飲む。常連のおじさんたちと世間話をしながら、蟹玉《かにたま》定食や炒飯《チャーハン》を食べる。

そんな他愛もない、平凡な日常に、結衣は巧を招き入れようとしなかった。

予約の取りづらい話題の店が好きだという婚約者に素の姿を見せられなかったのかもしれない。そんな相手と、果たして結婚生活を――果てしのない日常の繰り返しを、営むことができるものだろうかと密《ひそ》かに案じていたのだ。

それでも、晃太郎さえいなければ、この男と同じチームにさえならなければ、結衣は巧と結婚したはずだ。今頃は互いの両親を引き合わせて、結婚式の段取りの相談でもしていただろう。

「あの、一応客として来たので、注文していいですか」

そう言う晃太郎を、王丹は「ふん」と睨《にら》みつけて注文票を取りにいく。

「結衣、とりあえず乾杯しよう。納期、お疲れさま！」

たいして嬉《うれ》しくなさそうな顔で、結衣はジョッキを掲げ、「かんぱーい」とつぶやくと一気に飲み干している。それを見て、「ちょっとペース早い」と晃太郎が言う。

「いや、私は飲みます。今夜だけは飲ませて」

「でも、さっきまで点滴してたし、昨日から何も食ってないだろ。そんな飲み方したらまた倒れるって。先に何か食べよう。何食いたい？」

晃太郎の声はどことなく高揚している。

「自分で頼みます」結衣はメニューを奪い取って言う。「仕事じゃないんだから、いちいち指図しないで」

そうだそうだ、と私も心の中で野次る。結衣がフリーになったからといって彼氏面《づら》をするな。

「指図なんかしてない。俺はただ、お前の体を心配して──」

「誰のせいで、こうなったと思ってるの」

語気強く言ってから、結衣はメニューから顔を上げ、気まずそうに「言い過ぎた」と付け加えている。

晃太郎は「悪いと思ってる」と叱《しか》られた子供のような目で、結衣の額の傷を見ている。

「俺が、結衣をちゃんと定時に帰らせてやってたら、今ごろは諏訪さんと……」

結衣はそれを聞いて、メニューに目を落とした。

「そういうこと言ってるんじゃないです」

「じゃ、どういう意味だよ」

あなたが同じチームになんか来るから。結衣はそう言いたいのだろう。この男と同じ職場になった時点で、新しい婚約者とはうまくいかなくなることは必然だったのだ。でも、結衣はそれを言わなかった。そのまま二人は黙りこむ。店内は静まり返った。

皿にレンゲがぶつかる音一つしない。緊張に耐えられなくなったのか、

「あのさ、さっきさ、二人が入ってきた時、何話してたの？」

常連のおじさんがこちらを向き、話の穂を継ぐ。

「全然死ぬ気ないとか、死ぬ気満々とか、言ってたじゃない？」

「……ああ」

結衣がホッとしたように口元を綻《ほころ》ばせて、晃太郎を見る。

「ここへ来るタクシーの中で、この人が言い出したんです。もし明日死ぬとしたら、何を食べたいかって」

「そんな、晃太郎くん、結衣ちゃんが死ぬなんて縁起でもない」

おじさんは顔をしかめた。私も落ち着かない気分になる。

無理をしない主義だったはずの結衣が、過労で入院した。それだけで、彼女を取り巻く環境が悪いほうへ向かっているように思われて心配なのに。

上司に命令されればどんな理不尽にも耐えて二十四時間働く。晃太郎は周りの人間をも巻きこんで死に向かっていきそうな空気を常にまとっている。

結衣がこの男と別れたのは誰よりもそれをわかっていたからだろう。

晃太郎が目の前で死ぬのを見たくなかった、だから私は逃げたのだ、と別れた直後にそう言っていた。

「仮定の話です。話を振ってきたのは結衣のほうですよ」

晃太郎は弁解している。

「お腹《なか》が空《す》いたままで死ななくてよかった、そんなの死んでも死にきれない、ってタクシーでしきりに言うから」

それで、明日死ぬとしたら、という話になったのか。結衣がその後を続ける。

「で、晃太郎が先に何を食べたいか言ったんですけど……何て言ったと思います？」

おじさんはろくに考えず、「何にしたの？」と晃太郎に尋ねている。

「白い飯です。それに味噌《みそ》汁《しる》と、鯵《あじ》の干物くらいかな」

「粗食すぎません？　死ぬ前ですよ」

「死ぬ前だからこそ、日本人らしく、潔《いさぎよ》く、澄み切った心になれるようなものをだな……」

あまり面白い回答でなかったためか、おじさんは晃太郎の言葉を遮り、

「で、結衣ちゃんは」

と尋ねている。「それですよ」と結衣は腕を組んだ。

「ここに到着するまで考えてたんですけど、まず叙々苑《じょじょえん》の焼き肉でしょう」

「まずってなんだよ、まずって」晃太郎が言う。

「あと海鮮。兵庫県室津から取り寄せた生牡蠣《なまがき》を辛口の大吟醸『北秋田』と一緒に」

「死ぬ前によくそこまでこだわれるよな」

「でも、やっぱりビールかなって。なら焼き鳥かな。その後はラーメンで締める。二郎系か家系。いや、ラーメンやめて、坂本屋のカツ丼《どん》にしようかな」

「全然死ぬ気ないだろ、お前」

なるほど、ちょうどそのツッコミが出たところで二人はこの店の扉を開けたのか。

「ほんと、そういうとこ昔から理解できない」

「晃太郎こそ、あきらめるのが早すぎるんだよ」

結衣は何が気に障《さわ》ったのか、不機嫌な顔になり、メニューをパラパラめくっている。

「死ぬってわかってる時に、カツ丼なんか食えないだろ、普通」

「じゃあ、もしかしたら助かるかもしれない、って希望を胸に食べれば？　そしたら美味《おい》しいよ」

「必ず死ぬって決まってる設定じゃなかった？」

たとえそうでも、と結衣はむきになったように言う。

「予想もつかないことが起きるのが人生でしょう。バブルが弾《はじ》けたのだって、リーマン・ショックだって、誰も予想できなかったんだから」

「俺はバブルが弾ける前にマンション買っちゃったんだよな……」おじさんが顔を曇らせた。「まさか金利がこんなに低くなるとは」

「ほらね」とがっくりと頭を垂れたおじさんを指して結衣は晃太郎に言う。

「それは、悪いほうに転んだ例だろ？　なまじ希望を抱いてやっぱり助からないってわかったらどうする」

晃太郎はあくまで死ぬ方向に持っていく。

「それでもいい。ギリギリまで、めいっぱい、楽しく生きられればいいの。晃太郎だって、いよいよ死ぬとなったら思うよ。ああ、やっぱりカツ丼食べときゃよかったって」

「思わない」

「思います、絶対」

結衣は言った。なぜかはわからないが、その声はまじめな調子を帯びている。

「あきらめなきゃよかったって、絶対に後悔するに決まってる」

「俺は思わない。っていうか、早く注文しよう」

晃太郎が結衣からメニューをひったくり、代わりにめくりはじめたが、

「後悔してるって言ってたじゃない」

と、結衣がつぶやくのを聞いて、その手が止まった。

「おととい、そう福永さんに言ってたじゃない。私と別れたこと、後悔してるって」

「それは」晃太郎の目がメニューの上を滑っている。「別の話だ」

「同じだよ」結衣は頑固に言い張る。「同じ話だって私は思う」

晃太郎は黙りこんだ。これ以上は聞かないほうがいいと思ったのだろう、おじさんも体を動かしてむこうを向く。さっきとは別の緊張に満ちている空気の中で私は、

（食べることと、恋をすることは、同じ話なのだろうか）

と考えていた。

こういう店に置かれていると、自然と客の会話が聞こえてきて耳年増になり、世故に長《た》けていく。でも、私自身はものも食べないし、誰かに恋したりもしない。だから、同じ話だ、と言う結衣の言葉は、肌感覚としてよくわからない。

ただ、どちらもやたらに熱を発しそうだとは思う。そのエネルギーで人は動く。がむしゃらに働いたり、泣いたり笑ったりする。理性を越えた生の営みがそこにはある。

そこが冷たい陶器の体を持つ招き猫と違うところだ。

結衣は少し黙っていたが、ポツリと晃太郎に言った。

「二年前、別れた日の朝に、私にしたこと覚えてる？」

「え？」

晃太郎は眉《まゆ》をひそめている。結衣は声の音量を落として言う。

「うちの両親に婚約解消のこと謝りに行くってそっちが言って、じゃあその前に置きっぱなしの荷物取りに行くってこっちが言って、晃太郎の部屋に行ったでしょ。その

時のこと」

「……ああ」

晃太郎は意味がわかったらしい。目を泳がせている。

「お泊まり用のパジャマを畳んで紙袋に入れてたら、晃太郎が横からギュッってしてきたでしょ。覚えてない？」

「覚えてる。覚えてるけど、それが何」

「終わりにするって、あんなに話し合ったのに、何であんなことしたの」

いや、と晃太郎もむきになったように言う。

「あの時は、俺だけじゃなくて、結衣だって自分から」

その先はさすがにマナーに反すると思ったのだろう。晃太郎は口を噤《つぐ》む。

「晃太郎はまだあきらめてないんだって思った。……なのに、それっきり黙って、パジャマの入った紙袋持って、さっさと移動が始まって」

「それは、結衣が言ったからだろ。そろそろ実家行く時間じゃないのって」

「だって、晃太郎がどういうつもりかわからないから」

「ああいうことしたわけだから、どういうつもりかくらい、わかるだろ」

「そんなの、口に出して言わなきゃわかんない」

「言おうと思ったけど、言えなかったんだよ。結衣のほうはとっくに割り切ってる顔してたし」

「ああいうことされて拒否しなかったのに？」

「単なる思い出作りかもしれないだろ。だから言えなかった。でも」

晃太郎はそこで言葉を切り、言いづらそうに言った。

「後悔してた。二年間、ずっと」

結衣の目が揺れた。「ほんとかな」とその唇が動く。「今もそう思ってる？」

その後ろで、おじさんがぴくりと動く。聞かないフリをして耳をそばだてている。

「思ってる」晃太郎が言った。「諏訪さんがいたから遠慮してただけで」

おやおや、と私は成り行きを見守る。

この二人の生き方が今後、一致することは、きっとないだろう。この男は変わらない。結衣も変わらない。お互い頑固なのだ。またダメになって結衣はボロボロになるに決まってる。

よりなんか戻さないほうがいい。

なのに、

「結衣さえよければ」

と、晃太郎がずっと持っていたメニューを閉じ、

「虫のいい話だけど」

と、極度に緊張した面持ちで、言葉を継いでいるのを見ると、つい、

（早く言えよ）

と、じれったくてたまらない。おじさんも私も、息を殺してその時を待つ。

しかし、晃太郎は言った。

「いや……今日はやめとく」

おい、とおじさんが声を出さずにつぶやいているのが見えた。

「納期が終わったばっかだし、トラブルなくサイト公開が終わるまでは、お互い仕事に集中したほうがいい」

せっかく諏訪さんが浮気して、うまいこと彼女がフリーになったんじゃないか。

（ほんとに、自分の気持ちを言えない奴《やつ》だな、この男は）

日本男児らしいと言えば聞こえはいい。でも、そうやって自分の欲望を抑制しすぎるから、上司の命令に従って働きすぎるはめになるのではないか。

結衣もそう思ったらしい。

「晃太郎はやっぱ変わってないね」

そうつぶやいて壁を見ている。そこには半年前に亡《な》くなった常連の写真が貼ってあった。この店の忘年会で撮ったもので、箸《はし》をマイクにして歌っている姿が映っている。回鍋肉《ホイコーロー》定食ばかり食べるおじさんで、食べ終わると職場に戻るのが常だった。

「そうやって、あきらめてばっかいると、気づいた時には死んでるんだよ」

結衣がまたつぶやく。回鍋肉のおじさんは残業のために戻った職場で、おそらく過労で、誰にも看取《みと》られずに死んだ。

彼が最後に食べたのは回鍋肉だ。早くかきこめてスタミナもつくから残業前にちょうどいいんだ、と話しているのを私は聞いたことがある。

でも、それが彼が本当に欲した人生だったのだろうか。

もうすぐ死ぬとわかっていたら別のメニューを頼んだかもしれない。いや、その前に家族のもとに帰ったかもしれない。妻と二人の息子のもとに。

でも回鍋肉のおじさんは仕事を選んだ。そして人生の終わりは突然訪れた。

「まあ、いっか」

結衣がやけっぱちになったような明るい声で言った。

「もう終わった話だしね。お互い、次に進みますか」

晃太郎は迷子のような顔になった。「次って？」と結衣に尋ねている。「……え、もしかして、他に気になる奴でもいるとか？」

そこへ、タイミングを見計らったように現れたのは王丹である。

「注文を言え」

と、注文票とボールペンを持って、晃太郎を見下ろすその目には勝ち誇った笑みが浮かんでいる。私以上にこの二人をくっつけたくないのがこの女店主である。

「今言う」

結衣は晃太郎からメニューを奪い、すばやくめくると、

「これ、どんな料理なのか、ずっと気になってたんだけど」

麻辣馋嘴蛙《マーラーチャンズイワー》、という品名を指さしている。

「蛙《かえる》のスープよ」王丹が言った。「天にも昇るほど美味しい」

「じゃあ、これにする」

「結衣ちゃん、それはほんとに辛いよ」

おじさんもふりかえって言う。この常連は辛いものが好きで、いつも火鍋《ひなべ》やら担々麺やらを頼んでいるのだが、その人がまじめな顔で止めている。

「暴力的なレベルの辛さだ。辛さを通りこして痛い」

しかし、結衣は首を横に振った。

「だったら、なおさら食べたい。食べて嫌なこと全部忘れたい。ビールも追加で」

王丹は「わかった」と注文票に書き入れ、ふっと笑って晃太郎を見ると、厨房へ戻っていく。お前も忘れられてしまえ。そう言いたげな笑みだった。

「そんな胃に悪そうなもの食って知らないぞ、俺は」

晃太郎が言い、それきり気まずい時間が流れる。しかし料理にはどんな場の空気をも変える力がある。麻辣馋嘴蛙が運ばれてくると二人の会話はまた始まった。

「うわー、すごい。見て、唐辛子がどっさり入ってる」

「スープが見えないな。それ蛙？　俺、初めて食うわ」

結衣が赤いスープからすくいだした真っ白な肉を、晃太郎は臆《おく》した表情で見つめている。透明な脂《あぶら》がからみついて輝いているその肉を、結衣は躊躇《ためら》うことなく口に入れる。

「脂が、甘い……」その顔が陶酔したようになる。「あ、でも辛い。そして痛い」

「やっぱやめといたら」晃太郎が心配そうに言った。「すっげえ胃に悪そう」

「でも美味しいよ。痛いけど、やめられない」

晃太郎もおそるおそる、という感じで手を出している。そして「旨《うま》い」とつぶやいている。「あ、でも、痛い」

旨い、と、痛い、が何度も続き、結局二人はそれをたいらげた。

「王丹、ビールください」

「俺もビール」晃太郎は額に汗が滲《にじ》んでいる。体育会系なので代謝がいいのだ。

「食べてる間、なんか頭が吹っ飛んでる感じだった」

「俺も頭真っ白になりながら食ってた」

「こんなに食べるのに夢中になったのって久しぶりだなあ」

同じ料理を一緒に食べたことで、さっきまでの気まずさは吹っ飛んだらしい。

結衣は王丹が運んできた新しいビールを飲むと、「あ、そういえばグロがね」と晃太郎のほうへ身を乗り出した。

グロというのは、二人の会社にいる上役のことだ。直属の上司ではないが、年齢が近いので結衣とは仲がいい。ここにも一度か二度、来たことがある。

「最近、奥さんと夜の生活がうまくいっていないらしいよ」

というゴシップ話を結衣は始め、「石黒さんが？」と晃太郎がおかしそうに聞いている。

「グロって、私が入社した頃はまだ痩《や》せててわりとかっこ良かったんだよ。でも最近は太ったし、不摂生ばかりしてるし、運動不足なんじゃないかって私は思うんだよね。

だから言ったの。晃太郎と走ればいいじゃないって」

そのまま二人は、会社の同僚たちのことを話しはじめた。「やっぱ、あの人のこと、そう思ってたんだ」とか、「結衣ってあいつのこと苦手だろ」とか言い合って、くつろいで笑っていた。つきあっていた頃のようだ、と私は思った。

話はなかなか止まらず、そのうち店内は夕飯時を迎えて混み出した。

年度末が近いということもあり、少人数の歓送迎会の予約もいくつか入っている。店内は食器のぶつかる音や、笑い声で満ち満ちた。客の一人が飾り棚の上に荷物を置きたいと言い、王丹は私を厨房の脇《わき》に移動させた。

それきり結衣と晃太郎の会話は聞こえなくなった。私は少し離れた距離から何度もビールを頼んでいる結衣を見つめていた。

生き方も働き方も、死ぬ前に食べたいものも違うのに、よく話が続くものだ。

いや、違うからこそ、話が尽きないのか。

でも、違うからこそ、近づけば対立し、傷つけ合うことになる。

再び聞き取れるようになったのは、九時を回った頃だった。客が少なくなり、荷物もなくなって、王丹が私を液晶テレビの脇に戻したのだ。

「帰りたくないなあ」

結衣はぼやいていた。

「またもや結婚がダメになって怒ってるだろうな、うちの両親」

「でもそろそろ休んだほうがいい。送ってく」

晃太郎は王丹に手を振り、会計してくれ、というジェスチャーをしたが、

「帰りたくない」結衣は酔いでとろんとした目で、空になったジョッキの縁を見ている。

「父に会いたくない。絶対怒られる。ネットカフェでも行こうかな」

「馬鹿《ばか》言うなって。今朝まで入院してたんだぞ。……あ、ここは俺が払います」

「でも」

「払わせて。福永さんの件では色々迷惑かけたし」

会計が済んでも、結衣は座ったままだった。料理がなくなった器をぼんやりと見つめている。「タクシーで送ってく」と晃太郎が立ち上がろうとすると、結衣は言った。

「面白い話して」

「は？　何、いきなり」

「さっき、晃太郎と馬鹿な話してる時は嫌なこと全部忘れられてた」

結衣は白い器に入ったレンゲを突つきながら言う。

「面白い話してくれたら、その話を思い出しながら頑張って実家に帰る」

「……そんなこと急に言われても」

晃太郎は困ったように頭を掻《か》いたが、息をついてまた結衣のむかいに座った。

「井森《いもり》さんって覚えてる？　俺んちの隣に住んでる独身のサラリーマン」

「ああ、うん」結衣はうなずく。「四十代くらいのね」

「あの人に一ヶ月前くらいに廊下で会って言われた。最近、壁を蹴《け》る音しないですねって。前はよく、小さくドンドンって音したけど、あれなんだったんですかって」

「壁蹴ってたの、晃太郎」結衣が眉をひそめる。「何でそんな近所迷惑なことしてたの」

「いや、俺じゃなくて、お前が蹴ってたんだろ」

「ん？」

「自覚ないの？」まだ残って飲んでいるおじさんのほうをちらりと見て、晃太郎は小声になる。「ほら、その、なんだ、あれの時……蹴ってたじゃん。ベッドの脇の壁を」

「あれの時」結衣の目が宙をさまよう。

「クライマックス的な時に」

「……ああ」ようやく意味がわかったのか結衣は目を伏せている。

「井森さんには俺の寝相が悪いからだって誤魔化したけど」

「そんなに蹴ってた、かなあ。ごくたまに、でしょ」

「井森さんによれば、週末は必ず聞こえたって——」

「その話のどこが面白いわけ」結衣の頬は赤くなっている。

「え、面白くない？　俺はめちゃくちゃ面白かったけど」

「面白くない」

そう言いつつ、結衣は怒った顔のまま考えこんでいる。少しして「巧との時は」とつぶやいた。「蹴ったことなかったな」

それを聞くと、晃太郎は「ふうん」と面白くなさそうに横を向いた。

「広いですものね、お宅の新居の寝室は」

「そうじゃなくて、その、クライマックス？　ない、というか」

晃太郎の目が見開かれる。「一回も？」

「巧は淡白だから」

「ふっ」と晃太郎が吹きだしそうになり、笑いを噛《か》み殺しながら言う。「下手なだけだろ」

「私に魅力がなかったのかも」

「それはない」

「だって浮気した相手とは盛り上がってたんでしょ？」

「そこまで見てない。とにかく結衣のせいってことは絶対ない」

それを聞くと、結衣は少しだけ笑った。そして、うっすら滲んできた涙を拭《ぬぐ》った。

晃太郎に未練を残しつつも、結衣は結衣なりに、巧との関係を築いてきたのだろう。強がってはいたけれど、浮気されたことがショックだったのだろう。

「ありがと」テーブルのおしぼりで涙を拭《ふ》いて、結衣は言った。「少し元気出た」

聞き耳を立てていたらしい、おじさんが小さく息をつくのが見えた。

なんだかんだ言って、結衣の心を動かすことができるのは、この男だけなのだ。それに晃太郎自身が気づいていないのがもどかしい。しかし、

「でも、やっぱり、帰りたくない」

駄々をこねるように言う結衣を見て、さすがのこの男も、今しかない、ということに気づいたらしい。勇気を振り絞った顔になって言った。

「じゃあ、俺のうちに来るか」

その言葉を結衣も待っていたのだろう。すぐにうなずきかけて、「どうしよう、行ってもいいのかな」と躊躇っている。

「そんな警戒しなくても。ベッド貸すだけだから。とにかく今夜は早く休んだほうがいい」

「だとしても、泊まったって事実ができたら、ほんとのほんとに、巧と終わりになっちゃう」

「まだあんな浮気野郎のこと、引きずってんのか」

晃太郎もさすがに痺《しび》れをきらしたらしい。強めの口調で言う。

「もし明日死ぬとしたら、それでも諏訪さんのとこに戻るのか。この先一生、壁蹴らないまま死ぬのか。生きることをあきらめてるのはどっちだよ」

それを聞くと、結衣は目を潤《うる》ませて黙りこんだ。しばらく誰も何も言わなかった。

厨房のほうから、皿を洗う音が響いてくる。勢いよく流れる水道の音もする。そろそろ閉店の時間だ。そう思った時、

「行く」

結衣が立ち上がった。

「晃太郎んちに行って、壁を蹴る」

「えっ？」驚いているのは、他でもない晃太郎だ。「いや、いやいやいや、そういう話では……。それに、今夜はさすがに、俺も三徹してるし」

などと、しどろもどろになっているこの男に、結衣は強引に言った。

「行くの、行かないの？」

晃太郎は気圧《けお》されたような顔になり、慌《あわ》てたように「行きます」と自分の鞄を掴《つか》み、先に歩きはじめた。結衣がその後を追う。

二人の姿が扉の向こうへ消え、バタン、と閉まると、

「行っちゃったよ」

と、一部始終を聞いていたらしいおじさんが厨房の前にいる王丹のほうを見た。

「行かせちゃってよかったのかなあ」

私も同じ気持ちだった。途中あまりにじれったいので、うっかり晃太郎を応援してしまったが、よくよく考えれば一度はひどい別れ方をした二人なのだ。

「結衣ちゃん、理性ふっとんでたね。ありゃ今夜中により戻るね」

「それはどうかな」

王丹がつぶやいた。その口元は不敵に笑っている。彼女の指は厨房の入り口にいくつも置かれたビールのジョッキを指している。七つある。

「これ、全部、結衣さんが飲んだ」

おじさんが、「ああ」と溜《た》め息をついた。私も心の中で溜め息をつく。

確実に理性がふっとんでいるであろう。……悪いほうに。

（これはダメだな）

「私は止めたよ」

と言いつつ、王丹は愉快そうだ。

結衣は失恋すると荒れる。いつもは三杯で止めているビールを、五杯、七杯、と空けていったあたりで、別れた原因の解明がはじまる。私が悪かったのか、という問いが何度も繰り返され、エンドレスでつきあわされることになる。

たどりつく答えはいつも同じだ。

――あの男は、絶対に、変わらないんです。

そして、その前後の記憶は失くしてしまう。

「でも、今夜はそうはならないかもしれないよ」

おじさんが言うと、王丹は「賭《か》けるか」と言い、レジまで行って一万円を抜いて戻ってきた。

「うわ、王丹、自信あるな。俺は千円でいい？」

その千円を受け取り、王丹は私のほうへ近寄ってきた。背中の穴から一万円札と千円札がねじこまれる。何を隠そう、私は貯金箱の機能も備えた招き猫なのだ。

「どうなったのか、結衣さんから言ってくるまで訊いたらダメ。約束よ」

王丹がおじさんに釘《くぎ》を差している。

果たして、あの二人はどうなったのか。

その答えを私が知ったのはそれから三日後、晃太郎と結衣が所属するチームの打ち上げがこの店で行われた時だった。

二人の間の空気はやけによそよそしかった。

晃太郎が「お前とはもう仕事の話しかしない」と怒ったように結衣に言っている声も聞こえた。

やっぱりダメだったらしい。

（まったく、なんだよ）

そんな気分でいっぱいである。

おそらく当分の間、この二人は同僚の関係のままなのであろう。

その先のことは私にも予想がつかない。ただ、本当の終わりが来るその時まで、後悔することがないように熱を発して生きてほしいと願うばかりである。

せっかく温かい人間の体を持っているのだから。

解説

越智志帆

このページを開いてくれたあなたは、本編を読み終えているのでしょうか。ご自分の過去と重ねたり、未体験の感情に驚いたり、様々だと思いますので、ここではあらすじではなく、この小説を読み終えた時に心に浮かんできたことを書いてみようと思います。

数年前、素敵なニットに出会いました。ニットたちは、散歩中に通り掛かったセレクトショップにとても丁寧に陳列されてあり、私は吸い込まれるように店内に入りました。マフラーにセーターにワンピース……どれも凛《りん》として美しい。まるで、良いオーラを放っている人にお会いした時のような清々《すがすが》しい感覚でした。ひとつひとつ真剣に商品を眺めていると、店員さんがそばにきてゆっくりとニットの成立ちを話してくださいました。

カシミアヤギから作られたニットで、とにかくヤギにストレスをかけずに生産しているんだそうです。毛刈りの際も、ヤギのご機嫌が悪ければ作業は中止。彼らのリズムに合わせて作業をし、彼らにとって心地の良い環境で育てることを大切にしているブランドだということを伝えてくださいました。

「触ってみてください。」と店員さんが透明な瓶の中に入った白やカフェラテ色の原毛を見せてくれて、触れてみると驚きの柔らかさでした。フワフワを通り越してフカフカ！　もちろん保温性も高く、しっとり感までありました。この原毛を譲ってほしいと思うほどでしたが、この日は原毛を染めることなくそのまま毛糸にした真っ白いセーターとカフェラテ色のマフラーを購入。生産者のエピソードを聞いて、なんて心の通ったいいお仕事なんだ……と暖かい気持ちにさせてもらったのでした。

本格的な冬がやってきて、ついにニットを下ろす日がやってきました。動物にストレスがかかってないと思うと、嬉《うれ》しい。彼らはこんなにも暖かいものを身にまとってるのかぁ……と想像力は掻《か》き立てられます。体の一部をお裾《すそ》分《わ》けしてもらってるので愛《いと》おしくて泣ける。もはやモノという感覚ではなく大きな「存在」です。おそらく、このニットに出会ってから私の価値観は変わった。この時はまだ衝撃を受けたというだけで、もう少ししたらとても大切なことに気づけるような気がして……でもまだ決定的な何かは見えてなくて……なんとなくソワソワする不思議な日々でした。

それは突然やってきました。

街を見渡せば、すれ違う人々も冬の装いに。数ヶ月前まで露出していた肌は、ジャケットやコートでしっかりと覆《おお》われ、冷たい風を避けるように体を丸めて歩いてる。

その時ふと気付いたのです。

私たち人間は自分の力では寒さすら凌《しの》げないんだ……。

もちろん個人差があると思います。極寒の地でタンクトップに短パン姿でも平気！なんて超人的な方もいるかもしれない。でもたぶんそう多くないですよね。

多くの人が、夏になれば肌を露出し、冷房で体温調節をする。冬になれば指先まで布で覆い、暖房器具を使って体を守っていると思います。私も冷え症なので、冬はあったかグッズを駆使しなければ寒さには耐えられません。

暖房器具や洋服、食べ物。そういったものに囲まれての生活は当たり前になっていますが、前提として、人間は自然や動物……何かの力や助けを借りなければ生き続けることができない、か弱い生き物なんだなぁと感じたのです。自立して生きてるように感じるけど、実はそんなことはない。

それは、人間同士でもいえると思います。

私たちは助け合って生きている。

じっくり世の中を観察してみると、多くの仕事は「誰かのできないことを代わりにやってあげること」だと気づきました。

実は二年前にも「仕事」について、じっくりと考える機会がありました。「わたし、定時で帰ります。」の主題歌「Ａｍｂｉｔｉｏｕｓ」を作った時のことです。(その時は、私たちは小さい頃から、仕事は義務だと教わったはずが、世の中のムードには「仕事ｏｒ職業」に対して「夢」を持たなければいけないという風潮がある。という矛盾や混乱を歌にしました。)あれから二年、全力で向き合って答えを出したはずの

「仕事」というテーマに何度も考えを巡らせてきたように思います。むしろ、考え始めるきっかけになったのです。

そして、私の「仕事」に対する答えはアップデートされました。

「仕事」というものは、助け合いの象徴なのではないでしょうか。

それをさらに強く感じたのは、二〇二〇年の緊急事態宣言中の、とある一日。

感染拡大を防ぐために、スーパーへ行くのも週に二度ほどになり、混み合う店内はどことなく緊張感がありました。お米やお肉、お野菜……。普段品切れにならないような商品が売り切れているその状況にイライラを隠せない人もいて、異常な光景に少し恐怖心を抱いたことを覚えています。

必要最低限の食材を購入し、店の外へ出て一呼吸。少しザワザワした心を落ち着かせたくて、お野菜たちが入ったカゴを抱えてテクテク散歩しながら帰宅しました。ゆっくりと歩きながら、この商品たちが、私のカゴに収まるまでを想像してみました。毎日土と向き合い、灼熱《しゃくねつ》の太陽と戦って作ってくれた農家の方がいて、その商品を店に運んでくれる人がいて、店で並べてくれる人、売ってくれる人がいて、やっと私たちのところへ届いてるのかと思うと、カシミアニットと同様、感動する。こんな時期だから余計に泣けます。私の今の自分の生活スタイルでは、お野菜を食べようと思うと、こうしてお店に買いに来たり、実家から送ってもらったりしなければ食べることができません。本来ならば少しの野菜くらいベランダ菜園でできるはずなのに、ツアーなどで家を空けることの多い私には、育てることすらできないのです。作ることができないから、代わりに誰かが作ってくれたお野菜を買わせてもらってる……。

このとき初めて、自分の生活の中でできないことは、顔も名前も分からない誰かにやってもらっていたんだということを強く実感したのです。

お買い上げありがとうございます。と言っていただくことが多いですが、本当は私たちが謙虚な気持ちで感謝を伝えなければならないですよね……。

お野菜を買わせてくれてありがとう。作ってくれてありがとう。できないことを代わりにやってくれてありがとう。

思考が変わってから自分の生活を見つめ直してみると、驚くくらい、いろんな人に支えてもらってばかりです。

家中の家具も食器も誰かが作ってくれたものだし、家電製品が故障すれば直しに来てくれて、手厚いケアで対応してくれる。私は古着が好きなので、しょっちゅうサイズ直しをします。裁縫が得意なら自分でやりたいところですが、プロにお願いして長く着続けられるように仕上げてもらいます。（お直しに出すたびに、母や祖母なら自分でやるだろうな、と情けなく感じたりもするので練習してできるようになりたいと思う今日この頃です。）仕事で疲れてリラックスしたいと思えばレストランに行って美味《おい》しい食事やお酒を提供してもらう。おまけに店員さんのトークに癒《いや》されたりもする。

自立した生活には程遠い……。

自分の仕事を頑張るために、消費するという形で生活の一部を誰かにサポートしてもらっている。こうして間接的に誰かの生活のサポートをすることでお金が生まれ、経済が回ることはすばらしいし、必要なことです。

ただ現代は、あまりにも消費者を喜ばせること、買ってもらうことに一生懸命になりすぎているように思います。いつの間にか消費者はいいサービスを受けることが当たり前になる。生産者は、安価で便利なものしか売れない、喜んでもらえないとなると、どうしても質より量の発想になる。そうすると、人や環境……どこかに負荷がかかってしまうことになる。無心で働いているうちに、自分のやりたいことや夢よりも、会社のため、上司のため、消費者のために自分を捧《ささ》げることで、気づけば心がボロボロになってしまっていたら、ふと我に帰ったとき、なんのために働いているのか混乱してしまうと思います。今の常識が作り出した、消費者&生産者の悪循環……。

小さなことでも、習慣やルールを変えるということはエネルギーがいりますよね。でも、そんな時こそ思い出してほしいんです。どんなに賢い人でも、大金持ちの人も、権力者であっても、歌を歌ってる私も、読んでくれてるあなたも、誰一人、自分の力で寒ささえ凌ぐことのできない、か弱いただの人間で、平等なんだということを。

私たちは一人では生きていけないんだということを前提におけば（思い出せば）、

人に対しても地球に対しても謙虚である気がするんです。

今までと違う心のフィルターで世界を見れば新しいアイディアだって生まれて、大きなビジネスへと繋《つな》がるかもしれない！

人間も、動物も、自然も、地球も、負荷を減らし、悪循環から抜け出して、健全な世界に変えていくチャンスなのかもしれませんね。

消費者は助けてもらってることへの感謝の気持ちを忘れず、生産者は助けているという誇りを持って仕事に臨める。お互いが幸せを感じるそんな社会になればいいな。

カシミアニットの会社は、社会の流れを変えようとしてる、一つの勇気ある会社。

私がニットに出会った時の感動は、その会社の気迫と情熱を感じたからかもしれない。

そして、「定時で帰る」という革命を起こしている結衣の情熱にも同じような感動を覚えました。

情熱を持って生きてる人というのは、周りの誰かの心にも火を灯してあげることができるんだと思います。

主題歌を書かせていただいてから二年の月日が流れていても、私の心の中には結衣からもらった情熱の温もり（の余韻）が続いています。これからも年を重ねながら自分にとっての「仕事」という概念はアップデートされ続けると思いますが、いつか孤独になったり不安になることがあれば、この小説を開いて、結衣の情熱を分けてもらおうと思います。

きっとこの小説は、誇りを持って仕事に臨むためのお守りのような存在になってくれるはずです。

あなたにとってもこの小説がお守りになりますように。

心から充実した毎日が続きますように。

（令和三年一月、シンガーソングライター）

この作品は平成三十一年三月新潮社より刊行された『わたし、定時で帰ります。ハイパー』に「小説新潮」二〇一九年三月号「もし、明日死ぬとしたら何を食べたい？」を加えた。文庫化にあたり『わたし、定時で帰ります。2　打倒！パワハラ企業編』と改題した。

朱野帰子著
わたし、定時で帰ります。
絶対に定時で帰ると心に決めた会社員が、部下を潰すブラック上司に反旗を翻す！ 働き方に悩むすべての人に捧げる痛快お仕事小説。

有吉佐和子著
悪女について
醜聞にまみれて死んだ美貌の女実業家富小路公子。男社会を逆手にとって、しかも男たちを魅了しながら豪奢に悪を愉しんだ女の一生。

彩瀬まる著
あのひとは蜘蛛を潰せない
28歳。恋をし、実家を出た。母の〝正しさ〟からも、離れたい。「かわいそう」を抱えて生きる人々の、狡さも弱さも余さず描く物語。

芦沢　央著
許されようとは思いません
入社三年目、いつも最下位だった営業成績が大きく上がった修哉。だが、何かがおかしい。どんでん返し100％のミステリー短編集。

井上理津子著
葬送の仕事師たち
「死」の現場に立ち続けるプロたちの思いとは。光があたることのなかった仕事を描破し読者の感動を呼んだルポルタージュの傑作。

一木けい著
1ミリの後悔もない、はずがない
R-18文学賞読者賞受賞
誰にも言えない絶望を生きられたのは、桐原との日々があったから——。忘れられない恋が閃光のように突き抜ける、究極の恋愛小説。

垣谷美雨著
うちの子が結婚しないので

老後の心配より先に、私たちにはやることがある——さがせ、娘の結婚相手！ 社会派エンタメ小説の旗手が描く親婚活サバイバル！

窪　美澄　著
ふがいない僕は空を見た
山本周五郎賞受賞・R-18文学賞大賞受賞

秘密のセックスに耽る主婦と高校生。暴かれた二人の関係は周囲の人々を揺さぶり——。生きることの痛みを丸ごと包み込む傑作小説。

櫛木理宇著
少　女　葬

ふたりの少女の運命を分けたのは、いったいなんだったのか。貧困に落ちたある家出少女たちの青春と絶望を容赦なく描き出す衝撃作。

佐藤多佳子著
明るい夜に出かけて
山本周五郎賞受賞

深夜ラジオ、コンビニバイト、人に言えないトラブル……夜の中で彷徨う若者たちの孤独と繋がりを暖かく描いた、青春小説の傑作！

田嶋陽子著
愛という名の支配

私らしく自由に生きるために、腹の底からしぼりだしたもの——それが私のフェミニズム。すべての女性に勇気を与える先駆的名著。

滝田愛美著
ただしくないひと、桜井さん
R-18文学賞読者賞受賞

他人の痛みに手を伸べる桜井さんの〝秘密〟……。踏み外れていく、ただただ気持ちがいいその一歩と墜落とを臆せず描いた問題作。

わたし、定時《ていじ》で帰《かえ》ります。2

打倒！パワハラ企業編

新潮文庫　あ－96－2

令和三年三月一日発行

著者　朱《あけ》野《の》帰《かえる》子《こ》

発行者　佐藤隆信

発行所　株式会社　新潮社

郵便番号　一六二―八七一一
東京都新宿区矢来町七一
電話　編集部(〇三)三二六六―五四四〇
　　　読者係(〇三)三二六六―五一一一
https://www.shinchosha.co.jp

価格はカバーに表示してあります。

印刷・大日本印刷株式会社　製本・加藤製本株式会社

ISBN978-4-10-100462-4 C0193